„… und danke, dass Sie mir das Leben gerettet haben", antwortete Amar, der endlich die Sprache wiedergefunden hatte.

„Du wirst es vielleicht noch bereuen", murmelte die alte Korsin. Dabei kletterte sie, sicher wie eine Bergziege, die steile Böschung hinauf und verschwand in der Macchia …

Vor dem Hintergrund der großartigen Naturlandschaft Korsikas ereignen sich kleinere und größere Dramen, deren Helden fast ausnahmslos Einwanderer, Aussteiger oder Saisonarbeiter sind, wie der Kellner Jérôme, der sich für den Nachfahren eines berühmten korsischen Freiheitskämpfers hält und von der großen Liebe träumt, der Algerier Mohamed Amar, der auf abenteuerlichen Wegen statt in Paris auf Korsika gelandet ist, die junge Silka, eine naive Deutsche vom Club Méditerranée, die in einer Nacht am Strand die Schattenseite der Sonneninsel kennen lernt, Jacques, der ehemalige Fremdenlegionär, der die Kirchen der Insel jetzt ebenso oft besucht wie früher die Bars von Calvi, oder Betty und Sven, die das süße Leben auf Korsika genießen, bis ein tragisches Ereignis alles ändert …

Manuela Lowak

Ende der Saison

Korsika-Geschichten

Manuela Lowak, geboren 1959 in Wissen/Sieg, arbeitet als Fremdsprachen-Korrespondentin in Bonn und wohnt mit ihrem Mann in Linz am Rhein. Seit 1978 bereist sie immer wieder die Insel Korsika, auf der sie auch zeitweise ihren ersten Wohnsitz hatte. Entspannung findet sie nicht nur beim Kochen und in der Natur, sondern auch beim Schreiben von Gedichten, Märchen und Geschichten. Veröffentlicht hat sie bisher ihr Buch ***Pechmarie wird Goldmarie!*** *Eine Deutungsgeschichte und Märchentherapie zum Märchen „Die sechs Schwäne"*, erschienen im Verlag Hartmut Becker.

2. Auflage, April 2014

Satz und Umschlaggestaltung: text + taler GmbH, Hamburg
Herstellung und Verlag: BoD – Books on Demand GmbH, Norderstedt

ISBN 978-3-7322-8365-1

„Hier gibt es denn neue Völkeranschwemmungen
und ein buntes Gemisch von Nationen,
Sprachen, Sitten, wie in der ältesten Zeit.
Es sind Germanen, byzantinische Griechen,
Mauren, Romanen, die die Insel überziehen.“

Ferdinand Gregorovius über Korsika
nach dem Sturz Roms

Die Geschichten sind frei erfunden. Alle Namen, handelnden Personen und Begebenheiten, wie auch die *Marina di Santa Lucia,* entspringen der Phantasie der Autorin. Jede Ähnlichkeit mit realen Personen oder Ereignissen wäre unbeabsichtigt und reiner Zufall.

Inhalt

Prolog

Ich begegnete Jean-Marie während meines letzten Korsika-Urlaubs beim Einkauf im Supermarkt „Casino“ in Calvi. Ich kramte gerade in meinem Portemonnaie nach einem Euro für den Einkaufswagen, als er plötzlich vor mir stand und mir eine Münze in die Hand drückte. Zuerst erkannte ich ihn nicht: ein schmaler, gebeugter Mann mit schütterem Haar und zerfurchtem Gesicht, dem man nicht mehr ansah, dass er einmal der „John Travolta aus Algajola“ genannt wurde. Er freute sich überschwänglich, mich zu sehen, und lud mich spontan auf einen Apéro ein. Wir fuhren hinunter zum Hafen und gingen in eines der Lokale am Quai Landry, wo er früher einmal Stammgast gewesen war, damals, vor einer kleinen Ewigkeit, als wir eine Saison lang Kollegen gewesen waren.

„Das ist das erste Mal seit langer Zeit, dass ich in einem Café sitze“, sagte er wehmütig. „Wenn ich wollte, könnte ich natürlich jeden Tag in die Stadt gehen, mich draußen vor ein Café setzen und mich am Anblick der vorbeigehenden jungen Frauen erfreuen. Ich könnte zu den Klippen fahren, meine Angelrute auswerfen und die Stille genießen. Ich könnte mich mit Freunden auf ein Glas Wein verabreden oder mit ihnen eine Runde Boule spielen. Stattdessen sitze ich die meiste Zeit am Computer, ein Glas Rosé in

Reichweite, und tippe mit zwei Fingern die handgeschriebenen Zettel ab, die ich im Knast geschrieben habe …"

Seit vier Monaten war Jean-Marie wieder auf freiem Fuß, wie man so schön sagt. Nur, dass seine Füße es noch nicht begriffen hatten. Nach fünf Jahren Gefängnis lässt sich das Gefühl, eingesperrt zu sein, nicht so einfach abstreifen wie ein Paar alte Turnschuhe. Es klebte unter seinen Fußsohlen wie ein zäher Klumpen Kaugummi, der sich bei jedem Schritt am Boden festsaugt. Es gaukelte ihm vor, nur einen Aktionsradius von drei Metern im Quadrat zu haben – größer waren die Zellen nicht, die er zeitweise noch mit zwei bis drei anderen Gefangenen teilen musste. Es erhielt die Gefängnismauern in seinem Kopf noch eine Weile aufrecht, bis er sich an die Freiheit gewöhnt haben würde. Denn die Freiheit machte ihm erst einmal Angst.

Im Knast hatte er viel gelesen und viel nachgedacht. Er war erstaunt gewesen über das Ausmaß an Leid, das Menschen aller Völker und Nationen im Laufe der Geschichte ertragen mussten, nicht nur die Korsen oder die Basken. Nicht immer war das Übel von außen gekommen. Meistens kam es aus den eigenen Reihen, waren es die eigenen Landsleute, die sich gegenseitig das Leben zur Hölle machten. Aus Gier, Machthunger, Neid, Hass und nicht zuletzt: aus Dummheit und falschem Stolz. Er hatte sich im Gefängnis gefragt, ob es für den Einzelnen wirklich einen Unterschied machte, ob er von Ausländern oder von den eigenen

Leuten getreten wurde. Trotzdem bereute er es nicht, für die Freiheit Korsikas gekämpft zu haben. Er war davon überzeugt, dass die Strände Korsikas ohne Leute wie ihn schon längst zubetoniert wären.

Als die Tür der Vollzugsanstalt in Marseille hinter ihm zugefallen war, hatte er sich im ersten Moment so verloren gefühlt wie ein entführtes Kind, das man nach Zahlung des Lösegeldes irgendwo am Straßenrand ausgesetzt hatte. Wo er doch gerade erst die Freiheit zurückgewonnen hatte und überglücklich sein sollte. Er hatte seinen Blick nach oben gerichtet, als erwarte er jeden Moment, von einem Raumschiff abgeholt zu werden. Aber der Himmel war makellos blau und leer, nicht mal der Kondensstreifen eines gewöhnlichen Flugzeugs war zu sehen gewesen. Er hatte die Augen geschlossen und tief durchgeatmet. Vom Hafen her roch es nach Salzwasser, Diesel und Farbe. Irgendwer hatte irgendwo Fisch auf den Holzkohlengrill gelegt. Der Fisch war mit Rosmarin und Knoblauch gewürzt gewesen. Ihm war das Wasser im Mund zusammengelaufen, denn so hatte der Fisch immer gerochen, wenn seine Mutter ihn zubereitet hatte. Seit er nicht mehr rauchte, war seine Nase wieder so fein wie früher, als er jedes Kraut an seinem Duft erkennen konnte …

Im Gefängnis war ihm seine Nase daher wie ein Folterinstrument vorgekommen. Die Ausdünstungen der Mitinsassen waren nicht immer so blumig wie ihre Ganovensprache, ganz zu schweigen vom Klogestank, der allgegenwärtig gewesen war und alles durchdrungen hatte. Kurzzeitig hatte er deshalb das Rauchen sogar wieder angefangen. Aber er hatte es schnell wieder aufgegeben, weil es ihm zu teuer wurde. Drinnen kostet ein Päckchen ja dreimal so viel wie draußen …

Als der rote Wagen seiner Tochter auf den Parkplatz eingebogen war, um ihn abzuholen, hatte Jean-Marie sich schon nicht mehr so verloren gefühlt. Sie kam um die Ecke geschossen wie eine Rennfahrerin, die ein Date nicht verpassen wollte. ‚Sie fährt einen heißen Reifen', hatte er gedacht, ‚wie eine echte Korsin.' Manchmal hatte er noch immer die alten, klischeehaften Vorstellungen im Kopf, was korsisch war und was nicht. Sein Herz hatte höhergeschlagen, als er ihrem Lächeln begegnet war. Dann hatte er gesehen, dass sie nicht alleine gekommen war. Neben ihr hatte Maurice gesessen, ihr Mann. Jean-Marie hatte nichts gegen ihren französischen Ehemann, ganz im Gegenteil: Er wusste seine ruhige, souveräne Art zu schätzen. Aber in diesem Moment, der ihm heilig war, wäre er am liebsten mit seiner Tochter alleine gewesen …

Dass er vor Jahren reinen Tisch gemacht und sich der Polizei gestellt hatte, war seiner Tochter zu verdanken. Und einem Unfall, der ihn fast ins Nirwana katapultiert hätte. Als er nach zwei Wochen aus dem Koma erwacht war, hatte er auf mysteriöse Art gewusst, worauf es im Leben ankommt. Als sei ihm in der Dunkelheit ein Licht aufgegangen. Er hatte erkannt, dass alles mit allem verbunden ist, dass niemand alleine ist und dass alles im Grunde gut ist. Aber bis zu dieser Erkenntnis war es ein weiter Weg gewesen …

Ich fragte ihn, ob nicht diese Erkenntnis im Gefängnis auf eine harte Probe gestellt worden sei.

Er bejahte, wobei er nachdenklich mit dem Kopf nickte. Es sei leichter, sagte er, ein Gramm Gold aus dem Flussbett des Fango auszuwaschen, als im Gefängnis von Marseille etwas Gutes zu entdecken. Tatsächlich sei es die Hölle gewesen, aber darüber wollte er nicht sprechen. Er gab sogar zu, dass er sich niemals freiwillig gestellt hätte, wenn er gewusst hätte, was ihn dort erwartete. Am schlimmsten jedoch sei die Krankheit, die er sich dort geholt habe. Er sagte nicht, um welche Krankheit es sich handelte.

Um das Elend im Knast zu vergessen, hatte er angefangen zu schreiben, wo und wann immer es unter den gegebenen Umständen möglich gewesen war. Beim Hofgang waren ihm meistens die Liebesgeschichten in den Sinn gekommen, die er abends aufschrieb. Und in seinen schlaflosen Nächten hatten ihn seine Sünden verfolgt, die er ebenfalls zu Papier brachte. Oft sprach er tagelang kein Wort, weil er sich im Geiste in einer anderen Welt befand. Dann befürchteten die Wärter, er sei schwermütig und sinne darüber nach, sich umzubringen. Also hatte man ihn regelmäßig zum Gefängnispsychiater gebracht. Ein fetter, kahlköpfiger Mann, dessen teigige Wangen und glanzlose Augen davon zeugten, dass er selbst mit dem Leben haderte …

Selbstmord war keine Seltenheit im Gefängnis von Marseille. Es verging kaum ein Monat, in dem nicht jemand auf diese Weise diesem unmenschlichen, mittelalterlichen Kerker entfloh. Aber er hatte nicht vorgehabt, sich im Gefängnis das Leben zu nehmen, das er gerade erst wiedergewonnen hatte. Er wollte nur unbedingt seine Geschichten zu Papier bringen, egal wo. Die Geschichten aus seiner Zeit im Untergrund und die Geschichten aus dem Leben der anderen, die das Pech oder Glück hatten, ihm begegnet zu sein. Auch diesen anderen gab er eine Stimme, machte sie zu Hauptdarstellern. Nur so konnte er beim Schreiben nachempfinden, was sie gefühlt haben mussten, damals, Ende der Siebziger, Anfang der Achtziger und später. Wenn er schrieb, war sein Einfühlungsvermögen so fein wie sein Geruchssinn. Und mitunter auch so schmerzhaft. Die zweite Buße, die er sich auferlegt hatte.

„Ich bin schon gespannt auf deine Geschichten", brach ich das Schweigen, das nach seiner Erzählung entstanden war, „zumal ich selbst auch gerade über meine Zeit auf Korsika schreibe."

„Tatsächlich?", sagte er und taxierte mich mit erstauntem Blick. „Ich wusste sofort, dass unser Treffen kein Zufall ist. Komme ich in deinen Geschichten vor?"

„Na klar", gab ich zu, „aber ich habe deinen Namen natürlich geändert und die Geschichten dichterisch ausgeschmückt. Und ich? Komme ich auch in deinen Geschichten vor?", fragte ich keck.

„Aber du warst doch viel zu brav. Was gäbe es über dich zu schreiben? Dass du dich geweigert hast, mit mir zu tanzen?“

Ich spürte, wie ich rot wurde. Jean-Marie hatte diesen peinlichen Zwischenfall offenbar nicht vergessen …

Während ich dem Kellner zuwinkte, um einen zweiten Pastis zu bestellen, bemerkte ich, dass Jean-Marie einen verstohlenen Blick auf sein Handy warf.

„Bitte entschuldige, dass ich ungemütlich werde“, sagte er. „Ich habe Fleisch und Gemüse für das Abendessen im Kofferraum. Meine Tochter wird mir die Hölle heißmachen, wenn ich zu spät komme. Sie möchte gefüllte Auberginen kochen, auf korsische Art natürlich …“

Ich beteuerte mein Verständnis für seinen Aufbruch, bedauerte aber im Stillen, dass unsere Begegnung schon beendet sein sollte. Ich kann auch nicht leugnen, dass ich die Nähe Jean-Maries, ohne dieses Gefühl erotische Anziehung nennen zu wollen, als äußerst angenehm empfand.

Nachdem Jean-Marie die Rechnung beglichen hatte – er ließ mir wirklich keine Chance, meinen Anteil beizusteuern –, beugte er sich zu mir hinüber, nahm überraschend meine Hände und hielt sie fest. Dabei sah er mir tief in die Augen und sagte: „Wenn du noch nichts Besseres vorhast, meine liebe Michelle, würde ich dich gerne heute Abend als Gast in unserem Hause sehen.“

‚Das Flirten hat er offenbar noch nicht verlernt‘, dachte ich und musste schmunzeln. Leider war ich bereits mit einer Freundin verabredet, die in Sant'Ambroggio wohnte, so dass ich seine Einladung nicht annehmen konnte …

Später sah ich Jean-Marie noch einmal, als er im Auto an mir vorbeifuhr. Er hupte und winkte mir freundlich zu. Für einen Moment sah er wieder so aus wie damals, als man ihn „John Travolta von Algajola" nannte …

Als ich Jean-Marie im Frühjahr 2011 von Deutschland aus anrief, um zu fragen, was aus seinen Geschichten geworden sei, war seine Tochter am Telefon: Jean-Marie sei bereits im September des Vorjahres verstorben. Die Geschichten habe er kurz vor seinem Tod alle gelöscht. Auch seine handgeschriebenen Zettel seien verschwunden. Nur ein leeres Blatt Papier habe auf seinem Schreibtisch gelegen, auf dem ein einziges Wort geschrieben stand: „Libertà".

1
Paghjella

„Die Insel des Todes möchte ich Korsika nennen,
wie andere Inseln die des Apollo,
der Venus, des Jupiter waren.“

Ferdinand Gregorovius

Marina di Santa Lucia, September 1978

Silka war am späten Nachmittag alleine an einen der wilden Strände westlich von L'Île-Rousse gefahren, um ihre nahtlose Bräune aufzufrischen. Der Himmel an diesem heißen Spätsommertag war makellos blau und das Meer so glatt wie ein See. Nur eine Nebelkrähe saß auf einem Felsen hoch über der einsamen Bucht, die von den Touristen „Macchiabucht“ genannt wurde.

‚Mein Strand, mein Himmel, mein Meer‘, dachte Silka und ließ genüsslich den warmen Sand durch ihre Finger rieseln. Ein sanfter Windhauch umschmeichelte ihren Körper wie ein unsichtbares Seidentuch. Vor ihr lag eine kleine, von weißem Sand gesäumte Bucht, wie man sie in der Karibik, nicht aber an der Westküste Korsikas erwarten würde. Die Farbe des Meeres hatte etwas Übernatürliches: ein leuchtendes

Türkisblau, das in der Ferne dunkler wurde, um sich am zart verschleierten Horizont mit dem Indigo des Himmels zu vereinen. Ihr Blick wanderte über ihren Körper, der in den vergangenen Monaten jedes überflüssige Pfund verloren hatte und dessen Bräune ihn gesund und vital aussehen ließ. Die korsische Sonne hatte einen hellen Schimmer in ihr mausblondes Haar gezaubert, der einen reizvollen Kontrast zu der goldbraunen Haut bildete. Von Zeit zu Zeit strich sie mit den Fingerspitzen über ihre Wangen, um sich zu vergewissern, dass die Pickel tatsächlich verschwunden waren, die jahrelang ihr Puppengesicht verunziert hatten. Selbst die Narben unter den Wangenknochen waren kaum noch spürbar. Es bestand kein Zweifel: Die Insel hatte die einst picklige graue Maus in eine Schönheit verwandelt, nach der sich die Männer die Köpfe verdrehten.

Aber andere Männer gab es für Silka nicht mehr, seit sie mit Jean-Pascal zusammen war, der ihre Blicke eifersüchtig überwachte. Sie fragte sich, was er wohl sagen würde, wenn er wüsste, dass sie ganz alleine in der einsamen Macchiabucht lag. Sicherlich würde es Vorwürfe hageln, wenn sie es ihm erzählte. Als Erstes würde er ihr zum hundertsten Mal klarmachen, was auf Korsika ging und was nicht. Als Frau alleine an einem einsamen Strand zu liegen, war eindeutig ein Fauxpas. Sich nackt in der Sonne zu aalen, grenzte schon an ein Verbrechen. Und dann müsste sie sich eines seiner Schauermärchen anhören, in denen junge Mädchen und Burschen sterben mussten, weil sie eines der ungeschriebenen Gesetze gebrochen hatten, die auf Korsika immer noch im Verborgenen den Alltag bestimmten. Jean-Pascal wirkte zwar lässig und charmant, konnte aber sehr anstrengend sein und einem mit seinen Launen jeden Spaß verderben. Trotzdem liebte sie ihn, wie sie noch nie zuvor jemanden geliebt hatte …

Silka jobbte damals als einzige Deutsche im Club Méditerranée, wo sie die Nerven ihrer Kollegen mit ihrem Korsika-Tick strapazierte. Alles, was korsisch oder vermeintlich korsisch war, entlockte ihr den Ausruf *„c'est super":* die Schlager von Maryse Nicolaï und Tino Rossi, der herb-bittere Kastanienhonig aus der Castagniccia, der trockene korsische Landwein, der Molkekäse aus Schaf- oder Ziegenmilch namens *Brocciu,* der Duft der *Macchia,* die Berge und das Meer – als wären es korsische Erfindungen – und neuerdings auch die männlichen Ureinwohner, seit sie mit Jean-Pascal, einem echten Korsen, liiert war. Wollte man ihr etwas schenken, musste es natürlich typisch korsisch sein: braune Keramik mit dem runden Maurenkopf, der aus unerfindlichen Gründen das Symbol für die korsische Identität geworden war, kleine, mit korsischer Korkeiche ummantelte Espressotassen, die sich nicht ordentlich spülen ließen, oder Muschelketten, die eindeutig aus Ostasien stammten. Obwohl man ihr schon von weitem ansah, dass sie keine Einheimische war, wollte sie auf keinen Fall als Deutsche erkannt oder gar für eine Touristin gehalten werden. Sie sprach bei jeder sich bietenden Gelegenheit Französisch oder die paar Brocken Korsisch, die sie von ihrem Freund aufgeschnappt hatte, vermied es, in ihrer Freizeit mit Deutschen zusammen gesehen zu werden, und rasierte sich die Beine. Lange Haare an den Beinen waren damals ein untrügliches Merkmal für deutsche Touristinnen. Auch die deutschen Männer waren leicht zu erkennen: rotgesichtig und schwitzend, mit lächerlichen Sonnenhüten, knielangen Shorts, braunen Sandalen und weißen Socken. Auch in der größten Hitze zogen sie ihre Socken nicht aus. Man konnte sich leicht vorstellen, dass sie sich auch im Bett von ihren geliebten Socken nicht trennen würden.

Ganz anders Jean-Pascal, Silkas korsischer Freund: Er war schlank und sehnig, hatte traurig-schöne graublaue Augen, einen braunen Lockenkopf und trug ausschließlich lange Jeans, auch bei fünfunddreißig Grad im Schatten, aber niemals Socken. Den Kopf bedeckte er – wenn überhaupt – nur mit einem schwarzen Cowboyhut. Cowboy spielen war gerade „chic“ auf der Insel. Überall gab es Ranches mit lahmen Pferden, die von wilden Touristen zugeritten wurden. Man liebte es, scharf gegrillte Steaks und dünn belegte Pizzen zu den Klängen korsischer Gitarrenmusik zu verzehren …

Jean-Pascal war sechsundzwanzig und hatte ein paar Jahre in Lyon Maschinenbau studiert. Vor vier Jahren war er auf die Insel zurückgekehrt – ob mit oder ohne Diplom, konnte keiner so genau sagen. Jedenfalls arbeitete er seitdem als Automechaniker bei seinem

Onkel in L'Île-Rousse und spielte in einer Folklore-Gruppe Gitarre. Im Sommer kellnerte er an den Wochenenden in Calvi, auch wenn es sein Onkel nicht gerne sah, dass er für die Touristen den Kellner spielte. Als Silka ihn bei einem korsischen Abend im Restaurant A Stalla zum ersten Mal sah, fielen ihr sofort seine blauen Augen auf sowie sein melancholischer und gleichzeitig stolzer Blick, in dem sie das leidvolle Schicksal der Inselbewohner, aber auch das Aufbegehren gegen jegliche Art von Fremdherrschaft zu erkennen glaubte. Seit sie sich in einem Reiseführer über die leidvolle Geschichte Korsikas informiert hatte, das immer wieder von grausamen Eroberern heimgesucht worden war, schien sie die Korsen als eine vom Aussterben bedrohte, seltene Spezies zu betrachten, die es zu schützen galt.

Auch Jean-Pascal hatte die unbekannte Schöne sofort im Visier, die alleine an einem der vorderen Tische Platz genommen hatte, wie es sich nur Touristinnen herausnahmen. Obwohl ihn seine innere Stimme warnte – Ausländerinnen hatten ihm bislang nur Unglück gebracht –, konnte er seinen Blick nicht von der Fremden lassen und hatte schon bald das Gefühl, nur für sie alleine zu spielen. Als endlich alle Touristen gegangen waren und nur noch Silka und ein paar Einheimische an den Tischen saßen, hatte er seine Gitarre in die Ecke gestellt und sich zu seinen Freunden gesellt, die an der Theke standen.

Einer der jungen Männer, die sich bis zu diesem Augenblick unterhalten hatten, stimmte plötzlich ein korsisches Lied an, das ganz anders klang als die gefälligen Chansons, die Jean-Pascal kurz zuvor für die Touristen geträllert hatte. Der Mann sang mit kräftiger, vibrierender Stimme eine gleichzeitig fremd und vertraut klingende Melodie, wobei er die Augen schloss und eine Hand ans Ohr hielt, als würde er einem fernen Orchester lauschen. Seine beiden Freunde setzten erst einige Takte später ein. Ihre kehligen Bassstimmen hallten wie tiefe Glocken, die das Lied zum Schwingen brachten. Wiederum einige Takte später stimmte auch Jean-Pascal mit seinem hellen Tenor in den Gesang ein. Er schien die Melodie noch einmal neu zu improvisieren, die bereits von der Koloratur der mittleren Stimme kunstvoll verziert wurde. Plötzlich schwollen die Töne an, trugen die Stimmen empor und erfüllten den ganzen Raum, als wollten sie von Sängern und Publikum Besitz ergreifen:

Wenn man nach Santa Lucia kommt,
sieht man in der Ferne rote Felsen.
Die Zeit hat die Tränen nicht trocknen können,
die hier geflossen sind.

Hundert Mann hatten das Dorf erobert.
Sarazenen, Knechte des Entsetzens.
Sie plünderten das Dorf, und dann –
welch Massaker!
Viele wurden gehängt, ihre Körper zerfetzt –
durch das Rad, durch das Messer.

Nur ein Mädchen entkam den Henkern.
Es floh an den Strand, auf schmalem Pfad,
verfolgt von Bestien, die keine Gnade kannten.
Doch hinter ihr schloss sich die Macchia
und schützte sie vor dem sicheren Tod.

Noch heute kann man in Santa Lucia
die Ehrfurcht spüren,
wenn ihr Name erwähnt wird.
Das Mädchen hieß Lucia.
*Es war nicht einmal zwölf Jahre alt.**

Obwohl Silka den Text nicht verstanden hatte, war ihr das Lied unter die Haut gegangen. Sie war tief beeindruckt von der feierlichen Ernsthaftigkeit, mit der die Männer gesungen hatten. Und sie fühlte so etwas wie Ehrfurcht, als sie erfuhr, dass sie gerade das Aufflackern einer wahrhaft korsischen Tradition miterlebt hatte, die in den Jahrzehnten zuvor fast in Vergessenheit geraten war: das mehrstimmige Improvisieren traditioneller korsischer Lieder, genannt: *Paghjella*.

Als der Gesang verstummt war, herrschte für einen Moment andächtiges Schweigen. Die Magie des archaischen Gesangs hatte das Restaurant A Stalla für wenige Augenblicke in einen sakralen Raum verwandelt.

Mit einem kurzen Blick auf Silka nahm Jean-Pascal erneut seine Gitarre zur Hand und begann, eine eigene, temperamentvolle Komposition zu spielen. Mit

---

*Text in Anlehnung an eine traditionelle Paghjella.

teils spanischen, teils orientalisch anmutenden Klängen verstand er es, virtuos sein Lebensgefühl zum Ausdruck zu bringen: seine ganze Leidenschaft, seine Sehnsucht und seine Verzweiflung. Er schien alles um sich herum zu vergessen und schlug in die Seiten, als ginge es um sein Leben. Als er weit nach Mitternacht die Gitarre beiseitelegte und, wie aus einer Trance erwachend, in die Runde blickte, begegnete er Silkas entrücktem Blick. Leicht zögernd, aber ohne sie aus den Augen zu lassen, stand er auf, ging auf sie zu und sprach sie an: „Wer bist du? Von welchem Stern bist du gefallen? Warum begegnen wir uns erst heute, wo die Saison zu Ende ist?“

„Ich bin keine Touristin“ war alles, was Silka dazu einfiel: keine besonders geistvolle oder witzige Antwort. Aber instinktiv genau die richtige …

„Er hat mir mit seinem Gitarrenspiel einen Einblick in seine tiefe korsische Seele gewährt“, schrieb sie später in ihr Tagebuch, „und ich glaube, dass er unglücklich ist und darauf wartet, erlöst zu werden. Ob ich das schaffe?“

Seit jenem Abend waren Silka und Jean-Pascal ein Paar. Manche hielten sie für ein Traumpaar, andere gaben ihrer Liebe keine zweite Saison. Zu groß waren ihrer Meinung nach die Unterschiede zwischen der verwöhnten, etwas naiven Deutschen und dem schwermütigen Korsen, der seine Kindheit und den größten Teil seiner Jugend in einem kleinen Bergdorf verbracht hatte. Zugegeben: Sie waren ein hübsches

Paar. Silka mit ihrer Traumfigur und den langen Haaren und Jean-Pascal, der musikalische Naturbursche mit dem tiefsinnigen Blick. Aber was spielte das schon für eine Rolle, wenn es darum ging, den korsischen Alltag zu meistern, der schon ohne kulturelle Unterschiede hart genug war …

Dass sich außer Silka niemand an den abgelegenen Strand verirrt hatte, war nicht verwunderlich: Ende September waren so gut wie keine Touristen mehr auf der Insel, und die Korsen hielten sich lieber in schattigen Cafés auf als am Strand. Viele konnten dem Anblick des Meeres nichts Schönes abgewinnen. Nichts, was ihren tiefsitzenden Argwohn ein wenig gemildert hätte. Denn über das Meer waren sie von jeher gekommen, damals wie heute: Eroberer, Piraten, Invasoren. Heute nannten sie sich „Investoren", aber ihr Ziel war noch immer dasselbe: denen das Land zu nehmen, die ein angestammtes Recht darauf hatten.

Silka dachte an diesem herrlichen Spätsommertag nicht an die korsische Geschichte, sondern genoss es, den traumhaften Strand ganz für sich alleine zu haben. Im Süden war er von rötlich schimmernden Klippen begrenzt, die zum Meer hin stufenförmig abfielen. Das andere Ende der Bucht war von hohen, mit Zypressen und Olivenbäumen bewachsenen Hügeln gesäumt. Einfach ideal, wenn da nicht die fast undurchdringliche Macchia gewesen wäre, die den Zugang zum Strand so erschwerte. Auf dem schmalen Pfad, der von der Straße aus durch die mannshohe

Stachelhecke aus Zistrosen und wildem Rosmarin führte, hatte sie sich Beine und Arme zerkratzt, als sie vor einigen Wochen auf einer ihrer Erkundungstouren den Strand entdeckte, der von Insidern schon seit Jahren als FKK-Strand genutzt wurde. Seit ihr Jean-Pascal seinen alten Renault 12 zur Verfügung gestellt hatte, unternahm sie des Öfteren kleine Erkundungsfahrten, die sie nicht nur zu entlegenen Stränden, sondern auch ins Landesinnere führten. Ihre französische Kollegin Claudine, mit der sich Silka ein Zimmer teilte, schüttelte jedes Mal verständnislos den Kopf, wenn Silka alleine loszog. Aber wenn Silka sich etwas in den Kopf gesetzt hatte, dann ließ sie sich nicht so schnell davon abbringen. Und so hatte sie sich auch heute wieder alleine auf den Weg gemacht, um ihren freien Nachmittag an ihrem Traumstrand zu verbringen. Als sie nach zwanzigminütiger Autofahrt und zehnminütigem Fußmarsch endlich ihr Ziel erreicht hatte, stand die Sonne bereits schräg am Himmel, aber es war immer noch warm genug, um sich nackt wohl zu fühlen. ‚Zum Glück habe ich mich von meiner Mutter nicht davon abhalten lassen, nach Korsika zu fahren', dachte sie beim Anblick des Meeres und schloss die Augen …

Silkas Mutter hat hysterisch gelacht, als sie von den Plänen ihrer Tochter erfuhr, ihr Jurastudium abzubrechen und nach Korsika auszuwandern. Bei der Idee, als Animateurin im Club Med zu arbeiten, konnte es sich nur um eine der spätpubertären Launen ihrer eigensinnigen Tochter handeln, die seit dem frühen

Tod ihres Vaters keine Gelegenheit ausgelassen hatte, ihrer Umwelt und sich selbst das Leben schwer zu machen. Gleichzeitig hatte sie gespürt, dass Silka es ernst meinte und jeglicher Widerstand ihren Entschluss nur noch festigen würde. So war ihr nur die Hoffnung geblieben, dass es ihre verwöhnte Tochter nicht lange auf der in ihren Augen „unzivilisierten" Insel aushalten würde. Als der Tag des Abschieds kam, hatte sie Silka sogar zum Flughafen gebracht, ihr drei Hundertmarkscheine „für den Notfall" in die Hand gedrückt und ihr eindringlich zu verstehen gegeben, dass sie jederzeit nach Hause kommen könne und nicht aus falschem Stolz auf der Insel bleiben solle, wenn sie Heimweh bekäme. Silka hatte das Geld, ohne zu zögern, in ihren Brustbeutel gesteckt, konnte sich aber nicht vorstellen, dass dieser „Notfall" jemals eintreten würde. Schließlich flog sie nicht alleine nach Peru – wie ihre Freundin Anne –, sondern auf eine Urlaubsinsel im Mittelmeer, die zu Frankreich gehörte, jedenfalls offiziell …

Als Silka und Jean-Pascal zum ersten Mal nach Speluncatu gefahren waren, um seine Mutter zu besuchen, war beiden bewusst geworden, wie tief die Kluft zwischen ihnen war, die sie bis dahin händchenhaltend ignoriert hatten. Ausgerechnet an diesem Morgen hatte Silka offenbar ihren Instinkt für alles Korsische verloren, der sie bis dahin so sicher durch die verschlungenen Pfade der ungeschriebenen Gesetze geführt hatte. Anstatt sich dem Anlass entsprechend sittsam zu kleiden, trug sie ihre abgeschnittenen Jeans und eine durchsichtige Wickelbluse, unter der sich ihre spitzen Brüste abzeichneten. Wer sie so an jenem Sonntagmorgen im August in Jean-Pascals Auto steigen sah, muss ohne Zweifel gedacht haben, dass er mit ihr an den Strand fahren würde. Sicher wäre niemand auf die Idee gekommen, dass er Silka in diesem Look seiner Mutter vorstellen wollte. Sie musste ihm den Verstand geraubt haben.

Madame Giuliani hatte vor der Haustür gestanden, als die beiden eintrafen. Sie trug eine schwarze Stola über ihrem grauen Kleid, als fürchtete sie, sich an einem der heißesten Tage des Jahres eine Erkältung zu holen. Ihre hellen Augen glichen denen ihres Sohnes, aber ihr streng nach hinten gekämmtes Haar war glatt und ihr Teint blass. Seit Jean-Pascals Vater, der bei der Feuerwehr gearbeitet hatte, bei einem Waldbrand ums Leben gekommen war, hatte Madame Giuliani keinen Farbtupfer an ihrer Kleidung geduldet. Mit lauem Händedruck und einem fragenden Bonjour, aber ohne den ansonsten üblichen Wangenkuss, begrüßte sie die neue Eroberung ihres Sohnes. Ihr Blick verriet, dass Silkas herzförmiges Gesicht mit den weit auseinanderstehenden Augen sie mehr irritierte als Silkas Strandlook. Sie verharrte einen Augenblick mit weit geöffneten Augen und leicht offenem Mund, als sei ihr gerade ein Geist erschienen. Nach einem kurzen Blickkontakt mit ihrem Sohn hatte sie sich jedoch wieder im Griff und bat die junge Deutsche einzutreten.

In dem mehrstöckigen hellgrauen Haus im Ortskern von Speluncatu war es trotz der sommerlichen

Hitze angenehm kühl. Auf dem dunklen Eichentisch neben der Anrichte standen bereits eine Karaffe mit Wasser, eine Flasche Rotwein und ein Brotkorb mit dem obligatorischen Baguette.

„Meine Mutter hat uns etwas ganz Besonderes gekocht." Jean-Pascal rieb sich die Hände und goss einen Schluck Rotwein in eines der Gläser, während seine Mutter eine Platte mit Reis und kleinen, gebratenen Vögeln auf den Tisch stellte.

„Was ist das?", fragte Silka ängstlich.

„Amseln mit Reis", antwortete Jean-Pascal und fächerte sich mit der Hand den Duft zu, den die gebratenen Vögel verbreiteten.

„Das ist nicht wahr!", rief Silka empört.

„Was hast du? – Das ist eine korsische Spezialität. Du stehst doch sonst auf alles, was korsisch ist."

„Aber bei Singvögeln hört der Spaß auf!", echauffierte sie sich weiter.

„Ich bitte dich! Es gibt genug davon. Probiere wenigstens mal", drängte er sie.

„Tut mir leid, aber das kann ich nicht essen", erwiderte sie entschlossen, obwohl der Bratenduft sehr verlockend war, „ich warte auf den Hauptgang, einverstanden?"

„Ich habe meine Mutter gebeten, für dich typisch korsische Gerichte zu kochen. Wir essen das natürlich nicht jeden Tag", versuchte Jean-Pascal zu beschwichtigen.

„Es gibt ja auch heutzutage wirklich genügend andere Eiweißquellen", bemerkte Silka spitz.

„Es geht nicht um das Eiweiß. Wenn du einmal probieren würdest, könntest du uns verstehen …"

Dass Jean-Pascal sie mit diesen Worten zu einer Fremden abstempelte, die nicht dazugehörte, verletzte Silka noch mehr als die Tatsache, dass er keine Rücksicht auf ihre Gefühle nahm.

Während Jean-Pascal eine Amsel nach der anderen verspeiste, blieb seine Mutter in der Küche verschwunden. Erst als die Platte leer war, erschien sie mit einer neuen, die den Hauptgang enthielt: gebratenes Zicklein in Rotweinsoße. Dazu reichte sie Polenta aus Kastanienmehl und einen grünen Salat und gesellte sich zu den beiden an den Tisch.

Während des Essens vermied Madame Giuliani es, Silka direkt ins Gesicht zu schauen oder sie anzusprechen, richtete aber mehrmals das Wort an ihren Sohn, allerdings auf Korsisch, so dass Silka nicht mitbekam, worum es ging. Das Thema schien Jean-Pascal sehr unangenehm zu sein, denn er wurde immer nervöser und seine Stimme immer lauter. Plötzlich schrie er laut auf und schlug mit der Faust so fest auf den Tisch, dass Wasser und Wein aus den Gläsern schwappten. Der Korsin entfuhr ein „Christus Madonna", wobei sie sich bekreuzigte, als sei ihr gerade der Leibhaftige erschienen. Danach sprang sie plötzlich auf und verschwand wieder in der Küche, in der sie sich offenbar wohler fühlte.

Als Silka Jean-Pascal fragte, was in ihn gefahren sei, warf er ihr einen Blick zu, der ihr endgültig den Appetit verdarb. Glücklicherweise erschien wenig später Madame Giuliani, um abzuräumen. Sie schien plötzlich gut gelaunt zu sein und tat so, als sei nichts vorgefallen. In akzentfreiem Französisch erkundigte sie sich beim Auftragen des Desserts nach Silkas Familie. Als Silka ihr erzählte, dass sie ihren Vater früh verloren habe und – ebenso wie Jean-Pascal – das einzige Kind ihrer Mutter sei, war echtes Mitgefühl in ihren Augen zu sehen. Schließlich brachte Silkas höfliches Interesse an der korsischen Küche das Eis ein wenig zum Tauen. Obwohl sie fast nichts gegessen hatte, würdigte sie die Polenta, vor allem aber den leckeren Nachtisch, den sie als eine Art Käsekuchen identifizierte. Als sie sich nach dem Rezept erkundigte, erklärte ihr Madame Giuliani, nicht ohne Stolz, dass es sich um *Fiadone* handele, eine echte korsische Spezialität, die aus *Brocciu,* Zucker, Eiern und abgeriebener Orangenschale zubereitet werde. Silka erwiderte, dass sie *Brocciu* über alles liebe und – mit einem besänftigenden Blick auf Jean-Pascal – dass sie fast alles liebe, was korsisch sei …

Weder am nächsten Tag noch in den darauf folgenden Wochen hatte Silka aus Jean-Pascal herausbekommen, was ihn so aufgebracht hatte. Ein kleiner Stachel bohrte seitdem in ihrem Herzen. Etwas verheimlichte er ihr, das war sicher …

Als Silka aufwachte, umgab sie die Dunkelheit wie eine Wand. Sie war nicht nur kurz eingenickt, was ihr schon öfter nach einem anstrengenden Tag im Club Med passiert war, wo sie keineswegs als Animateurin, sondern im Service arbeitete. Diesmal hatte sie tief und fest geschlafen und sogar geträumt. Von einer

Hetzjagd durch die Macchia und von Wölfen, die sie verfolgten. Ihr unheimliches Heulen hatte sie auch jetzt noch im Ohr. Ein kalter Schauer durchfuhr sie, als ihr bewusst wurde, dass sie sich nicht am Strand des Club Med befand, sondern in einer einsamen, von dorniger Macchia umwucherten Bucht, weitab vom nächsten Dorf. Wie war es möglich, dass sie so lange geschlafen hatte? Und wie sollte sie in einer mondlosen Nacht den Weg durch die Macchia zurück zum Parkplatz finden?

Ein kalter Wind schlug ihr ins Gesicht, als sie durch den Sand kroch. Hektisch tastete sie nach ihrem Korb mit den Kleidern. Zum Glück war noch alles da. Sie wollte sich lieber nicht ausmalen, wie es wäre, nur in ein Handtuch gewickelt an der *Route Nationale* zu stehen. Zitternd kramte sie Jeans und Bluse hervor, zog beides hastig an und rollte das Badetuch zusammen.

Da war es wieder: ein langgezogenes, unheimliches Heulen, das ihr Herz fast zum Stillstand brachte. Träumte sie etwa noch? Soweit sie wusste, gab es auf Korsika keine Wölfe mehr. Es konnte sich also nur um einen großen Hund handeln, irgendein verwildertes Tier, das in der Macchia seinen Unterschlupf gefunden hatte. Eilig nahm sie ihren Korb und lief, so schnell es der weiche Sand zuließ, in Richtung Meer, das sie nur am Geräusch der Brandung ausmachen konnte. Als sie feuchten Sand unter den Füßen spürte, wandte sie sich nach links, um zu den roten Felsen zu laufen, die irgendwo am Ende des Strands sein mussten. Wenn sie sich richtig erinnerte, konnte man über einen schmalen Pfad, der über die Punta Rossa führte, die nächste Bucht erreichen.

Kalter Schweiß stand auf ihrer Stirn, als sie endlich steinigen Boden unter den Füßen spürte. Das Rauschen des Meeres hatte jetzt nichts Beruhigendes mehr, sondern glich dem Fauchen eines Ungeheuers, das mit tausend unsichtbaren Armen nach ihr greifen wollte. Obwohl sich ihre Augen inzwischen an die Dunkelheit gewöhnt hatten, ließen sich dort, wo die Felsen sein mussten, nur dunkle Schatten ausmachen. Wie sollte sie so den Pfad erkennen, der schon bei Tageslicht nicht leicht zu finden war? Als erneut das gespenstische Heulen ertönte, rannte sie einfach los, ohne zu sehen, wo ihre Füße hintraten. Schon nach wenigen Metern stolperte sie und landete unsanft auf dem felsigen Boden nahe der Punta Rossa. Ihr rechter Knöchel schmerzte und ihr Herz pochte bis hinauf in die Schläfen. Das Tier musste ganz in ihrer Nähe sein. Aber war das, was sie gerade gehört hatte, wirklich das Heulen eines Hundes? Klang es nicht eher wie das laute Wehklagen einer Frau? Vorsichtig hob sie den Kopf, um zu lauschen. Plötzlich war es totenstill: Kein Jaulen, kein Wind, selbst die Brandung schien für einen Moment innezuhalten. Dann ging alles ganz schnell: Sie spürte, wie sich jemand von hinten auf sie stürzte und in den Würgegriff nahm. Sie zappelte wie ein Fisch an der Angel, schlug wie wild um sich und schrie mit letzter Kraft um Hilfe, wohl wissend, dass niemand sie hören konnte. Als eine eiskalte Hand ihr etwas Übelriechendes unter die Nase hielt, verspürte sie kurz den Drang, sich zu erbrechen. Dann verlor sie das Bewusstsein …

Am nächsten Morgen saß Jean-Pascal im Café des Platanes an der Theke und rührte gedankenverloren in seinem Kaffee. Es war schon die dritte Tasse, aber er hatte immer noch nicht das Gefühl, richtig wach zu sein. An den Fenstertischen hatten bereits die üblichen Stammgäste Platz genommen, die hier täglich ihren Kaffee, Wein oder Pastis tranken, Karten spielten oder einfach ein Schwätzchen hielten: Monsieur Lucca, den alle nur „Le Docteur" nannten, weil er vor dem Zweiten Weltkrieg in Paris ein paar Semester Medizin studiert hatte und während des Krieges Sanitäter gewesen war; Antoine, der Besitzer des Tabakladens, der inzwischen bei seiner Tochter wohnte, die seinen Laden führte, obwohl er es viel lieber gesehen hätte, wenn sein Sohn dieses Erbe angetreten hätte, anstatt eine Französin zu heiraten und mit ihr aufs Festland zu ziehen, und natürlich Eduardo, der ehemalige Bürgermeister, der bei einem Bombenanschlag auf das Rathaus, der einem französischen Beamten gegolten hatte, durch einen Glassplitter ein Auge verloren hatte. Er galt als Linker, da er den Nationalismus – auch den korsischen – sowie jegliche Art von Gewalt verabscheute und selbst noch nie eine Waffe in die Hand genommen hatte, nicht einmal, um auf die Jagd zu gehen. Sie alle kannten Silka, die des Öfteren nach der Arbeit das Lokal besuchte, in dem ihr Freund auf sie wartete. Aber keiner von ihnen hatte sie gesehen, seit sie tags zuvor mit Jean-Pascals Renault 12 zur Arbeit gefahren war.

Jean-Pascal hatte die halbe Nacht nach ihr gesucht. Wie so oft war er nach der Arbeit ins Café des Platanes gegangen, um bei einem Bier auf sie zu warten. Als sie um neun Uhr noch nicht erschienen war, hatte er sich den neuen Citroën seines Onkels geschnappt und war, mehr verärgert als besorgt, Richtung Sant'Ambroggio gefahren, wo Silka immer noch ein Zimmer hatte, in dem sie aber so gut wie nie übernachtete. Auf sein Klopfen hin hatte Claudine, Silkas Kollegin und Mitbewohnerin, geöffnet. Aber sie hatte ihm nicht sagen können, wohin Silka gefahren war. „Sie wollte noch zum Strand, obwohl es schon ziemlich spät war. So gegen vier sind wir zusammen in die Bar Marina gefahren und haben Kaffee getrunken. Jérôme hat uns mit seinem üblichen Lamento über die schlechte Saison und die seltsamen Gewohnheiten der Touristen zugelabert, so dass wir erst loskamen, als ich zum Dienst musste, also kurz vor fünf. Sie hat mich am Club abgesetzt und ist weitergefahren. Wohin genau, hat sie nicht gesagt. Ich dachte, sie fährt an den *Plage d'Aregno* oder zu dir nach L'Île-Rousse."

Jean-Pascal hatte daraufhin alle bekannten Strände zwischen Lumio und L'Île-Rousse abgeklappert, mit Ausnahme der Macchiabucht. Dass sie alleine an diesen einsamen, unzugänglichen Strand gefahren sein könnte, hielt er für ausgeschlossen. Stattdessen war er in die Klippen bei Spano gefahren, was nachts nicht ungefährlich war. Der Weg dorthin bestand mehr oder weniger aus Schlaglöchern, und eine Straßenbeleuchtung gab es da draußen natürlich auch nicht. Aber auch diese Martertour war vergebens gewesen. Auf dem flachen Terrain hoch über den Klippen, das im Sommer den Badegästen als Parkplatz diente, hatte erwartungsgemäß gähnende Leere geherrscht. Nirgends eine Spur von seinem weißen Renault 12! Gegen ein Uhr nachts war er schließlich frustriert und erschöpft nach Hause gefahren, hatte sich noch ein Kronenbourg genehmigt und war dann wie tot ins Bett gefallen. Aber schon um acht Uhr wurde er unsanft von seinem Onkel geweckt, der heftig an seine Tür pochte. Offensichtlich hatte Jean-Pascal in der Nacht vergessen, das Licht am Auto auszuschalten. Als sein Onkel nach L'Île-Rousse fahren wollte, um *Tiercé* zu spielen, war sein Wagen nicht angesprungen. ‚Zum Glück hat der Wagen keinen Kratzer abbekommen', dachte Jean-Pascal, ‚sonst hätte ich mit meinem Onkel auch noch Ärger bekommen.'

Um das Unbehagen ein wenig zu betäuben, das sich seiner immer mehr bemächtigte, bestellte er einen Pastis. Aus seiner Sicht gab es nur zwei Möglichkeiten, die das Verschwinden Silkas erklären konnten: Entweder hatte sie es gewagt, ihn zu betrügen, und hatte die Frechheit besessen, mit seinem Auto zu ihrem neuen Macker zu fahren, bei dem sie offensichtlich übernachtet hatte, oder – und bei diesem Gedanken schauderte es ihn – ihr war tatsächlich etwas zugestoßen. Vielleicht hatte sie einen Unfall gebaut und lag an irgendeinem Steilhang, der von der Straße aus nicht einsehbar war. Für eine Vermisstenanzeige erschien es ihm allerdings noch verfrüht. Vielleicht tauchte Silka ja im Laufe des Tages wieder auf. Bei einer jungen Ausländerin konnte man ja nie wissen …

Er hob gerade das Glas an den Mund, als sich mit leichtem Quietschen die Tür hinter ihm öffnete und von allen Seiten ein erleichtertes „Aber da ist sie ja!" ertönte.

Als er sich umdrehte, stand Silka vor ihm. Sie schien in der vergangenen Nacht um Jahre gealtert zu sein. Ihre Haut war fahl und zerkratzt, ihr Haar zerzaust und aus ihren Augen sprach Verwirrung. So hatte er sie noch nie gesehen. Was war bloß mit ihr passiert? Nach kurzem Zögern nahm er sie endlich in seine Arme.

„Bring ihr eine warme Decke", sagte er zu Charles, der hinter der Theke stand, „sie ist völlig unterkühlt. Und mach ihr einen Kräutertee." Charles gab die Bestellung an die Küche weiter, in der seine Mutter gerade ein *Stufatu* für die Familie vorbereitete.

„Ich möchte lieber einen großen Milchkaffee", korrigierte Silka die Bestellung und fügte mit schwacher Stimme hinzu: „Und einen Cognac."

„Was um Himmels willen ist denn passiert?", fragte Jean-Pascal, der seine Neugier kaum unter Kontrolle hatte. „Nun erzähl doch endlich!"

Wie immer, wenn sie erschöpft war, schaffte es Silka auch jetzt nur mit Mühe, die richtigen Worte zu finden. Ihr Französisch war plötzlich holprig, ihr deutscher Akzent stärker als gewöhnlich. Erst nachdem Jean-Pascal ihr die kratzige, aber warme Wolldecke um die Schultern gelegt und ihr einen Schluck Milchkaffee mit Cognac eingeflößt hatte, wurde ihre Zunge etwas lockerer. Sie berichtete dem interessierten Publikum von einem einsamen Strand westlich von L'Île-Rousse, der von den Touristen wegen seiner Abgeschiedenheit als FKK-Strand genutzt wurde, von der absoluten Dunkelheit, in der sie aufgewacht war, und von der Panik, die sie erfasst hatte, als ihr bewusst wurde, dass sie ganz alleine an einem gottverlassenen Strand lag. Aber nicht genug: Ein unheimliches Heulen, das aus den Klippen zu kommen schien, habe sie fast zu Tode erschreckt. Verzweifelt habe sie nach dem Pfad gesucht, der durch die mannshohe Macchia führte, aber ohne Erfolg. Schließlich sei sie erschöpft zu Boden gefallen. Dort habe sie eine Weile gekauert und gehofft, dass alles nur ein böser Traum sei. Aber es war noch schlimmer gekommen: Plötzlich war sie von jemandem attackiert worden, den sie in der absoluten Dunkelheit nur hatte erahnen können. Er sei kaum größer gewesen als sie selbst, aber sehr stark. Er habe sie festgehalten und hin und her geschüttelt wie eine Puppe. Als sie laut schrie, habe er ihr den Mund zugehalten und etwas Betäubendes unter die Nase gehalten, so dass sie in Ohnmacht gefallen war.

„Zum Glück ist mir nix weiter passiert. Mir tut zwar alles weh, aber das ist ja auch kein Wunder nach der Nacht auf feuchtem Sandboden. Meinen Korb mit dem Autoschlüssel hab ich ein paar Meter weiter in einer Sandmulde gefunden. Komisch, nicht wahr? – Und noch was: Der Weg durch die Macchia, den ich gestern Abend gesucht hab, lag direkt hinter mir. Da, wo ich geschlafen hab, ging's rein. Ich muss ein paar Mal dran vorbeigelaufen sein. Ich glaub, da war nicht nur ein kranker Typ gestern Abend, sondern an dem Ort stimmt allgemein was nicht. Ich weiß nicht, wie man dazu auf Französisch sagt ..."

„Du meinst, da spukt es", half ihr Jean-Pascal.

„Ja genau, das meine ich ..."

„Für das Heulen gibt es eine einfache Erklärung", unterbrach „Le Docteur" das Schweigen, das entstanden war, nachdem Silka die Ereignisse der vergangenen Nacht geschildert hatte. „Sicherlich hast du die roten Felsen gesehen, die sich an der Westseite der Marina di Santa Lucia auftürmen – so nennen wir den Strand, da er zu Santa Lucia gehörte, dem Ort, der von den Sarazenen völlig zerstört wurde", fuhr er fort.

„Ja, sicher. Daher kam ja das Heulen", erwiderte sie.

„Nun, diese Felsen nennen wir auch *les flûtes rouges,* weil sie an manchen Stellen hohl sind und regelrechte Pfeifen bilden. Wenn der Wind stark genug ist und aus Osten kommt, erzeugt er den unheimlichen Ton, den du ohne Zweifel gestern Abend gehört hast, denn es hat einen Wetterumschwung gegeben, wie so oft Ende September, wenn die Saison vorbei ist."

„Lieber Monsieur le Docteur", unterbrach ihn der alte Antoine, „was Sie sagen, klingt zwar vernünftig, aber es ist trotzdem Unsinn. Die Wahrheit ist – und das hat die Kleine schon richtig erkannt –, dass es in der Marina di Santa Lucia spukt!"

„Echt?", entfuhr es Silka mit weit aufgerissenen Augen.

„Aber ja, wenn ich es Ihnen sage, liebes Fräulein. Es war sehr unvernünftig von Ihnen, alleine dorthin zu gehen. Tun Sie das nie wieder! Jeder hier weiß, dass es dort spukt", fuhr er im Flüsterton fort, „es spukt dort, seit die junge Vannina von ihrem Verlobten kaltblütig ermordet wurde. Das war im Oktober 1943. Ich weiß es noch genau, weil wir gerade die Deutschen von der Insel vertrieben hatten. Bitte nehmen Sie das nicht persönlich, Mademoiselle. Aber nur deshalb erinnere ich mich noch so gut daran, als sei es gestern gewesen. Der junge Leonardo kam siegreich aus der Schlacht und musste erfahren, dass sich seine Verlobte zwischenzeitlich für einen anderen entschieden hatte – zu allem Überfluss auch noch für den Sprössling einer verfeindeten Sippe. Ohne zu zögern, hat er noch am Tag seiner Heimkehr den kaum zwanzigjährigen Rivalen erdolcht. Danach verfolgte er Vannina bis an den Strand, wo er ihr die Kehle durchschnitt. Vannina hatte gehofft, dass sich die Macchia hinter ihr schließen würde wie in dem Lied über die selige Lucia – aber das Lied kennen Sie natürlich nicht. Leider wiederholte sich das Wunder nicht, und sie musste sterben."

Silka bekam plötzlich eine Gänsehaut. Die Vorstellung, dass sie eine ganze Nacht alleine an dem Strand verbracht hatte, an dem eine junge Frau kaltblütig ermordet worden war, ließ sie erschaudern.

„Red keinen Unsinn", mischte sich jetzt Eduardo ein, der immer um diese Zeit im Café des Platanes seinen ersten Rotwein trank. Als ehemaliger Bürgermeister hatte sein Wort immer noch Gewicht. „Es war eindeutig eine Vendetta – und keine Liebesgeschichte“, behauptete er und nippte an seinem Wein, „eine Sache zwischen den Paolis und den Savellis. Das lief schon seit Jahrzehnten so. Mal erschoss ein Paoli einen Savelli, mal erdolchte ein Savelli einen Paoli. Diesmal hatte es einen Savelli erwischt, weil er die Finger nicht von der hübschen Vannina lassen konnte.“

„Nun, offiziell gibt es doch laut Aussage des Reiseführers, an dem Sie mitgearbeitet haben, seit zweihundert Jahren keine Vendetta mehr; also kann es sich nur um die bedauerliche Einzeltat eines von Eifersucht zerfressenen Liebhabers gehandelt haben, nicht wahr, Herr Bürgermeister?“, erwiderte Antoine mit ironischem Augenzwinkern.

„Ich muss Ihnen zustimmen, lieber Antoine, es war nicht Vannina, die am Strand massakriert wurde, sondern der junge Savelli. Als die Mutter des Jungen, die ehrwürdige Francesca, ihren jüngsten Sohn am Strand tot auffand, kletterte sie auf die roten Felsen und stürzte sich hinab ins Meer. Die beiden Weltkriege hatten ihr zuvor bereits den Mann und ihren ältesten Sohn genommen. Und jetzt hatte man auch noch ihren jüngsten Sohn getötet, den sie geradezu abgöttisch geliebt hatte. Ihr Leichnam wurde nie gefunden. Die Korsen meiden seit jenem Tag diesen Strand, aus Angst, der Geist der alten Francesca könnte am Strand spuken. Ich weiß nicht, ob die Geister von Selbstmördern tatsächlich umgehen. Aber eines ist sicher: In mondlosen Nächten ist manchmal ein Heulen zu hören, das wie das Wehklagen einer Frau klingt. Ich habe es selbst schon gehört. Es soll junge Mädchen anziehen, die in Sünde leben, und sie ins Meer treiben", beendete er seine Geschichte mit einem Blick auf die junge Deutsche.

Der Alte hatte den Satz nicht ganz beendet, als vom Eingang her jemand rief: „Was sollen die alten Schauermärchen? Warum erzählt ihr der Kleinen nicht, was hier vor drei Jahren wirklich passiert ist, he?"

Der Mann, dessen Stimme alle zum Schweigen brachte, hatte unbemerkt das Lokal betreten. Er war untersetzt und rotgesichtig und hatte offenbar bereits einige Schnäpse intus.

Als Jean-Pascal seine Stimme hörte, zuckte er zusammen und drehte sich blitzschnell um. „Halt du dich da raus!", schnauzte er in ungewohnt barschem Ton.

„Willst du mir etwa den Mund verbieten?!", schrie der Rotgesichtige.

„Schmeiß ihn raus, oder ich kann für nichts garantieren!", befahl Jean-Pascal dem verdutzten Charles, der zum zehnten Mal an diesem Morgen die Theke abwischte.

„Ich soll Sébastien rausschmeißen, deinen …?"

„Hast du was an den Ohren?!"

„Wovon spricht er?", fragte Silka Charles, der offensichtlich nicht wusste, was er tun sollte.

„Ach nichts, das ist nur ein Spinner", gab er zurück, wobei er sich mit dem Handrücken über den Mund wischte, als hätte er gerade ein schäumendes Bier getrunken.

Plötzlich tauchte Sébastien hinter der Theke auf, schob Charles schroff beiseite und baute sich vis-à-vis von Jean-Pascal und Silka auf, sich mit beiden Händen auf der Theke abstützend.

„Frag doch ihn", zischte er Silka an und zeigte mit seinem dicken Finger auf Jean-Pascal, „er weiß genau, wovon ich rede. Meine Schwester hat er auf dem Gewissen, der Schuft. Er war mit ihr verlobt. Wenn er sie nicht hätte sitzen lassen, müsste sie heute nicht in einer Irrenanstalt dahinvegetieren."

Es war plötzlich totenstill in der Bar. Aus den Augenwinkeln sah Silka, dass draußen eine hellblaue Ente mit aufgerolltem Dach vorbeifuhr, in der offensichtlich zwei junge Touristinnen saßen. Ihre lächelnden Gesichter wirkten absurd. Die beiden hatten keine Ahnung, was sich auf der Insel wirklich abspielte …

„Juliette ist krank. Kapier das doch endlich!", entfuhr es Jean-Pascal. „Genauso krank wie du und deine ganze Sippschaft. Sie ist krank vor Eifersucht. Als ich in Lyon studierte, hat sie mir ständig unterstellt, dass ich sie mit anderen Studentinnen betrüge. Wenn ich in den Ferien zu Hause war, hat sie mir die Hölle heißgemacht. Als ich mit ihr Schluss machte, konnte ich doch nicht ahnen, dass sie versuchen würde, sich das Leben zu nehmen …"

„Von wegen krank. Sie war schwanger", dröhnte Sébastien.

„Du lügst, ich bring dich um!", schrie Jean-Pascal und versuchte, ihn am Kragen zu packen, wobei er sich über die Theke beugte und seinen Pastis umstieß.

Sébastien wich ihm geschickt aus und griff eine volle Whiskyflasche aus dem Regal hinter sich, mit der er Jean-Pascal drohte, der daraufhin instinktiv zurückwich.

„Du wusstest es, und du wusstest auch, was das für ein Mädchen bedeutet. Du hast sie sitzen lassen. Nein, nicht wegen einer Studentin in Lyon, sondern wegen Mary, der hübschen Engländerin, die jedes Jahr nach Algajola kam und die man dann eines schönen Morgens tot am Strand gefunden hat. Sie sah der kleinen Deutschen hier übrigens zum Verwechseln ähnlich, stimmt's nicht, Leute?"

Ein leises Raunen ging durch die Bar, in der sich inzwischen noch zwei oder drei junge Männer von der Straße eingefunden hatten, um sich die bevorstehende Schlägerei nicht entgehen zu lassen.

Trotz des Cognacs prägte sich die Szene mit solcher Klarheit in Silkas Gedächtnis ein, dass sie sie noch Jahre später abrufen konnte.

„An welchem Strand hat man diese Mary gefunden?", fragte sie jetzt, wobei sie abwechselnd Jean-Pascal und Sébastien in die Augen schaute.

„Dreimal darfst du raten", antwortete Sébastien, ohne Jean-Pascal aus den Augen zu lassen. „In der Macchiabucht natürlich."

Silka erstarrte. Das alles konnte nur ein Alptraum sein, aus dem sie hoffentlich bald erwachen würde: die Horrornacht am Strand, die schreckliche Geschichte von Jean-Pascal und seiner Verlobten, die nach einem Selbstmordversuch in einer psychiatrischen Klinik gelandet war, und dann die Engländerin, anscheinend ebenfalls eine Geliebte Jean-Pascals, die man tot am Strand gefunden hatte. Plötzlich stieg eine unbändige Wut auf Jean-Pascal in ihr hoch, der ihr seine Geschichte verschwiegen hatte, die sonst jeder hier zu kennen schien. Mit entschlossener Geste sprang sie von ihrem Barhocker auf, griff nach dem halbvollen Cognacglas neben ihrer Kaffeetasse und schleuderte den Inhalt in Jean-Pascals Gesicht. Dann warf sie ihm den Autoschlüssel vor die Füße und verließ schnellen Schrittes das Lokal, ohne sich noch einmal umzudrehen.

„Ich hab damit nichts zu tun, so glaub mir doch", hörte sie Jean-Pascal rufen, aber als er ihr nachlaufen wollte, hielten ihn die anderen fest. „Lass sie laufen", sagte einer der Jungen, „sie wird schon wiederkommen."

Als Silka den menschenleeren Place Paoli betrat, blies ihr ein scharfer Wind ins Gesicht. Über Nacht war es Herbst geworden. Sie tastete nach ihrem Brustbeutel und atmete erleichtert auf. Zum Glück hatte man bei dem Überfall das Geld ihrer Mutter nicht angerührt. Es würde gerade ausreichen, um mit der nächsten Maschine diesem Alptraum zu entfliehen.

Aber erst einmal musste sie irgendwie nach Sant' Ambroggio kommen. Nur wie? Die nächste *Micheline* Richtung Calvi würde erst am späten Nachmittag fahren und für ein Taxi war ihr das Geld zu schade. Es blieb ihr also nichts anderes übrig, als zu trampen. Kurzentschlossen lief sie zur *Route Nationale* und hielt den Daumen in den Wind. Sie musste nicht lange warten. Schon nach wenigen Minuten hielt ein Fahrer in einem schwarzen NSU Prinz und öffnete ihr die Tür. Sie zögerte kurz, bevor sie einstieg, da ihr ein leichter Alkoholgeruch entgegenkam. Als sie aber dem freundlichen Blick des Fahrers begegnete, der mit starkem deutschem Akzent fragte, wohin er sie mitnehmen könne, verdrängte sie ihr ungutes Gefühl und stieg ein …

Wie es zu dem schweren Unfall kam, der sich nur wenige Minuten später auf gerader Strecke ereignete, konnte später nur mithilfe eines Gerichtsmediziners aufgeklärt werden, der nicht nur Alkohol, sondern auch Heroin im Blut des Fahrers feststellte. In der Tageszeitung „Corse-Matin" wurde dem tragischen Ereignis zunächst nur eine Kurzmeldung gewidmet:

„Am Vormittag des 1. Oktober ereignete sich auf der Route Nationale 196 zwischen L'Île-Rousse und Lumio ein schwerer Autounfall. Aus noch ungeklärter Ursache verlor der Fahrer des aus Richtung L'Île-Rousse kommenden NSU Prinz die Kontrolle über sein Fahrzeug, durchbrach die Randbefestigung und stürzte in den felsigen Abgrund, wobei sich der Wagen mehrmals überschlug und in Brand geriet. Der fünfundzwanzigjährige Fahrer, ein Tourist aus Deutschland, konnte nur noch tot geborgen werden. Seine Beifahrerin, eine zwanzigjährige Mitarbeiterin des Club Méditerranée, wurde durch das beherzte Eingreifen eines Passanten aus dem brennenden Auto gerettet und befindet sich außer Lebensgefahr."

2
Oleander ist giftig

„Sampiero, sagt der korsische Geschichtsschreiber, liebte sein Weib leidenschaftlich, aber als Korse, d. h. bis zur allerletzten Vendetta."

Ferdinand Gregorovius

Algajola, 1979/80

Aus einer schmalen Luke, die eher einer Schießscharte glich als einem Fenster, konnte Jérôme die Touristinnen ins Visier nehmen, wenn sie aus den Reisebussen stiegen. Wenn die erste „Fuhre" im Frühjahr ankam, gingen ihm tausend Gedanken durch den Kopf, die man in einem einzigen Wort zusammenfassen kann: Frischfleisch!

Jérôme mochte besonders die handfesten, kräftig gebauten Mädchen aus Deutschland. Manche hatten kurze blonde Haare und leicht rote Wangen, das fand er sehr exotisch. Wenn sie dann noch Shorts trugen und hautenge Shirts, war er hin und weg. Das Schönste aber war, dass sie offenbar keine Vorurteile hatten, was Korsen betraf. Denn, anders als die meisten Französinnen, die Jérôme keines Blickes würdigten, schienen die deutschen Mädchen auf seinen Typ zu stehen. Wenn er vor der Eingangstür seines winzigen Appartements saß, das sich auf der Rückseite des Restaurants befand, in dem er kellnerte, erwiderten sie seinen Gruß und lächelten ihm freundlich zu. Um mit den deutschen Mädchen flirten zu können, die oft kein Wort Französisch sprachen, hatte er sich mit dem alten Matrosen Matthieu angefreundet, der in den sechziger Jahren bei einer Hamburger Reederei angeheuert hatte und seit seiner Rückkehr nach Algajola scherzhaft *l'Allemand* genannt wurde, ein Spitzname, der ihm geblieben war. Sein Deutsch war alles andere als perfekt und leicht antiquiert, aber es reichte, um Jérôme ein paar Vokabeln und einfache Sätze beizubringen. Als Gegenleistung musste dieser ihm zuhören, wenn er zum tausendsten Mal von Hamburg erzählte: von den großen Schiffen im Hafen, den leichten Mädchen auf der Reeperbahn und den kalten Wintern, in denen angeblich die Flüsse so fest zufroren, dass man darauf Verkaufsbuden aufstellte und Volksfeste feiern konnte. ‚Wer's glaubt, wird selig …', dachte Jérôme.

„Wenn du es schaffst, mir deutsches Bier zu besorgen, dann zeige ich dir Fotos von den Frauen", beendete er jedes Mal seine Erzählungen. Dabei kniff er schelmisch ein Auge zu, so dass klar war, dass es sich nicht um Passfotos handelte. Da Jérôme es aber nicht schaffte, Matthieu ein vernünftiges deutsches Bier zu besorgen – Exportbier akzeptierte er nicht –, bekam er die Fotos nie zu sehen …

Jérôme kellnerte Ende der Siebziger in der Bar Marina, dem einzigen Lokal in Algajola, das vom Tourismus profitierte. Das behaupteten jedenfalls die Einwohner des kleinen Fischerdorfs an der Westküste Korsikas, dessen Zitadelle dem Hinterland jahrhundertelang als Bollwerk gegen ausländische Eroberer gedient hatte. Als sie Jahre zuvor zum ersten Mal von dem geplanten Bau einer deutschen Ferienanlage in ihrer Gemeinde erfahren hatten, waren die meisten schockiert gewesen. Die Eroberung und Zerstörung Algajolas durch die Türken lag zwar fast vierhundert Jahre zurück, aber die Furcht vor ausländischen Invasoren, die übers Meer kamen, um zu plündern und zu morden, steckte ihnen immer noch im Blut. Trotz aller Versprechungen seitens der Bauherren und des örtlichen Bürgermeisters, die dem verschlafenen Ort einen allgemeinen Aufschwung versprachen, waren die meisten Dorfbewohner bis zuletzt skeptisch geblieben. Denn zu der fast schon neurotischen Angst vor ausländischen Eroberern gesellte sich seit Neuestem die durchaus berechtigte Furcht vor Terroranschlägen nationalistischer Banden, die dem Bau der Ferienanlage auf ihre Weise ein Ende setzen würden. Doch diese gefürchtete, von manchem Dorfbewohner vielleicht auch klammheimlich erhoffte *Plastiquage* blieb wie durch ein Wunder aus. Nicht ein einziger Bungalow fiel dem Terror zum Opfer, der schon so manchen Versuch, aus Korsika eine aufstrebende Ferieninsel zu machen, im Keim erstickt hatte. Als sich später herausstellte, dass es sich bei den Touristen ausnahmslos um Mitglieder christlicher Freizeitgruppen handelte, hatten die älteren Dorfbewohner schnell eine Erklärung für die Verschonung der neuen Ferienanlage parat: Sicherlich habe der Apostel Paulus, der auf seinem Weg nach Rom an diesem Ort Station gemacht haben soll, seine schützende Hand über das Bauvorhaben gehalten …

Mithilfe seiner „Deutschkenntnisse“ und eines einfachen Tricks hatte Jérôme bei den deutschen Mädchen fast immer Erfolg: Wenn ihm eine besonders gefiel, schenkte er ihr eine Oleanderblüte und lud sie zum Eisessen ein. Das hörte sich dann ungefähr so an: „Diese Blüte passen wunderbar mit Ihres Haar. Darf ich Sie einladen zu essen Eis mit mir, schönes Fröilein?“ Die Mädchen fanden den kleinen Korsen mit den großen braunen Augen charmant und seine Einladung unverfänglich. Fast alle ließen sich darauf ein, nicht ahnend, welchen Verführungskünsten sie während des „harmlosen“ Eisessens widerstehen mussten. Die Flirtbereitschaft der jungen Deutschen hatte allerdings ihren Preis. Denn obwohl Jérôme nicht schwimmen konnte und alles andere als ein begeisterter Sonnenanbeter war, schafften es seine Freundinnen fast immer, ihn zu einem Strandausflug zu überreden. An der *Plage d'Aregno* zu liegen, um braun zu werden, so schien es jedenfalls, war der einzige und wahre Grund, warum diese Mädchen nach Korsika kamen. Land und Leute interessierten sie nicht wirklich. Berge und Meer dienten nur als malerische Kulisse. Jérôme kam sich an der Seite der Mädchen oft wie ein Komparse vor, der bestenfalls eine kleine Nebenrolle spielen durfte. Alles, was für sie zählte, war: so braun zu werden wie Milchkaffee mit wenig Milch. Was nicht so einfach ist, wenn man so weiß ist wie Ziegenfrischkäse. Was genau sie antrieb, um sich stundenlang in die Sonne zu legen, konnte Jérôme nicht verstehen. In seinen Augen waren die Ausländer ziemlich verrückt. Und er selbst, so war zu befürchten, würde es bald auch sein: Ein erwachsener Mann, ein Korse noch dazu, legte sich wie ein Tourist an den Strand. Er kam sich ziemlich lächerlich vor. Außerdem fühlte er sich unbehaglich zwischen all den halbnackten Frauen und wusste nicht, wo er hingucken sollte. Viele hatten nicht mal ein Bikini-Oberteil an, sondern spazierten mit nackten Brüsten im Sand auf und ab. Hatten sie denn kein Schamgefühl?! Länger als eine Stunde hielt er diese Tortur nicht aus. Zum Glück hatten dann auch seine Freundinnen meistens genug. Es war ihnen zu heiß oder zu voll oder sie wollten zurück ins Hotel. Manchmal fuhr er mit ihnen in die Klippen bei Spano. Er kannte die Gegend wie seine Westentasche, weil er im Winter dort angelte. Der Ausblick von den Felsen auf die Bucht von Calvi gefiel den Mädchen besonders gut. Sie bestaunten die ausgehöhlten *Tafoni*, die wie riesige Eierschalen dort herumlagen, und bewunderten die Aussicht auf die Zitadelle als sei es die Akropolis …

Jérôme machte sich nicht viel aus der Landschaft. Er hätte lieber in einem schönen Garten gesessen als am Strand oder auf kahlen Felsen. Aber er besaß keinen

Garten, geschweige denn ein Haus oder ein Stück Land. Als unehelicher Sohn einer Kräutersammlerin aus der Nähe von Venaco, die von den Kindern mit Kastanien beworfen wurde, wenn sie sonntags zur Messe ging, kannte er nicht einmal den Namen seines Vaters. Das war auch der Grund, warum er von den stolzen Korsinnen, zumal wenn sie auf eine lange Reihe korsischer Ahnen zurückblickten, mit Missachtung gestraft wurde. Die einzige Korsin, die ihn je beachtet hatte, hieß Josephine und war die Tochter eines Pizzabäckers aus Corte. Sie hatten sich fast ein Jahr lang heimlich getroffen, bevor ihr Vater dahinterkam und Jérôme mit geladener Flinte den Umgang mit seiner Tochter untersagte. Wenn Jérôme an Josephine dachte, spürte er noch immer den Stachel, den ihr erzwungener Abschiedsbrief in sein Herz gebohrt hatte, und eine unbändige Wut auf seine Landsleute stieg in ihm hoch. Er fragte sich, welche Frau man ihm zugestehen würde, wenn er selbst für die Tochter eines Pizzabäckers nicht gut genug war. Die alte Ziegenhirtin aus Calacuccia vielleicht, die einen Buckel hatte und auf einem Auge blind war?!

Niemand ahnte, dass Jérôme sich für einen direkten Nachkommen des berühmten korsischen Freiheitskämpfers *Sampiero Corso* hielt. Als Kind hatte ihm sein Geheimnis sogar ein gewisses Vergnügen bereitet, so als habe er im Keller einen Goldschatz vergraben, von dem niemand etwas wusste. Jetzt aber, wo er ein Mann war, hätte er gerne den Schatz gehoben, um seine Chancen auf dem Heiratsmarkt zu verbessern.

Aber seine Mutter weigerte sich hartnäckig, den Schlüssel zur Schatzkammer seiner Herkunft preiszugeben, und beließ es bei vagen Andeutungen …

Ab und zu lud Jérôme seine Flirts zum Essen ein, meistens in die „Ranch“, wo es Pizza vom Holzkohlengrill gab, die mit einer teuflisch scharfen Soße begossen wurde. An seinen freien Tagen ging es dann weiter in die Disco „Le Rocher“, und anschließend – wenn er Glück hatte – kam eine mit zu ihm nach Hause. So ging das die ganze Saison über, bis sie schließlich wieder verschwunden waren. Eine nach der anderen. Und keine von ihnen sah er jemals wieder. Nur ein paar Briefe und Postkarten klebten an seinem Spind, alle mit Wasser geschrieben, ohne einen Tropfen Herzblut. Er hatte schnell verstanden: So schrieb man einer Urlaubsbekanntschaft, die eine bleiben sollte …

Es war bereits die vierte Nachsaison, die Jérôme an der Westküste verbrachte, als sich das Blatt endlich wendete. Er hielt gerade das Foto von Josephine in der Hand, das ihm auf der Suche nach seinem Lottoschein zwischen zwei abgeknipsten *Tiercé*-Scheinen, einem Brief von seiner Mutter und einem Stapel unbezahlter Rechnungen in die Finger gefallen war, als jemand an seine Wohnungstür klopfte. Er steckte das Foto schnell zwischen die Rechnungen und öffnete die Tür. Vor ihm stand ein junges Mädchen: klein, zierlich und mit rötlich-braunen, dauergewellten Haaren. Erst beim zweiten Hinsehen erkannte er, dass es Melanie war, seine deutsche Freundin, mit der er während der Saison liiert gewesen war …

Melanie war Jérôme sofort aufgefallen, als sie Anfang Juni aus einem der Reisebusse gestiegen war. Sie hatte genau seinen Vorstellungen von einem braven Mädchen entsprochen, das ihm ganz alleine gehören würde: Sie war klein und etwas pummelig, hatte schulterlange rötliche Haare und eine Stupsnase. Um ihre von Natur aus leicht nach oben geschwungenen Mundwinkel schien immer der Hauch eines Lächelns zu spielen. Trotz ihrer makellosen Haut und ihrer natürlichen Anmut hätte niemand sie als Schönheit bezeichnet. Gerade diese Unscheinbarkeit war es, die Jérôme gefallen hatte. Wer klug war, mied die aufreizenden Schönheiten. Man konnte nicht mit ihnen ausgehen, ohne auf eine Schlägerei gefasst sein zu müssen. Sogar die besten Freunde konnten wegen eines solchen Mädchens zu verbitterten Feinden werden …

Anfangs hatte Melanie Jérôme die kalte Schulter gezeigt. Wenn sie zum Strand ging und an seiner Haustür vorbeikam, hatte sie die Straßenseite gewechselt. Wenn er sie freundlich gegrüßt hatte, hatte sie leicht das Kinn gehoben und an ihm vorbeigeschaut. Als er ihr nachlief, um ihr eine Oleanderblüte zu schenken, hatte sie den Kopf geschüttelt und gerufen: „Oleander ist giftig." Nachdem Jérôme das Wort „giftig" in seinem zerfransten deutsch-französischen Wörterbuch nachgeschlagen hatte, war er zornig geworden. Woher wusste das kleine Nordlicht, dass Oleander giftig ist? Warum funktionierte der Trick bei allen anderen Mädchen, nur nicht bei Melanie?! War er vielleicht zu schmächtig oder zu dunkelhäutig für sie? Oder störte es sie, dass er nur einen Fiat 500 fuhr und keinen Mercedes oder BMW?

Zwei Wochen später war ihm endlich der Zufall zu Hilfe gekommen: Er hielt gerade im Schatten des Oleanderbaums Siesta, als Melanie den Parkplatz überquerte. Sie trug diesmal ein buntes Sommerkleid und sah hinreißend aus. Zuerst befürchtete Jérôme, sie würde wieder vorbeigehen, ohne ihn eines Blickes zu würdigen, aber dann kam sie direkt auf ihn zu und fragte ihn auf Französisch, ob er sie nach Algajola fahren könne. Die Telefonzellen im Dorf seien wieder einmal kaputt und sie müsse dringend in Deutschland anrufen.

Jérôme, überrascht von ihren Französischkenntnissen, erwiderte: „Na klar fahre ich dich. Kein Problem", wobei er aufsprang und die Türen seines Fiats öffnete, als wäre es ein Citroën DS. Später lud er sie natürlich noch zum Eisessen ein. Wie hätte sie da nein sagen können …

Zwei Tage später, es war einer der heißesten Tage des Jahres, waren sie zusammen in die Klippen gefahren, um baden zu gehen. Was für einen Spaß sie hatten! Wie eine Bergziege war Melanie zwischen den Felsen herumgeklettert, war übermütig ins Wasser gesprungen, hatte gelacht und gealbert. So fröhlich hatte Jérôme sie noch nie gesehen. Während sie im Wasser planschte, war er an Land geblieben, um nach seinem bewährten Liebesnest Ausschau zu halten: ein ausgehöhlter *Tafoni*-Felsen, der aussah wie ein überdimensionaler Clubsessel. Darin hatte man bequem zu zweit Platz und war vor den Blicken der Spanner geschützt, die sich da draußen herumtrieben. Tausend Sterne hatten in ihren dunklen Augen gefunkelt, als er sie küsste und „Je t'aime" ins Ohr flüsterte. Worte, die er noch tausendmal wiederholen sollte, später, als sie mit ihm auf sein Zimmer gegangen und die ganze Nacht geblieben war.

In den Wochen danach hatten sie jede freie Minute zusammen verbracht, bis die Saison zu Ende war. ‚Wie soll ich nur ohne dich weiterleben?', hatte er sie beim Abschied gefragt, und Melanie hatte ihm versprechen müssen, so bald wie möglich wiederzukommen …

Jetzt stand Melanie tatsächlich vor ihm und er wusste vor Überraschung nicht, was er sagen sollte. Sie hatte ihn zwar ein paarmal in der Bar Marina angerufen, aber dass sie nach Korsika kommen wollte, davon war nie die Rede gewesen.

„Was hast du mit deinen Haaren gemacht?" war alles, was er vor Schreck herausbrachte.

„Begrüßt man sich so auf Korsika?", fragte Melanie enttäuscht.

„Aber nein! Entschuldige bitte. Aber du siehst so völlig anders aus", antwortete Jérôme, immer noch sichtlich irritiert. „Ich hätte dich fast nicht erkannt. Was ist passiert? Warum bist du nicht an der Uni?"

„Ich gefall dir wohl so nicht mehr", wich sie ihm aus.

„Doch, doch. Hübsch, die neue Frisur. Und ganz schön abgenommen hast du. Aber vorher hast du mir auch gefallen. Das weißt du doch."

„Ich hatte keine Lust mehr, die kleine Dicke mit den roten Haaren zu sein", kokettierte Melanie, „und ich hatte gehofft, du würdest dich freuen. Es war gar nicht so leicht, in acht Wochen zehn Pfund abzunehmen, das kannst du mir glauben ..."

Endlich nahm Jérôme Melanie in seine Arme, küsste sie auf beide Wangen und dann auf den Mund. „Aber ich freue mich doch. Jetzt komm erst einmal rein und pack deine Sachen aus. Einverstanden?"

Im Laufe des Nachmittags erfuhr Jérôme, dass Melanie gar keine Studentin war, wie sie ihm im Sommer erzählt hatte, ja nicht einmal das Abitur hatte, sondern in der elften Klasse die Schule abgebrochen hatte. Sie war gekommen, um sich auf Korsika Arbeit zu suchen, denn alle Versuche, in Deutschland eine Lehrstelle zu bekommen, waren gescheitert.

„Ja, und das war auch der Grund, warum ich meine Haare gefärbt und so viel abgenommen habe. Ich dachte, ich hätte dann eine bessere Chance, eine Lehrstelle zu finden. Aber es hat alles nichts genützt ..."

Jérôme wusste nicht, was er davon halten sollte. Einerseits freute er sich natürlich, dass Melanie Wort gehalten und zurückgekommen war. Andererseits dachte er, dass es nicht klug von ihr gewesen war, die Schule zu schmeißen. Und er hoffte im Stillen, dass sie es nicht seinetwegen getan hatte. Er wollte nicht Schuld am Unglück dieses Mädchens sein.

Melanie bemerkte sofort, dass auch Jérôme sich seit ihrer letzten Begegnung sehr verändert hatte. Er schien in wenigen Wochen um Jahre gealtert zu sein. Sein Gesicht war schmal und blass geworden und der Blick seiner übergroß wirkenden dunklen Augen wirkte so traurig und erschöpft wie der eines müden Fließbandarbeiters. Als sie nach dem Abendessen in der winzigen Küche bei einem Glas Wein zusammensaßen, fragte Melanie, was mit ihm los sei. Er habe sich seit ihrer letzten Begegnung sehr verändert. Jérôme zündete sich eine Zigarette an und inhalierte tief, bevor er antwortete: „Zwei Wochen nach deiner Abreise ist etwas Schreckliches passiert."

„Und was?"

„Mein Freund Matthieu, der alte Seemann …"

„Ich weiß, wer Matthieu ist. Was ist mit ihm?", unterbrach sie ihn.

„Er ist tot."

Melanie sah augenblicklich den zahnlosen Matthieu vor sich, mit seiner alten Schiffermütze und den schelmischen Augen, die jedem zugezwinkert hatten. „Das kann nicht sein, er war doch noch quicklebendig, als ich wegfuhr. Was ist passiert?"

„Seine Tochter hat ihn morgens tot im Bett gefunden. Auf dem Nachttisch lagen jede Menge leere Tablettenbriefchen …"

„Er hat sich das Leben genommen? Das ist ja schrecklich! Aber warum?"

„Wahrscheinlich hatte er eine schlimme Diagnose bekommen. Krebs oder so. Jedenfalls vermutet das seine Tochter."

„Er war immer so lebenslustig und optimistisch. Die Diagnose muss ein schrecklicher Schock für ihn gewesen sein. Sicher wollte er seiner Tochter nicht zur Last fallen …"

Jérôme nickte zustimmend und starrte in sein Weinglas …

Die Nachricht vom Tod Matthieus, der für Jérôme fast so etwas wie ein guter Onkel gewesen war, half Melanie, Jérômes schlechte Laune zu ertragen, die sich auch in den Tagen darauf nicht besserte. Sie kochte für ihn, obwohl er kaum etwas aß, wusch seine schmutzige Wäsche, als sei er bereits ihr Ehemann, und putzte sogar das Badezimmer, das scheinbar seit Napoleons Zeiten weder Schrubber noch Lappen gesehen hatte. Jérôme nahm alles so selbstverständlich hin, als stünde es ihm zu, von vorne bis hinten bedient zu werden. Nur im Bett gelang es ihm nicht, den Unbeteiligten zu spielen, ganz im Gegenteil. Gerade in dieser Zeit, als Melanie wenig sprach und wie eine gefügige Ehefrau an seiner Seite lebte, wuchs seine Liebe zu ihr – eine Liebe, die sich wie eine unheilbare Krankheit in ihm einnistete und seine Leidenschaft entfachte.

Und das gerade jetzt, wo er sich endlich dazu durchgerungen hatte, aktiv für die Freiheit Korsikas zu kämpfen, und Kontakt zu einer Gruppe radikaler Aktivisten aufgenommen hatte. Eine feste Bindung, nach der er sich in den letzten Jahren so sehr gesehnt hatte, konnte er gerade gar nicht gebrauchen, zumal Melanie eine Ausländerin war, was bei seinen neuen Freunden womöglich Misstrauen wecken würde. Mit der Absicht, dass Melanie ihn daraufhin verlassen würde – auch wenn es anfangs schmerzen sollte –, erzählte er ihr von Josephine, seiner korsischen Verlobten, die in Lavatoggio wohne. Sie sei ein ehrbares, sensibles Mädchen, das eine Trennung nicht verkraften würde. Zwar sei es richtig, dass er Melanie inzwischen mehr liebe als dieses Mädchen, aber eine Verlobung löse man nicht so einfach auf. Da gehe es nicht nur um Liebe, da gehe es um Ehre, um Verantwortung, um den Ruf des Mädchens und den Ruf der Familie. Es müsse schon ein triftiger Grund vorliegen für so einen Schritt. Am besten wäre es, wenn seine Verlobte diesen Grund liefern würde. Aber sie sei ja so verflucht tugendhaft und perfekt, log er. In Wahrheit war seine Jugendliebe, mit der er nie verlobt gewesen war, schon längst mit einem französischen Beamten verheiratet und hatte zwei Kinder. Aber das verschwieg Jérôme natürlich.

Melanie war tief getroffen und weinte Tag und Nacht. Als Jérôme es nicht mehr aushielt und sie trösten wollte, wurde sie zornig und begann, ihn zu beschimpfen. So hatte er sie noch nie gesehen. Woher nahm sie nur die korsischen Schimpfworte? Eine kleine Furie, die ihn mit Vorwürfen überschüttete. Als hätte er ihr die Ehe versprochen! Aber sie wuchs ihm dadurch nur noch mehr ans Herz. Sie war wütend geworden wie eine echte Korsin, die ihrem Ehemann die Hölle heißmacht! Was für ein Temperament! Genauso hatte seine Mutter ihn beschimpft, wenn er etwas angestellt hatte. Schließlich war er ihr Gezeter leid und erzählte ihr, dass er die Verlobung mit Josephine lösen würde, dass er nur sie liebe und dass er seine Verlobte noch nie geliebt habe. Jedenfalls nicht so sehr, wie er Melanie liebe. Er schrieb sogar im Beisein Melanies einen Abschiedsbrief an seine Exverlobte, allerdings ohne Absender und an eine falsche Anschrift. Als Melanie sich immer noch nicht beruhigen wollte, lud er sie zum Essen ein – das beste Mittel, dachte er, um eine Frau zu besänftigen, jedenfalls eine deutsche Frau.

Sie fuhren in ein kleines Restaurant in den Bergen und erlebten einen wunderschönen Abend, den Melanie nie vergessen würde. Ihr Tisch stand vor dem offenen Kamin, in dem ein behagliches Feuer flackerte. Sie aßen Kastaniensuppe, gegrillten Fisch und zum Nachtisch eine Crème brûlée. Das Essen und der Wein waren köstlich und der Patron, der zu den neuen Freunden Jérômes zählte, war bester Laune. Zu vorgerückter Stunde holte er sogar die Gitarre hervor und spielte ein paar traditionelle korsische Lieder, was nur besonderen Gästen vorbehalten war. Offenbar hatte ihn das junge verliebte Paar gerührt, das händchenhaltend und mit glänzenden Augen in die Flammen des Kaminfeuers starrte. Der Kampf im korsischen Untergrund musste erst einmal warten …

Natürlich fand Melanie auf Korsika keine Arbeit. Als sie ankam, war die Saison längst vorbei und die meisten Hotels hatten geschlossen. Das deutsche Feriendorf erwartete zwar über Weihnachten eine Reisegruppe, aber sie brauchten Melanie nicht. Wo also hätte sie Arbeit finden sollen? Etwa auf dem Bau wie Jérôme? – Nein, wenn die Saison vorbei ist, ist auf Korsika nichts mehr los. Korsika ist eben nicht Köln oder Paris. Melanie hatte sich falsche Vorstellungen gemacht. Nicht dass es Jérôme etwas ausgemacht hätte, dass sie kein Geld verdiente. Wo einer zu essen hat, da werden auch zwei satt. Was ihm wehtat, war ihre Enttäuschung über sein eintöniges Leben, aus der sie keinen Hehl machte: Seine Wohnung war ihr plötzlich zu klein und zu kalt. Wenn er abends müde nach Hause kam, wollte sie ausgehen. Wenn er schlafen wollte, war sie hellwach. Wenn er in der Frühe aufstand, schlief sie noch. Was sie im Sommer amüsiert hatte, langweilte sie jetzt: das Meer, der Strand, sogar die Klippen. Das Wasser war ihr zu kalt, der Wind zu stark, der Strand zu einsam. In den Strandcafés saßen nur noch ein paar alte Männer und die Diskotheken hatten geschlossen. Er konnte ihr nichts bieten. Sie war jung und wollte sich amüsieren. Aber der Winter ist nun mal nicht die Zeit, in der man sich auf Korsika amüsiert. Jérôme versuchte vergebens, ihr das klarzumachen. „Geht es im Leben etwa nur darum, sich zu amüsieren?“, fragte er sie eines Abends, als sie sich wieder einmal langweilte, und antwortete selbst: „Nein! Es geht darum, sich etwas aufzubauen, eine Familie zu gründen, für das Alter vorzusorgen. Das solltest du dir merken: Wenn du dich im Sommer nur amüsierst, hast du im Winter nichts zu beißen. So ist das nun mal. Der korsische Winter ist ein strenger Lehrmeister. Ich habe meine Lektion schon längst gelernt, in den vielen Wintermonaten, in denen ich arbeitslos war. Damals ist mir klar geworden, dass ich nicht länger den Boy für die Touristen spielen will. Ich will endlich ernst genommen werden, einen angesehenen Beruf ausüben, in geordneten Verhältnissen leben. Ich will ein eigenes Haus, eine Frau und Kinder, vielleicht sogar selbst einmal Urlaub machen und mich bedienen lassen. Deshalb arbeite ich jetzt im Winter auf dem Bau. Alles, was es auf dem Bau zu lernen gibt, will ich lernen. Nur so werde ich mir einmal mein eigenes Haus bauen können. Verstehst du das?"

Wenn Melanie es ernst mit ihm meinte, würde sie ihn verstehen, dachte er, und ihm helfen, eine Existenz zu gründen. Er hatte die Nase gestrichen voll vom Amüsement: von wechselnden Liebschaften, von schummrigen Diskotheken, von teuren Drinks in schmutzigen Bars, von all dem leeren Geschwätz und der vergeudeten Zeit …

Aber Melanie verstand ihn nicht. Sie war erst siebzehn und Jérôme schon fünfundzwanzig. Vielleicht lag es daran. Vielleicht war sie tatsächlich noch zu jung. Vielleicht gehörte sie aber auch zu den Frauen, die niemals erwachsen werden, die ständig Abwechslung brauchen, die nur auf ihren Vorteil bedacht sind und keine Verantwortung übernehmen. Davor hatte er Angst. Als Kellner hatte er diese Art von Frauen zur Genüge kennen gelernt. Sie machten alleine oder mit einer Freundin Urlaub und hatten nichts anderes im Sinn, als ihre Ehemänner zu betrügen, die brav zu Hause saßen und ihnen die Reise auch noch bezahlten. Schon der Gedanke, dass Melanie ihn auf diese Weise zum Narren halten könnte, machte Jérôme rasend. Sicherlich waren die Vorwürfe, die er ihr unentwegt machte, unbegründet. Wenn sie in die Stadt fuhr, um einzukaufen, blieb sie höchstens zwei Stunden weg. Und wenn sie nach dem Einkaufen irgendwo einen Milchkaffee getrunken hatte, wusste er es abends. Seine Freunde waren schneller als die Post. Wenn Melanie sich mit einem Mann getroffen hätte, wüsste er davon. Früher oder später wäre es rausgekommen. Er machte ihr trotzdem Vorwürfe. Er wollte nicht, dass man sich erzählte, die deutsche Freundin von Jérôme treibt sich alleine in Cafés herum. So redeten die Leute nun mal …

Jérôme hatte die Vorliebe deutscher Frauen für den Besuch von Cafés noch nie verstanden, die auf Korsika noch fest in der Hand von Männern waren. Er fragte sich, warum es für eine deutsche Frau so wichtig war, alleine in ein Café zu gehen. Traf sie dort Freundinnen? Auf Korsika jedenfalls nicht! Erfuhr sie etwas, was ihr Mann ihr noch nicht erzählt hatte? Dann konnte es nicht wichtig sein. Spielte sie vielleicht Pferdetoto? Aber sie hatte doch keine Ahnung davon! Schmeckte der Kaffee besser als zu Hause?

Dann sollte sie lernen, einen guten Kaffee zu kochen! Ganz zu schweigen von dem Preis für einen Milchkaffee, für den man im Geschäft ein halbes Pfund davon kaufen konnte …

Es kam, was kommen musste. Didier, einer von Jérômes „guten Freunden“, sah eines mittags, wie Melanie ein Café in Calvi betrat. Da er arbeitslos war und nichts Besseres zu tun hatte, folgte er ihr und platzierte sich so, dass er sie im Blick hatte, ohne dass sie ihn sehen konnte. Und dann geschah etwas Unerhörtes: Melanie erkannte offenbar einen Mann, der Zeitung lesend am Nebentisch saß, und sprach ihn an. Dieser faltete sofort seine Zeitung zusammen, stand auf und setzte sich zu ihr. Didier hörte, wie die beiden sich angeregt auf Deutsch unterhielten. Nach einiger Zeit, in der sie sich, soweit er sehen konnte, nicht berührt hatten, fing Melanie plötzlich an zu weinen und der Fremde legte tröstend einen Arm um sie. Das reichte. Didier verließ das Café und lief sofort zu Jérôme auf den Bau, um ihn über das, was er gesehen hatte, zu informieren.

Als Melanie abends nach Hause kam, stand Jérôme in der Haustür. Er fragte sie, wo sie herkomme, und sie behauptete, den ganzen Nachmittag bei einer Bekannten gewesen zu sein. Wahrscheinlich hatte sie keine Lust auf die übliche Moralpredigt, die sie sich hätte anhören müssen, wenn sie ihm die Wahrheit gesagt hätte.

„Und wie kommt es, dass dich jemand im Café Rex in Calvi gesehen hat?“

„Woher weißt du … Spionierst du mir etwa nach?"
„Nein. Aber vielleicht sollte ich das in Zukunft tun. Du hast mein Vertrauen missbraucht und mich lächerlich gemacht!"
„Aber es war doch nur ein alter Schulfreund, der hier Urlaub macht …"
„Und du musstest ihm gleich um den Hals fallen, ich verstehe …"
„So ein Unsinn! Ich habe mich nur mit ihm unterhalten. Da war gar nichts dabei …"
„Und weshalb hast du geweint und dich von ihm trösten lassen?"
„Das weißt du also auch schon? Das glaub ich einfach nicht! Aber wenn du es genau wissen willst: weil ich unglücklich bin! Merkst du das denn nicht? Du hast überhaupt keine Ähnlichkeit mehr mit dem Jérôme, den ich im Sommer kennen gelernt habe. Da warst du immer gut gelaunt, charmant und fröhlich. Und jetzt? – Es kommt mir so vor, als hättest du dich innerhalb von drei Monaten in einen alten Griesgram verwandelt. Du nörgelst ständig an allem herum, nichts kann ich dir recht machen. Ich erwarte ja gar nicht von dir, dass du mir etwas bietest, mich ausführst, mit mir zusammen etwas unternimmst. Nur ab und zu mal ein Lächeln, ein Kuss, ist das zu viel verlangt? Aber nein. Du begrüßt mich ja noch nicht mal, wenn du abends von der Arbeit nach Hause kommst. Stattdessen wird die Wohnung inspiziert, ob auch alles schön sauber ist, mit mürrischer Miene in den Topf gelugt, als müsstest du Angst haben, die

Suppe sei vergiftet. Und dann wird der Fernseher eingeschaltet … Glaubst du, dass mir so ein Leben gefällt? Glaubst du, mich so glücklich zu machen?"

Jérôme war betreten und wusste nicht, was er entgegnen sollte. So viel hatte Melanie noch nie in der Landessprache gesprochen, seit sie zusammen waren. Fast bewundernd stellte er fest, wie gut ihr Französisch in der kurzen Zeit geworden war. Aber ihre Worte zeigten ihm noch deutlicher, dass sie ihn nicht verstand, nicht verstehen wollte. Sollten sie sich – jetzt, wo es ernst mit ihnen wurde – immer noch wie die Turteltäubchen benehmen? Womöglich Hand in Hand am Strand spazieren gehen, Küsschen hier, Küsschen da? – Man wusste doch, dass aus solchen Paaren nie etwas wurde.

Nach einer Weile, in der sich beide schweigend gegenüberstanden, sagte Jérôme: „Ich glaube, es ist besser für uns beide, wenn du gehst, glaub mir. Du fühlst dich nicht wohl hier und bist nicht bereit, mich zu verstehen, geschweige denn, dich anzupassen. Und was mich betrifft, so habe ich zwar keinen guten Namen zu verlieren, aber meine Zukunft. Ich brauche eine starke Frau an meiner Seite. Eine, die keine Flausen im Kopf hat, die mir hilft. Eine, die mir nicht noch zusätzliche Schwierigkeiten macht. Das Leben hier ist schon schwer genug für einen wie mich, für jemanden, der kein Geld hat und keine einflussreiche Familie."

Melanie packte schon am nächsten Morgen unter Tränen ihre Reisetasche und fuhr mit der *Micheline* zu einer Bekannten, die in Calvi wohnte. Nach Ostern würde sie mit der ersten Reisegruppe zurück nach Deutschland fliegen.

Eine Woche nach Ostern gab es dann doch noch die *Plastiquage* im Feriendorf, mit der keiner mehr gerechnet hatte: Zwei Bungalows in direkter Strandlage sowie das Gemeindebüro mit der Touristeninformation wurden bei den Explosionen schwer beschädigt. Personen kamen zum Glück nicht zu Schaden. Das konfuse Bekennerschreiben, das man am nächsten Tag im Briefkasten des Bürgermeisters fand, konnte keiner bekannten Gruppierung zugeordnet werden. Es war mit „Sampiero Corso" unterschrieben …

Kurz vor Weihnachten erhielt Jérôme einen Brief aus Deutschland, der ein kurzes Schreiben und ein Foto enthielt. Es zeigte einen Säugling in einem rosafarbenen Strampelanzug, der auf einer himmelblauen Decke lag. Das Kind hatte große, dunkle Augen und blondes Flaumhaar mit einem rötlichen Schimmer. Melanie schrieb, es sei seine – Jérômes – Tochter. Er müsse sich keine Gedanken machen, sie werde das Kind alleine großziehen und keine Ansprüche an ihn stellen. Sie wohne inzwischen wieder bei ihrer Mutter in Köln, die sich um die Kleine kümmere. Außerdem habe sie eine Lehrstelle als Apothekenhelferin gefunden.

Das Foto löste in Jérôme einen Ansturm widersprüchlicher Gefühle aus. Einerseits war er froh und stolz, Vater zu sein. Andererseits fragte er sich natürlich, ob dieses rothaarige Geschöpf tatsächlich seine Tochter war. Dann wieder ärgerte er sich, dass Melanie ihm sein Kind vorenthalten wollte. Aber vielleicht war das Ganze ja nur ein Trick, um ihm ein fremdes Kind unterzujubeln, das in Wahrheit vielleicht von diesem Deutschen stammte, mit dem sie sich im Café getroffen hatte?!

Da sich Jérôme zu keiner eindeutigen Haltung durchringen konnte, reagierte er gar nicht auf den Brief, den er noch jahrelang in der Schublade seiner Nachtkonsole aufbewahrte. Von Zeit zu Zeit schaute er sich das Foto an und suchte nach Zügen in dem kleinen Gesichtchen, die auf seine Vaterschaft schließen ließen.

Erst viele Jahre später, kurz vor seiner Hochzeit mit Isabella, einer Korsin aus guter Familie, zerriss er das Foto, verbrannte die Stücke in seinem Aschenbecher und füllte die Asche in eine leere Zigarettenschachtel. Bei einer seiner morgendlichen Ausfahrten mit dem Motorboot streute er die Asche – wie bei einer Seebestattung – ins offene Meer.

3
Le prix d'entrée

„So betrat ich denn zum ersten Mal die Insel Korsika, die mich als Kind so mächtig gelockt hatte, wenn ich sie auf der Karte betrachtete."

Ferdinand Gregorovius

Village de vacances, Juni 1982

Vereinzelte Eukalyptus- und Ölbäume säumten den staubigen Weg, der vom Dorf aus zum Restaurant führte. Als wir Anfang Juni in Korsika ankamen, hatte es bereits seit drei Monaten nicht mehr geregnet. Ein leichter Brandgeruch lag in der Luft und überlagerte den für Korsika so typischen Duft nach Kräutern der Macchia. Das am Ende des Weges auf einer kleinen Anhöhe gelegene ockerfarbene Gebäude schien Teil der versteppten Landschaft zu sein, die offenbar vor einiger Zeit von einem Buschbrand heimgesucht worden war. Der Parkplatz vor dem Eingang war öde und leer, als sei die Saison schon vorbei.

Die friedliche Ruhe sollte nicht lange anhalten: Kaum dass wir den Bus verlassen hatten, erschien eine junge Frau auf dem Parkplatz, stellte sich kurz als Chefin vor und befahl uns mit herrischer Geste, ihr zu folgen.

„Das hier sind eure Zimmer. Wie ihr seht, müssen die Betten noch aufgebaut werden. Bis um fünf Uhr solltet ihr allerdings damit fertig sein, im Restaurant wird heute Abend jeder gebraucht und auch in der Spülküche. Die Spülmaschine ist zurzeit defekt."

Die junge Frau, die uns Neuankömmlingen diesen herzlichen Empfang bescherte, war braun gebrannt, trug Schnürsandalen mit hohen Plateausohlen und ein eng anliegendes schwarzes T-Shirt-Kleid mit Spaghettiträgern. Sie hieß Viktoria und schien das Kommando in dem kleinen Feriendorf zu haben, das in deutschen Regionalzeitungen junge Mädchen als „hauswirtschaftliche Hilfskräfte" angeheuert hatte. Als sie davonrauschte, wehten ihre blonden Haare im Wind wie die Flagge einer Luxusyacht.

‚So braun werde ich in drei Monaten bestimmt auch sein', dachte ich und vergaß für einen Augenblick das hinter mir liegende Martyrium der zweitägigen Anreise per Bus und Schiff. Die winzigen Zimmer, die wir jeweils zu zweit beziehen sollten, lagen im Erdgeschoss unterhalb des Restaurants und waren jeweils kaum zehn Quadratmeter groß. Es gab weder Fenster noch irgendein Lüftungssystem, aber immerhin funktionierende Duschen. Der Boden bestand aus nacktem Beton und die kahlen, grob verputzten Wände hatten noch nie einen Farbpinsel gesehen. Hinter beschichteten Faserplatten befand sich ein Wandschrank, der so schmal war, dass er nicht einmal für den Inhalt einer kleinen Reisetasche reichte. Das Empörendste aber war zweifellos, dass niemand es für nötig gehalten hatte, vernünftige Betten für das neue Personal zu besorgen. An den leeren Wänden standen – wie in einem Baumarkt, der kurz vor der Pleite stand – lediglich ein paar Bretter und zwei dünne rote Schaumstoffmatratzen. Wie man daraus ordentliche Betten aufbauen sollte, war mir vollkommen rätselhaft. Eine dicke Spinne, die es sich in einer der Duschen gemütlich gemacht hatte, gab mir den Rest: Beim Anblick des schwarzen Krabbeltiers schrie ich so laut, dass innerhalb von fünf Minuten die gesamte Belegschaft des Restaurants versammelt war. Ich machte einen Riesenaufstand und erreichte schließlich, dass der Leiter des Feriendorfs, ein gewisser Henning Södecke, sich persönlich die Ehre gab.

Im Gegensatz zu Viktoria war er extrem blass, was durch seine öligen schwarzen Haare noch betont wurde, die er glatt nach hinten gekämmt und im Nacken zusammengebunden hatte. Mehr noch als durch sein schmieriges Aussehen fühlte ich mich von seiner eiskalten Art abgestoßen, mit der er mir und den anderen zu verstehen gab, dass wir entweder in diese fensterlosen Löcher einziehen oder mit dem nächsten Bus zurück nach Deutschland fahren würden. Von den anderen Saisonkräften, die wie Katastrophentouristen das Schauspiel aus sicherer Entfernung beobachteten, waren nur spitze Bemerkungen zu hören: „Wohl noch nie gearbeitet, was? Wir mussten auch erst mal unsere Betten aufbauen. Schließlich seid ihr zum Arbeiten hier …", und so weiter, und so fort. Man hätte den Eindruck gewinnen können, es sei ein ungeschriebenes Gesetz, dass Aushilfskräfte ihre Betten selbst bauen müssen, bevor sie ihr Quartier beziehen dürfen. Sollten wir uns vielleicht noch dafür bedanken, dass wir das Holz für die Bretter nicht selbst schlagen mussten? Gleichzeitig erklang aus dem Restaurant über uns der Kanon „Froh zu sein, bedarf es wenig …“, was ich irgendwie tröstend empfand, denn der Gesang gab mir immerhin die Gewissheit, nicht versehentlich bei der Fremdenlegion gelandet zu sein. Als sich die Sklaventreiber endlich verzogen hatten, war es bereits drei Uhr nachmittags. In zwei Stunden hieß es: strammstehen im Restaurant …

Da saßen wir wie unerwünschte Asylanten auf unseren Koffern: die schmale, fast zerbrechlich wirkende Mirjam in schwarzen Klamotten und Nina-Hagen-Make-up; die rotblonde, etwas pummelige Annemie, die alles gar nicht so schlimm fand und ständig Gummibärchen verteilte; die auffallend hübsche, wenn auch etwas blasse Nadine, die auf der ganzen Fahrt kein Wort mit den anderen gesprochen hatte und jetzt „auf der Stelle“ wieder nach Hause gebracht werden wollte, und natürlich meine (ständig mit überflüssigen Pfunden kämpfende) Wenigkeit: mit hennagefärbten Locken, knöchellangem Wickelrock und romantischen Vorstellungen von der großen, weiten Welt. Unterschiedlicher in Aussehen und Charakter hätte man ein Team nicht zusammenstellen können. Nur eines hatten wir alle gemeinsam: Keine von uns wollte ein Bad betreten, in dem sich eine dicke schwarze Spinne befand …

Mit einer Kleinanzeige im „Kölner Stadtanzeiger" hatte alles angefangen. Ein kleiner Reiseveranstalter mit dem Namen „Antonio-Reisen" suchte für die Zeit von Juni bis September „Junge Mädchen" als Aushilfskräfte in einem Feriendorf auf Korsika. Als ich die Anzeige las, wusste ich sofort, dass ich den Job haben wollte. Ich hatte gerade das Abitur gemacht und einen Studienplatz in Köln bekommen. Bis zum Semesterbeginn waren es noch drei lange Monate, in denen mir die Welt offenstand. Als ich eine Peter Stuyvesant rauchte, wurde ich mir ganz sicher: Da draußen wartete nicht nur der Duft der großen, weiten Welt auf mich, sondern jede Menge Abenteuer, die ich nicht versäumen wollte.

Meine Mutter war von meinen Plänen allerdings nicht gerade begeistert gewesen. Vor allem der Wortlaut der Anzeige („Junge Mädchen gesucht") hatte sie verständlicherweise irritiert. Wurden hier etwa junge Mädchen für die Freizeitgestaltung solventer Herren angeworben? War „Antonio-Reisen" etwa der Deckname für eine Mädchenhändlerbande, die in deutschen Städten ihre Ware anheuerte, um sie über Korsika nach Nordafrika und in den Orient zu verschachern? Da sie niemanden kannte, der schon einmal auf Korsika Urlaub gemacht hatte, stand für sie fest, dass mit dieser Insel irgendetwas nicht stimmen konnte. Hatte sie nicht Worte wie „Bombenterror" und „Fremdenlegion" schon einmal im Zusammenhang mit Korsika gehört? Vielleicht war die Insel ja eine Art Alcatraz, eine Gefängnisinsel, auf der es von Terroristen und Sträflingen nur so wimmelte …

Da meine Mutter immer das Schlimmste hinter allem vermutete, ließ ich mich von ihren Befürchtungen nur wenig beeindrucken. Während sie noch damit beschäftigt war, weitere Horrorszenarien zu entwerfen, hatte ich bereits den Telefonhörer in der Hand, um mich mit der angegebenen Kontaktperson in Verbindung zu setzen. Von einer säuselnden weiblichen Stimme erfuhr ich, dass es sich bei „Antonio-Reisen" um einen jungen Reiseveranstalter handelte, der vornehmlich Gruppenreisen organisierte und sich auf christliche Freizeiten spezialisiert hatte. Die Reisegruppen wurden per Bus und Schiff in ein kleines Feriendorf an der Westküste Korsikas verfrachtet, wo sie von überwiegend deutschem Personal verpflegt und betreut wurden. Das Wort „christliche Reisegruppen" löste bei mir ähnlich unangenehme Assoziationen aus wie die Formulierung „Junge Mädchen gesucht" bei meiner Mutter. Vielleicht lag sie mit ihrer Befürchtung, der Veranstalter suche keine Servicekräfte, sondern gehorsame, lächelnde Geishas, gar nicht so falsch. Natürlich behielt ich meine Gefühle für mich und verstand es, den Begriff „christlich" meinen Eltern gegenüber als Trumpf auszuspielen, der alle Bedenken verschwinden ließ wie „Meister Proper" den Schmutz von den Küchenfliesen, damals noch olivgrün und mit bunten Prilblumen beklebt. Mein Vater ließ es sich jedoch nicht nehmen, dem Vorstellungsgespräch beizuwohnen, um sich den „Laden" einmal persönlich anzuschauen. Zu diesem Zeitpunkt hatte ich im Geiste bereits die Koffer gepackt, so dass nur ein Seebeben im Mittelmeer mich davon hätte abbringen können, nach Korsika zu fahren. „Drei Monate Korsika, Sonne, Strand und Meer“, träumte ich, nicht ahnend, dass drei Jahre daraus werden sollten …

‚Wann klingelt endlich der Wecker, um mich aus diesem Alptraum zu erlösen?‘, dachte ich gerade, als mir köstlicher Kaffeeduft in die Nase stieg. Ich stand unwillkürlich von meinem Koffer auf, um herauszufinden, woher der verlockende Duft kam. Vielleicht gab es ja irgendwo da draußen noch andere, freundlichere Menschen, die uns zu einer Tasse Kaffee einladen würden. Gefolgt von der kleinen Annemie, stahl ich mich wie eine Diebin um die Ecke, aber die Türen auf dieser Seite des Hauses, in dessen erster Etage sich das Restaurant befand, waren alle verschlossen und abweisend wie Grabkammern. Gemeinsam gingen wir weiter und erreichten schließlich die Rückseite des weitläufigen Gebäudes, das von außen so charmant war wie eine Mietskaserne aus den Sechzigern. Auch hier gab es mehrere Türen, hinter denen sich wahrscheinlich weitere Zimmer für das Personal verbargen.

Kurz bevor wir wieder kehrtmachen wollten, entdeckten wir endlich die Quelle des verführerischen Dufts: Im Schatten eines wunderschönen Oleanderstrauchs, der trotz der anhaltenden Trockenheit mit Blüten übersät war, saß ein junger Mann mit sonnengebräuntem Teint, der gerade mit spitzen Fingern eine winzige Kaffeetasse an seinen Mund führte.

‚Wenn es einen Kaffeegott gibt', dachte ich, ‚dann haben wir gerade sein Reich betreten …'

Als uns der junge Mann bemerkte, strahlte er, als wären wir alte Bekannte, und rief: „Bonjour, Mesdemoiselles!" Er saß auf einem weißen Plastikschemel vor einer geöffneten Zimmertür, neben ihm stand ein weiterer Schemel, der ihm als Tisch diente. Wir waren enttäuscht, dass es sich offensichtlich nicht um einen Kollegen handelte, und wollten gerade wieder kehrtmachen, als er auf Deutsch rief: „Trinken Kaffee?"

Der Duft war unwiderstehlich und ein „Oui" kam mir über die Lippen, noch ehe ich meinen Verstand eingeschaltet hatte, der mir gesagt hätte, dass es unvernünftig sei, mit einem wildfremden Mann unbestimmter Herkunft Kaffee zu trinken, was möglicherweise unabsehbare Folgen haben könnte, womit mein Verstand recht gehabt hätte …

Er stand sofort auf und holte ein paar aufeinandergestapelte weiße Plastikstühle aus einem der benachbarten Zimmer. Dann verschwand er erneut und kam mit winzigen weißen Mokkatassen und ebenso winzigen Kaffeelöffeln zurück, die er aus einer Puppenküche geholt haben musste. „Kollege macht Kaffee", sagte er nur, und tatsächlich: Nach ein paar Minuten trat ein zweiter Mann aus einer der anderen Türen. Ich stutzte. Der Mann hatte schwarze Locken, aber einen ziemlich hellen Teint und überraschend helle Augen. Ob das wohl ein Korse war? Oder ein Grieche? Oder ein Italiener?

Der „Tisch" wurde wieder seiner ursprünglichen Bestimmung zugeführt und schon nach wenigen

Minuten saßen wir in geselliger Runde zusammen, schlürften heißen, süßen Espresso und versuchten Konversation zu machen. Angesichts der beiden gut aussehenden jungen Männer, die sich uns als Jérôme und Amaro vorstellten, sah ich zum ersten Mal einen Sinn darin, Französisch als Leistungsfach gewählt zu haben. Als wir den beiden von der unfreundlichen Begrüßung erzählten, nickten sie verständnisvoll und vielsagend. Jérôme, der ein paar Brocken Deutsch sprach, meinte dazu: „Deutscher Chef nix gut. Mädchen immer nur Arbeit, nix Strand, nix Bar Marina. Ich kommen gleich mit Amaro, machen Betten." Als ich protestierte und ihm zu verstehen gab, dass nicht *er*, sondern unser Chef dafür zu sorgen habe, dass die Betten für das Personal aufgebaut würden, meinte er nur: „Willst du in Bett schlafen oder auf Erde?"

Natürlich wünschten wir uns nach der langen Busreise nichts sehnlicher, als in einigermaßen bequemen Betten zu schlafen, und nahmen schließlich das Angebot an.

„Und jetzt noch trinken klein Pastis auf Freundschaft", sagte Jérôme und verschwand wieder in dem Zimmer, aus dem Amaro eben den Kaffee gebracht hatte. Annemie und ich schauten uns verständnislos an.

„Pastis – was ist das?", fragte ich auf Französisch.

„Das ist ein Aperitif", antwortete Amaro, der schon einmal die Tassen zusammenräumte.

‚Aha', dachte ich, ‚jetzt wird der Kinderkram weggeräumt, um Platz zu schaffen für die harten Sachen.'

„Eines der Lieblingsgetränke der Korsen, neben Wein und Ziegenmilch natürlich", er zwinkerte schelmisch mit dem Auge, „es schmeckt sehr erfrischend. Man darf nur nicht zu viel davon trinken."

Kurz darauf kam Jérôme mit vier etwas zu klein geratenen Saftgläsern heraus, die bis zur Hälfte mit einer gelbgrünen Flüssigkeit gefüllt waren, in der Eiswürfel schwammen. Neugierig, wie ich war, hatte ich bereits das Glas an den Mund gesetzt, um zu probieren.

„Stopp, nicht trinken!", rief Amaro, als wäre es Gift. „Das ist viel zu stark. Da kommt noch Wasser dazu."

Ich setzte das Glas wieder ab und wartete geduldig, bis Jérôme alle Gläser mit klarem Wasser aufgefüllt hatte. Danach probierte ich erneut. „Das schmeckt ja wie Medizin", stellte ich überrascht fest, nachdem ich einen Schluck genommen hatte. Der Geschmack war zu ungewohnt, als dass er mir sofort zugesagt hätte.

Ganz anders die kleine Annemie: „Schmeckt irgendwie nach Lakritz", bemerkte sie und leerte das Glas in einem Zug …

Als wir wenig später leicht angeheitert unseren beiden Kolleginnen von unserer „Begegnung der besonderen Art" erzählten, machten diese keinen Hehl daraus, was sie von der Selbstlosigkeit der angebotenen Hilfe hielten. „Bestimmt war das Ganze nur eine geschickte Anmache", bewertete Nadine das freundliche Angebot der beiden Männer, uns beim Bettenaufbau behilflich zu sein. Annemie und ich teilten zwar ihre Befürchtung, machten allerdings in der noch verbleibenden Stunde bis Dienstbeginn keinerlei Anstalten, selbst Hand anzulegen. Wir hatten Glück: Als wir am späten Abend endlich frei hatten, waren die Betten fertig und die Duschen von allem, was krabbelte, befreit. Die freundlichen Nachbarn hatten tatsächlich Wort gehalten. Ich schaffte es an diesem Abend allerdings nicht mehr, die Dusche zu testen, denn nachdem ich mich probeweise auf die rote Schaumstoffmatratze gelegt hatte, schlief ich fast augenblicklich ein und träumte von einem schwarzgelockten Engel, der mir duftenden Espresso ans Bett brachte. Als ich aber davon trinken wollte, war kein Kaffee in der Tasse, sondern Pastis …

Am nächsten Morgen wachte ich als Erste auf und schlich mich im Morgenmantel leise hinaus. Um einen Blick aufs Meer zu erhaschen, musste ich zur Westseite des Restaurants laufen, wo Jérôme und Amaro wohnten. Von dort hatte man einen Blick auf die kleine Bucht, die allerdings zu dieser Tageszeit noch ziemlich unspektakulär aussah. Auch das Meer zeigte sich von seiner blassen Seite und verschwamm mit dem hellgrauen Morgenhimmel. Die Dächer der dort unten verstreut liegenden, neu gebauten Ferienbungalows wurden nur vereinzelt von schnellwachsenden Zypressen überragt. In Grünanlagen war offenbar nicht viel Geld investiert worden. Soweit ich erkennen konnte, waren die Bungalows dort unten in der Bucht ebenso schmucklos wie das Restaurant, das über unseren Zimmern lag. Und die flachen Hügel, in die alles eingebettet war, glichen eher einer Steppe als einer subtropischen Landschaft. So karg hatte ich mir ein

Dorf auf einer Mittelmeerinsel nicht vorgestellt. Wo waren die Palmen? Wo die Wäscheleinen zwischen malerischen Häusern, wo die bunten Fischerboote? Ich musste an die Begrüßung denken und wurde wütend. Sicherlich wurden Schwerverbrecher bei ihrer Ankunft im Gefängnis freundlicher empfangen als meine Kolleginnen und ich. Die Arbeit am Vorabend im Restaurant war die reinste Knochenarbeit gewesen. Zehn Mädchen hatten zweihundert Gäste versorgt: eindecken, auftragen, Getränke servieren, abräumen, abwaschen (per Hand, da die Spülmaschine defekt war), die Tische abwischen, die Böden wischen und die Tische wieder neu eindecken. Über eine steile Treppe, die von der Küche zum Restaurant führte, musste nicht nur das ganze Essen hochbugsiert, sondern auch der schwere Müll wieder hinuntergeschleppt werden. Am Ende dieses ersten Tages habe ich mich ernsthaft gefragt, ob es nicht besser gewesen wäre, in die Hände einer Mädchenhändlerbande zu fallen als in die einer sogenannten christlichen Reisegesellschaft …

Plötzlich drang ein leises Quietschen an mein Ohr, als hätte jemand vorsichtig eine Wagentür geöffnet. Da ich mich in meinem alten Morgenmantel nicht präsentabel fühlte, spähte ich vorsichtig um die Hausecke und erblickte ein kleines Nebengebäude, das ich auf meiner ersten Erkundungstour ums Haus nicht entdeckt hatte. Davor stand Henning neben der geöffneten Heckklappe seines Kombis. Ich wollte mich gerade umdrehen, um zu gehen, als Viktoria auf der

Bildfläche erschien, mit mehreren Kartons auf den Armen, die sie in den Laderaum des Kombis bugsierte. Henning war in der Zwischenzeit in der offenen Tür verschwunden, aus der Viktoria gerade herausgekommen war. Es musste sich um ein Warenlager handeln. Denn kurz darauf kam auch Henning mit zwei großen Kartons heraus, die er im Kofferraum verstaute. Die beiden holten abwechselnd noch weitere Kisten aus dem Haus, bis der Wagen bis unters Dach vollgeladen war. Erst als absolut nichts mehr hineinpasste, stiegen sie ein und fuhren los.

Erst im Nachhinein wurde mir bewusst, warum mir diese Szene so merkwürdig erschienen war. Die beiden hatten während der ganzen Aktion kein Wort miteinander geredet. Auch schienen sie sich zu bemühen, beim Beladen des Wagens möglichst geräuscharm vorzugehen. Ob es ihnen nur darum gegangen war, niemanden um fünf Uhr morgens zu wecken? Aber die Personalzimmer waren auf der anderen Seite, und die Touristen wohnten unten im Dorf.

Als ich mich – noch in Gedanken versunken – umdrehte, um zurück in mein Zimmer zu gehen, trat Amaro aus einem der Zimmer, der schwarzhaarige Fremde mit den hellen Augen, und zündete sich eine Zigarette an. Ich zog meinen orange-grünen Frotteemantel enger um die Taille und hauchte ein verlegenes „Bonjour".

‚Wie seh ich bloß aus?', fragte ich mich besorgt. ‚Ich bin ja noch nicht mal gewaschen und gekämmt.'

„Bonjour, Mademoiselle, wie geht's?"

Amaro schien es nicht zu stören, dass ich aussah wie eine übernächtigte Hebamme. Jedenfalls war er genauso freundlich wie am Tag zuvor.

„Vielen Dank für das Bettenbauen. Wie kann ich mich revanchieren?", antwortete ich wieder einmal unbedacht.

„Wie wär's, wenn wir heute Abend zusammen ausgingen?", nahm Amaro das Angebot augenzwinkernd an.

„Heute Abend schon?" Ich merkte, wie ich rot wurde. „Ich meine, das geht leider nicht. Ich habe Dienst."

„Schade. Dann vielleicht ein anderes Mal?"

„Vielleicht", erwiderte ich, wobei ich Amaro ein vielversprechendes Lächeln schenkte und mich auf dem nicht vorhandenen Absatz meiner Gummilatschen umdrehte, um zurück in mein „Luxusappartement" zu schweben.

‚Er hat mich eingeladen', frohlockte ich innerlich, ‚dieser korsische Kaffeegott hat mich tatsächlich eingeladen. So etwas ist mir in Deutschland noch nie passiert. Das fängt ja gut an.'

Als ich leise das Zimmer betrat, schlief Annemie zum Glück noch. Ich konnte also in Ruhe meine Morgentoilette erledigen und würde rechtzeitig zum Frühstück oben im Restaurant erscheinen. Auf keinen Fall wollte ich Viktoria Anlass zur Kritik geben. Von dieser blonden Sklaventreiberin sollten wir an diesem Morgen erfahren, welche Aufgaben uns in den nächsten Wochen und Monaten erwarteten. Ich war schon gespannt …

Zum Frühstück gab es, außer dem obligatorischen Baguette, nur undefinierbare rote und gelbe Marmelade, die aus riesigen Konservendosen in kleine Glasschälchen gefüllt wurde, sowie Butter und französischen Frischkäse in Portionspäckchen. Die Kargheit des Frühstücks hätte noch als typisch französisch durchgehen können. Die Einfallslosigkeit und Fadheit des Abendessens grenzte allerdings schon an Körperverletzung. Am Vorabend war es mir fast peinlich gewesen, die Schüsseln mit verkochten Salzkartoffeln, Erbsen und Möhren aus der Dose sowie trockenen Schnitzeln auf die schmucklosen Tische zu stellen. Aber die durchweg anspruchslosen Gäste hatten alles mit Appetit verzehrt, als hätte man ihnen ein Drei-Sterne-Menü serviert: Froh zu sein, bedarf es wenig!

Nach und nach trudelten jetzt die anderen „Saisonhelfer“ ein. Außer uns Neulingen gab es vier weitere deutsche Mädchen sowie eine Französin und zwei junge Männer, die sich noch nicht vorgestellt hatten. Zählte man Viktoria und Henning dazu, die man wohl eigens für den „herzlichen Empfang des Personals“ engagiert hatte, bestand die Belegschaft insgesamt aus dreizehn Personen, von denen nur zehn im Restaurant und in der Küche anpackten und – wie sich später herausstellte – von denen nur *einer* über eine adäquate Ausbildung verfügte: der Koch.

Wie nicht anders zu erwarten, waren wir Mädchen für alles zuständig: Service, Küchendienst, Reinigung und Endreinigung der Bungalows, Packen der Lunchpakete, Putzen des Restaurants, der Küche und aller Nebenräume. Viktoria ging während ihrer

Anweisungen in der Küche auf und ab wie ein Spieß vor der Kompanie: „Nach dem Frühstück verteile ich den Dienstplan für diese Woche: Kirsten und Michaela, Betty und Annemie sowie Mirjam und Nadine bilden jeweils Teams, die ich für die Reinigung der Bungalows eingeteilt habe. Damit müsst ihr bis ein Uhr durch sein. Danach kommt ihr zurück ins Restaurant. In der Küche brauchen wir zurzeit jede Hand. Der Rest kümmert sich um die Lunchpakete, damit haben die anderen also nichts am Hut. Florence hilft mir nachmittags im Büro, nicht weil ich sie vorziehen würde, sondern weil sie am besten Französisch spricht. Nach dem Küchendienst habt ihr frei. Spätestens um fünf Uhr sind alle wieder an Bord. Was dann zu tun ist, kennt ihr ja schon von gestern Abend. Bei Fragen wendet euch an Kirsten. Sie ist schon seit April hier und kennt alles."

Die wortkarge Kirsten sah so aus, wie man sich eine Gefängniswärterin im Frauengefängnis vorstellt: breites Kreuz, ausdruckslose Augen und strähnige Haare. Jetzt grinste sie in meine Richtung, als wollte sie sagen: ‚Ich werde dir schon zeigen, wer hier der Boss ist.' Betty, Kirstens Zimmergenossin, hatte mir bereits am Vorabend ihr Leid geklagt, nämlich dass Kirsten alle anderen ständig schikanierte und sich jeden Abend mit Whisky volllaufen ließ. „Gehascht wird hier auch", vertraute Betty mir beim Abtrocknen an, „der Sven hat immer was in der Tasche." Sven, so erfuhr ich schon bald, war der Neffe der Geschäftsführerin in Deutschland und daher der Günstling von

Viktoria. Er wurde uns als „Surflehrer" vorgestellt und schien in jeder Hinsicht absolute Narrenfreiheit zu haben. „Seine einzige Aufgabe besteht darin", flüsterte Betty mir zu, „mit dem VW-Bus durch die Gegend zu fahren und uns Mädchen das Leben schwer zu machen. Er hilft grundsätzlich weder in der Küche noch im Restaurant. Selbst die schweren Mülltonnen lässt er uns alleine schleppen." Auch jetzt saß er noch am Frühstückstisch, während wir anderen bereits seit einer Stunde arbeiteten. Trotz oder wegen vermeintlich positiver Attribute, wie „groß", „blond" und „blauäugig", gehörte er zu der Sorte Jungs, vor denen ich auf der Hut war. Sein großspuriger Gang und seine Augen, die er oft zu schmalen Schlitzen zusammenkniff, ließen bei mir alle Alarmglocken läuten.

Florence, die Französin, dagegen schien ganz nett zu sein. Sie sah aus wie die jüngere Schwester von Mireille Mathieu und sprach perfekt Deutsch.

Am sympathischsten von allen war Peter, der Koch. Er nannte sich Pierre, hatte einen riesigen Bauch und lustige Schweinsäuglein. Von seinen Kochkünsten war ich zwar noch nicht überzeugt, aber immerhin hatte er Humor. Als Viktoria ihn an die Frühstückseier für Sonntagmorgen erinnerte, antwortete er: „Aber sicher datt! Und du? Hast du auch an den Champagner und die Trüffel für Samstagabend jedacht, Liebschen?"

Ich musste dabei an das morgendliche Verladen der Kartons denken, das ich beobachtet hatte. Vielleicht waren ja die Trüffel – oder zumindest andere hochwertige Lebensmittel – in den Kartons gewesen?

Die Bungalows waren zum Glück nicht allzu verdreckt, wenn sie von den Gästen, die vorwiegend aus Baden-Württemberg und Bayern kamen, verlassen wurden. Die meisten hatten den Müll bereits entsorgt und alle Räume ausgefegt. Trotzdem wäre es selbst für eine professionelle Putzkolonne eine Herausforderung gewesen, zehn Bungalows in fünf Stunden gründlich zu reinigen. Für zwei junge Frauen, von denen eine ihre Hauptaufgabe darin sah, ihre neue Kollegin zu kontrollieren, war es ein Ding der Unmöglichkeit. Bei den beiden handelte es sich um Kirsten und mich. Dabei ließ Kirsten keine Gelegenheit aus, sich in beleidigender Weise über meine Putzleistung zu beklagen, wobei sie von Tag zu Tag unverschämter und ausfallender wurde. Nachdem ich eine Woche lang die Demütigungen Kirstens ertragen hatte, kam es zur Katastrophe. Kirsten sah an diesem Morgen noch ungepflegter aus als gewöhnlich, roch nach Alkohol und Schweiß und hatte fettige Haare. Wenn sie in meine Nähe kam, wich ich ihr unwillkürlich aus. Als sie mich plötzlich am Arm packte und ins Badezimmer zerrte, um mir die angeblich nicht ordentlich gereinigte Kloschüssel zu zeigen, platzte mir der Kragen.

„Fass mich nicht an!“, fauchte ich sie an.

„Und du steck deine Nase nicht in Angelegenheiten, die dich nichts angehen“, zischte Kirsten zurück.

„Wie meinst du das?“, fragte ich ahnungslos.

„Ich hab dich gesehen, neulich morgens. Was schleichst du in aller Herrgottsfrühe ums Restaurant herum, he?“

„Ist das etwa verboten?“

„Ich gebe dir einen guten Rat: Steck deine Nase nicht in Dinge, die dich nichts angehen?!“

„Und du steck deine Nase nicht in Kloschüsseln, die dich nichts angehen! Solltest dich erst mal selbst waschen, bevor du hier den Kontrolletti spielst.“

Das hätte ich besser nicht gesagt.

„Ich bring dich um, du Miststück!“, keuchte Kirsten, und ihr Blick verriet, dass sie es ernst meinte. Bevor ich reagieren konnte, bekam ich einen Kinnhaken versetzt, der meinen Kiefer krachen ließ. Zum Glück konnte ich dem zweiten Schlag ausweichen. Der dritte Schlag traf mich am Auge. Kurz darauf spürte ich einen Stoß auf der Brust, der mich aus dem Gleichgewicht brachte. Ich fiel nach hinten und landete mit dem Hinterkopf auf der Kloschüssel …

Als ich wieder zu mir kam, lag ich auf einer harten Pritsche in der Ambulanz von Calvi und blickte in das besorgte Gesicht von Annemie. Ich spürte einen dumpfen Schmerz am Hinterkopf und ein taubes Gefühl am Kinn. Es fiel mir schwer, den Mund zu öffnen, um zu sprechen, weil mein Kiefer sperrte.

„Waschisch paschiert?“, presste ich zwischen den Zähnen hervor.

„Das möchte ich auch zu gerne wissen“, erwiderte Annemie leise. „Hast du Schmerzen?“

„Sch’geht. Wiescho binisch hier?“

„Betty und ich haben dich heute Morgen in einem der Bungalows am Hafen gefunden“, fuhr Annemie in ruhigem Ton fort. „Wir hatten uns gewundert, dass die Tür weit offen stand, und sind reingegangen, um nachzusehen, ob alles in Ordnung ist. Im Badezimmer haben wir dich dann gefunden. Du lagst neben dem Klo, bewusstlos und mit Blut in den Mundwinkeln. Hab erst mal geprüft, ob du noch atmest. Als klar war, dass du noch lebst, habe ich Betty losgeschickt, um Hilfe zu holen. Zum Glück kam Sven gerade mit seinem VW-Bus vorbei. Als er Betty sah, die mit wild schwenkenden Armen mitten auf der Straße stand, hat er eine Vollbremsung gemacht. Er hat dich sofort hierher nach Calvi gefahren. Wir sind ja alle so froh, dass du noch lebst."

Annemie strich mir eine Haarsträhne aus der Stirn und schaute mich voller Mitgefühl an. Der Arzt hatte eine Gehirnerschütterung und zahlreiche Hämatome festgestellt. Um sicherzugehen, dass ich mir keine inneren Verletzungen zugezogen hatte, wollte er mich ein paar Tage zur Beobachtung dabehalten. „Florence sagt, der Arzt hätte gesagt, dass es so aussieht, als hätte dich jemand verprügelt. Wer hat dir das angetan?"

„Kirschten", stieß ich zwischen den Zähnen hervor.

„Kirsten? – Aber warum? Ist die jetzt völlig durchgeknallt?"

„Isch hab tschu ihr geschagt, schie scholl schisch erscht mal waschen, bevor schie über mein Putschen meckert, da hat schie rot geschehen …"

„Ach du je! Provoziere niemals eine, die einen Kopf größer ist als du und ein Kreuz hat wie eine russische Kugelstoßerin …"

„Isch glaub, dasch war nischt der Grund, warum schie scho brutal tschugeschlagen hat …" Ich erzählte Annemie, was ich gleich am ersten Morgen beobachtet hatte. Offenbar war ich Zeugin einer nicht ganz sauberen Transaktion geworden, über die Kirsten Bescheid wusste.

„Hascht du Kirschten heute schon geschehen?"

„Nein, aber wenn Henning und Viktoria dahinterstecken, dann müssen wir aufpassen …"

Als ich einige Tage später aus dem Krankenhaus entlassen wurde, hatte sich die Stimmung in der Belegschaft spürbar gebessert. Mein Vater war durch einen Telefonanruf von Annemie über den „Unfall" und die Zustände vor Ort informiert worden, woraufhin er der Geschäftsführerin in Deutschland die Hölle heißgemacht hatte. Mit Erfolg: Sie war bereits am nächsten Tag mit einem Linienflug über Paris angereist, um sich selbst ein Bild von der Lage zu machen. Als sie mit eigenen Augen gesehen hatte, wie wir untergebracht waren, war sie schockiert gewesen. Aber erst die Inventur der Lagerbestände und eine Kontrolle der Bücher hatten dazu geführt, dass Viktoria und ihr blasser Kompagnon auf der Stelle entlassen worden waren. Offenbar hatten sie regelmäßig einen Teil der Lebensmittel abgezweigt, um damit ein Restaurant in Calvi zu beliefern, an dessen Umsatz sie beteiligt waren.

Natürlich musste auch Kirsten das Feriendorf verlassen, nicht ohne sich zuvor bei mir zu entschuldigen, wobei sie unter Tränen zugab, ein Alkoholproblem zu haben. Sie hatte zwar von den krummen Geschäften gewusst, war aber nicht aktiv daran beteiligt gewesen. Als Bezahlung für ihr Schweigen hatte sie Whisky und Cognac bekommen. Ich verzichtete letztendlich auf eine Anzeige, in der Hoffnung, dass Kirsten Wort halten und sich in Deutschland einer Therapie unterziehen würde.

In den darauf folgenden Tagen waren die Mädchen jeweils zu zweit in kleine Appartements gezogen, die direkt am Meer lagen, während Sven und Pierre es vorgezogen hatten, die ehemaligen Zimmer von Henning und Viktoria im Haupthaus zu beziehen. Die neuen Leiter, ein junges Ehepaar aus Süddeutschland, bewohnten ebenfalls ein Appartement in Strandnähe. Sie wirkten auf Anhieb sympathisch und hatten Verstärkung mitgebracht: eine junge Hilfsköchin und zwei Praktikanten, die gerade die Hotelfachschule beendet hatten und auf Korsika ihre Französischkenntnisse verbessern wollten. Mir schien es, als habe sich binnen weniger Tage wie durch Zauberhand alles zum Guten gewendet. ‚Warum nicht gleich so', dachte ich und kratzte nachdenklich meine Narbe am Kinn …

Einige Tage nach meinem Krankenhausaufenthalt sah ich endlich Amaro wieder. Er saß in der Brasserie, wo sich abends viele der Gäste und Mitarbeiter des Feriendorfs einfanden, um den Tag bei einem Glas Rotwein, Bier oder Muskatwein ausklingen zu lassen. An zwei zusammengerückten Tischen hatten sich bereits die üblichen Verdächtigen versammelt: Amaro, Annemie, Betty, Sven, Florence, Mirjam und Nadine. Letztere schien so aufgebrezelt wie eine Barbie-Puppe auf einer Modenschau. Auch Amaro wirkte an diesem Abend irgendwie unecht. Seine blauschwarzen Kraushaare waren glatt geföhnt und glänzten wie Rabenfedern. Als er mich sah, rief er: „Bonsoir, Michelle!“, wobei er strahlte, als hätte er gerade im Pferdetoto gewonnen. „Ça va, wie geht's? – Komm her, setz dich zu uns und erzähl, was passiert ist!“

Natürlich war er bereits über alle Ereignisse bestens informiert und wusste genau, was geschehen war. Dennoch war sein Gesicht voller Mitgefühl, als ich ihm berichtete, was Kirsten mir angetan hatte.

„Arme Michelle“, sagte er, als ich meine Geschichte beendet hatte. Dann legte er seine kräftige braune Hand auf die blassen Finger Nadines, als sei *ihr* das ganze Unglück passiert und nicht mir. Offensichtlich waren die beiden schon seit ein paar Tagen liiert, denn niemand außer mir schien sich zu wundern.

Ich war fassungslos. Warum hatte Annemie mir nichts davon erzählt? Sie hatte lediglich davon berichtet, dass Amaros Freund Jérôme keine Gelegenheit ausgelassen hatte, alles anzubaggern, was zwei Beine hatte und nicht bis drei zählen konnte, oder so ähnlich …

Mir war plötzlich zum Heulen zumute. Wie sehr hatte ich mich auf Korsika gefreut, die „Insel der Schönheit“ oder „die Insel der Liebe“, wie sie in Reiseführern genannt wurde. Und wie wenig hatte ich bisher davon gesehen und erlebt …

„*C'est le Prix d'Entrée,* das ist normal", sagte Amaro, als hätte er meine Gedanken gelesen.

„Was soll das heißen: *C'est le Prix d'Entrée?*", fragte Annemie.

„Das heißt Eintrittsgeld", übersetzte Nadine, die es nicht lassen konnte, mit ihren Französischkenntnissen anzugeben.

„Und was will er uns damit sagen?", fragte die ansonsten eher stille Mirjam, die sich in den letzten beiden Wochen ganz schön gemausert hatte. Ohne ihr Punk-Make-up sah sie viel jünger und hübscher aus.

„Damit will ich sagen: Wenn die Insel dich will, verlangt sie ein Eintrittsgeld von dir. Korsika ist wie eine schöne Frau. Sie will wissen, ob du stark bist oder schwach. Wenn du Angst hast, schickt sie dich wieder nach Hause, denn Feiglinge mag sie nicht. Die Insel hat viele Gesichter, aber nur wenn du die Angst überwindest, wirst du ihre Schönheit sehen – so schön wie das Paradies."

„Das kann ich nur bestätigen", sagte Nadine und küsste Amaro auf die Wange – ein Anblick, bei dem mir fast schlecht wurde. „Wir sind gestern nach Sant Antonino gefahren, ein kleines Dorf in den Bergen. Es war traumhaft", schwärmte sie.

„Hast du denn ein Auto?", fragte ich Amaro überrascht.

„Na klar hab ich ein Auto. Nur Jérôme, der alte Korse, reitet natürlich auf einem Esel", entgegnete er augenzwinkernd in Richtung des Kellners, der gerade ein Tablett mit Getränken auf den Tisch stellte.

„Stimmt. Ich leih ihn dir gerne aus, wenn dein Auto mal wieder Zicken macht“, konterte Jérôme.

„Da steht er übrigens.“ Amaro zeigte stolz auf ein rotes Sportcoupé, das er in Sichtweite geparkt hatte. Der Wagen wirkte zwischen den mehr oder weniger alten Rostlauben, die dort sonst noch herumstanden, wie der Dienstwagen von James Bond.

„Ganz nett!“, meinte Annemie spöttisch und nippte an ihrem Pastis, der offenbar ihr Lieblingsgetränk geworden war.

Plötzlich sah ich Amaro mit anderen Augen. Ein kleiner Angeber war er. Und Nadine passte hervorragend zu ihm.

Ich stand auf, um zu gehen. Den Anblick Amaros, der mit Nadine tändelte, wollte ich mir nicht länger antun, auch wenn er mir fast schon egal war.

„Wo gehst du hin?“, rief Amaro mir nach. „Komm, setz dich wieder. Bleib noch ein bisschen bei uns. Der Abend hat doch gerade erst begonnen.“

Ich zögerte einen Moment und gab vor, müde zu sein. Aber er ließ nicht locker: „Schlafen kannst du noch immer. Komm her. Was willst du trinken? Bier? Pastis? Ziegenmilch?“

Ich musste unwillkürlich grinsen. „Na gut. Dann nehme ich einen Cap Corse.“

Nadine warf mir einen giftigen Blick zu und presste ihre roten Lippen fest aufeinander. Offensichtlich war sie total genervt.

„Jérôme!“, rief Amaro viel zu laut und ohne Rücksicht darauf, dass sein Freund gerade am Nachbartisch kassierte. „Bring uns noch einen Cap Corse und für mich einen *Petit noir.* Ich muss ja noch fahren", ergänzte er, so als müsse er sich für seine Abstinenz entschuldigen. Mein Gott, konnte der Typ peinlich sein! Nadine tat mir fast schon leid …

„Und welchen *prix d'entrée* hast *du* bezahlt, als du nach Korsika kamst?", fragte Florence, die sich bis dahin in Schweigen gehüllt hatte. Offenbar ging sie davon aus, dass Amaro nicht immer auf Korsika gelebt hatte.

„Oh – das ist eine lange Geschichte", antwortete Amaro etwas verlegen und rührte gedankenverloren in seinem Espresso …

4

Die Geschichte Amaros oder „Maktub“

Als Mohamed Amar im Sommer 1973 an Bord des Schiffes ging, das ihn von Nordafrika nach Frankreich bringen sollte, war er gerade sechzehn Jahre alt geworden. Er sprach fließend Arabisch und Französisch und ganz passabel Englisch. Er war gut in Mathematik und liebte die Naturwissenschaften. Er hatte eine schnelle Auffassungsgabe, war redegewandt und geschickt. Darüber hinaus sah er blendend aus und verfügte über einen umwerfenden Charme, mit dem er fast jeden um den kleinen Finger wickeln konnte. Als er im letzten Schuljahr zum Klassenbesten avanciert war, hatte sein Vater die Idee gehabt, ihn nach Frankreich zu schicken, wo er an einem *Lycée technique* das Fachabitur machen sollte. In Paris wohnte bereits ein Onkel von Amar, der es zu bescheidenem Wohlstand gebracht hatte. Bei ihm sollte Amar wohnen, bis er die Schule abgeschlossen hatte. Danach würde man weitersehen. Natürlich hätte Amar auch in Sétif das Abitur machen können, aber sein Vater hatte sich etwas dabei gedacht, ihn nach Frankreich zu schicken. In Algerien würde er als Sohn eines einfachen Bauern –

trotz guter Zeugnisse – kaum eine Chance haben, einen gut bezahlten Arbeitsplatz zu finden. Nur ein „Vetter am Hof“ hätte dieses Wunder vollbringen können. Wer keine Beziehungen hatte, dem blieb nichts anderes übrig, als ins Ausland zu gehen. Und je früher Amar nach Frankreich ginge, umso schneller würde er sich dort anpassen und zurechtfinden können. Seine Mutter sah ihn schon als Werksleiter oder Ingenieur, der ständig neue Patente entwickelte. Sollte Amar in Frankreich Erfolg haben, wäre das ein Segen für die ganze Familie. Das kleine Vermögen für die Reise, das sie sich in den letzten Monaten vom Mund abgespart hatten, würde Amar ihnen zehn- wenn nicht gar hundertfach zurückzahlen. Wenn alles gutginge, würde er seinen Schwestern eine gute Mitgift und seinen Eltern einen sicheren Lebensabend bescheren …

Nur Amar selbst war sich nicht sicher, dass er es schaffen würde. Immer wenn er versuchte, sich sein Leben in Frankreich vorzustellen, überfiel ihn eine traurige Stimmung, die nicht zu seinem ansonsten fröhlichen Naturell passte. Als sich das Schiff von der Küste entfernte, hatte er die dunkle Vorahnung, seine Eltern nie mehr wiederzusehen. Er lief in seine Kabine und betrachtete das Amulett, das ihm seine Mutter zum Abschied geschenkt hatte: ein ovaler Anhänger aus arabischen Schriftzeichen, die das Wort „Maktub“ bildeten. Es bedeutete so viel wie „Es steht geschrieben“ oder „Schicksal“. Amars Mutter hatte es, einer inneren Eingebung folgend, speziell für ihn anfertigen lassen. Der Goldschmied, ein strenger Muslim, hatte sie gefragt, warum sie nicht ein Wort des Propheten für ihren Sohn gewählt habe. Amars Mutter hatte erwidert, dass sie im Traum ein Medaillon mit einer Inschrift gesehen und dabei eine Stimme vernommen habe, die laut und deutlich „Maktub“ gesagt habe. Sie sei sich ganz sicher, dass Gott ihr diesen Traum geschickt habe. Im Übrigen sei sie davon überzeugt, dass in den Büchern Allahs nur Gutes für ihren Sohn geschrieben stehe. Amar werde es einmal zu Ruhm und Ehre bringen, er, der Goldschmied werde noch einmal an ihre, Khadijas Worte, denken …

‚Welches Schicksal wartet dort draußen wohl auf mich?‘, fragte sich Amar, den Blick nach oben gerichtet, als müsse jeden Augenblick die Antwort an der Kabinendecke erscheinen. Er stellte sich diese Frage zum ersten Mal. Bislang hatte er sich nicht vorstellen können, dass sein Leben einmal von dem seiner Vorfahren abweichen könnte, die schon seit unzähligen Generationen ihr Leben als Nomaden und Kleinbauern fristeten, deren strenge, aber Sicherheit bietende Tradition sogar den Franzosen die Stirn geboten hatte. Plötzlich stiegen ihm heiße Tränen in die Augen, und er dachte voller Wehmut an seine Kindheit im Kreis der Familie und an seine Freunde in Sétif, wo er als Erster seiner Familie die *École primaire* abgeschlossen hatte …

Der Himmel über Marseille war verhangen, als Amar nach zwanzigstündiger Überfahrt von Bord ging, aber seine Abenteuerlust hatte wieder überhandgenommen und alle Ängste und Zweifel zerstreut wie der Schirokko die Regenwolken über Sétif. Da sein Zug nach Paris erst am nächsten Morgen fuhr, wollte er die Zeit nutzen, um die Stadt zu erkunden.

Sein erster Eindruck war enttäuschend: Die Straßen waren so eng und schmutzig wie die Kasbah Algiers, wenn nicht schmutziger, und an jeder Ecke lungerten finstere Gestalten herum, denen er im Dunkeln nicht hätte begegnen wollen. Die meisten Leute waren schlecht gekleidet, ihre Schritte hastig und ihre Blicke ängstlich oder feindselig. So hatte er sich Frankreich nicht vorgestellt. Vom ersten Augenblick an fühlte er sich unwohl in diesem Land und spürte, dass er nicht willkommen war. Von seiner morgendlichen Unternehmungslust war schon am Nachmittag nicht mehr viel übrig. Stattdessen war er todmüde und so hungrig wie vierzig Räuber nach einem Beutezug. Außerdem musste er sich bald um ein Nachtquartier kümmern. Obwohl er in den Straßen viele Landsleute auszumachen glaubte, traute er sich nicht, irgendjemanden anzusprechen, um nach einem günstigen Hotel zu fragen. Zu Hause erzählte man sich, dass sich in Marseille viele zwielichtige Gestalten herumtrieben, die mit ihren Händen ebenso flink waren wie mit dem Messer. An wen konnte er sich daher gefahrlos wenden?

Kurz darauf glaubte er, ein bekanntes Gesicht zu sehen: Miss Jones. Sie stand gelangweilt an einer Straßenecke und rauchte. Was tat sie in Marseille?

Miss Jones, seine Englischlehrerin aus Kanada, war der einzige Lichtblick im grauen Schulalltag von

Sétif gewesen. Sie war weizenblond, trug kurze Röcke oder enge Jeans, und ihre Lippen waren so rot wie der Saft eines Granatapfels. Schon ihre Art zu sprechen hatte ausgereicht, um Amar und seine Mitschüler zu erregen. Wenn sie mit ihrem englischen Akzent seinen vollen Namen „Amar Marouane“ ausgesprochen hatte, um ihn an die Tafel zu rufen, hatte es wie Musik in seinen Ohren geklungen. Er war sicher gewesen, dass sie ein Engel war oder eine Außerirdische, auf keinen Fall aber eine gewöhnliche Frau, wie er sie aus seinem Dorf kannte.

Erst als Amar näher kam, erkannte er, dass es sich bei der Blondine nicht um seine geliebte Englischlehrerin handelte. Sie war bei weitem nicht so hübsch wie Miss Jones, ihre gelben Haare waren sichtlich gefärbt und ihr Mund grell geschminkt. Als er sie nach einem Hotel fragte, musterte sie ihn kritisch von oben bis unten und bedeutete ihm mit einer Kopfbewegung, ihr zu folgen. Er wunderte sich zwar über das Gehabe der Frau, die noch kein Wort gesprochen hatte, dachte aber bei sich: andere Länder, andere Sitten.

Als er das schmutzige Zimmer betrat, das sich im zweiten Stock eines baufälligen Hinterhauses im Hafenviertel befand, ahnte er bereits, dass hier etwas nicht stimmte, aber da war es bereits zu spät. Wie hypnotisiert starrte er auf die junge Frau, die bereits begonnen hatte, sich auszuziehen.

„Nun, was ist, Kleiner? Ist wohl das erste Mal, was?“, fragte sie ihn, als er wie erstarrt vor ihr stand. Erst als sie mit bloßem Oberkörper auf ihn zukam und ihm den oberen Hosenknopf öffnete, begriff er, dass er es mit einer Prostituierten zu tun hatte. Aber er wehrte sich nicht …

Zehn Minuten später hatte er nicht nur seine Unschuld verloren, sondern auch sein ganzes Geld. Auf dem Weg zur Treppe hatte ihm jemand ein Bein gestellt, so dass er auf die verdreckten Holzdielen gefallen war. Als er sich aufrappeln wollte, tauchte über ihm ein tätowierter Kerl auf und stieß ihn wie eine leere Flasche erneut zu Boden.

„Nicht so schnell, Kleiner. Erst zahlen, dann kannst du abhauen“, zischte er.

Als Amar erwiderte, er habe bereits gezahlt, und sich weigerte, noch mehr Geld rauszurücken, schlug ihn der Zuhälter brutal nieder. Dann durchwühlte er seinen Seesack und durchsuchte seine Hosentaschen. Er fand das ganze Geld, das ihm seine Mutter mitgegeben hatte, und auch die Fahrkarte nach Paris. „Woher hast du das viele Geld, du mieser kleiner Araber? Hast wohl anständige Franzosen beklaut, was?“, beschimpfte er ihn. Als Amar nicht antwortete, nannte er ihn einen Dieb und Lügner. Das war zu viel. Amar nahm all seinen Mut zusammen und trat ihn ans Schienbein, so fest er konnte. Der Kerl jaulte auf und hüpfte auf einem Bein im Kreis wie ein Affe im Zirkus. Amar schnappte sich seinen Seesack, lief die Treppe hinunter und stürzte auf die Straße. Er rannte und rannte, bis er sich endlich sicher fühlte. Als er sich schließlich, völlig erschöpft und in Schweiß gebadet, auf eine Bank fallen ließ, war es bereits dunkel. Er wusste nicht, in welchem Stadtteil er gelandet war, er kannte niemanden, und seine Taschen waren leer. Der Gedanke, dass er sich das Geld, für das seine Familie so hart gearbeitet hatte, von einem Zuhälter hatte abnehmen lassen, verursachte einen stechenden Schmerz in seiner Magengrube. Er schämte sich entsetzlich. Wie sollte er seinem Vater jemals wieder unter die Augen treten?

Es folgten die schlimmsten Tage seines jungen Lebens. Er lebte wie ein Clochard auf der Straße, schlief auf Parkbänken, unter Brücken oder in dunklen Hausfluren. Wenn er Glück hatte, fand er einen alten Schuppen, in dem es wenigstens trocken war. Wenn er hungrig war, stahl er sich im Vorbeigehen ein Stück Obst oder eine Tomate aus den Auslagen der kleinen Gemüsehändler. Aber er war kein geschickter Dieb. Sicherlich hätte man ihn bald erwischt und er wäre im Gefängnis gelandet. Oder man hätte ihn eines Tages tot unter einer Brücke gefunden, erdolcht für ein paar Sous, die er auf der Straße aufgelesen hatte. Aber dann geschah etwas, das ihm zunächst wie ein Glücksfall vorkam …

Als er eines Tages erschöpft und hungrig in das Schaufenster einer Bäckerei starrte, tippte ihm jemand von hinten auf die Schulter. Erschrocken drehte er sich um, bereit, sofort die Flucht zu ergreifen. Als er sah, dass es sich um eine Frau handelte, atmete er erleichtert auf. Sie fragte ihn auf Französisch, ob er Hunger habe. Er schüttelte nur stumm den Kopf. In Wahrheit war er so hungrig, dass er kurz davor war, sich ein Brot zu stehlen. Sie sah ihm an, dass er log, und kaufte ihm ein Baguette. Dann fragte sie ihn, wo er wohne und ob er kein Zuhause habe. Amar überlegte kurz. Die Wahrheit war zu beschämend. Außerdem wollte er auf keinen Fall, dass sie sich mit seinem Vater in Verbindung setzte. Also beschloss er, erneut zu lügen. Er erzählte ihr, er sei aus einem Waisenhaus in Algier geflohen und als blinder Passagier auf einem Frachtschiff nach Marseille gekommen. Er wusste später nicht, ob sie ihm die Geschichte abgenommen hatte. Jedenfalls nahm sie ihn mit nach Hause, wo er sich endlich wieder waschen und seine Gebete verrichten konnte, wie es die Pflicht eines jeden Mohammedaners ist …

Die Ornandos stammten aus Korsika und wohnten in der Nähe des alten Hafens in einer kleinen Dreizimmerwohnung. Monsieur Ornando arbeitete als Lagerarbeiter im Hafen und war gerade nach Hause gekommen. Er schien sich nicht darüber zu wundern, dass seine Frau einen verdreckten Jungen von der Straße aufgelesen hatte. Als er von dem Schicksal des Waisenjungen erfuhr, sagte er nur: „Sicher hat er einen Mordshunger. Worauf wartest du noch? Koch ihm endlich etwas."

Madame Ornando kochte an diesem Abend Amars Leibgericht, das sich auch in Marseille großer Beliebtheit erfreute: Lammfleisch mit Gemüse. Als der Duft aus der Küche strömte, musste Amar an seine Mutter denken. Sie würde vor Kummer sterben, wenn sie von seinem Onkel erfuhr, dass er nicht in Paris angekommen war. Aber dann schob er den Gedanken an seine Mutter beiseite und stürzte sich auf das Essen.

Monsieur Ornando betrachtete Amar während des Essens und lächelte seiner Frau zu. Er freute sich, dass sie wieder einmal einen armen Jungen gefunden hatte, dem sie helfen konnte. Da sie keine eigenen Kinder hatte, fühlte sie sich dazu berufen, Kindern zu helfen, die in Not geraten waren. Amar war zwar kein Kind mehr, aber man sah ihm an, dass er kein gewöhnlicher Rumtreiber war und dass er Hilfe brauchte. Natürlich ließen sie ihn nach dem Essen nicht gehen, sondern überredeten ihn, wenigstens noch einen Tag bei ihnen zu bleiben. Sie könnten es vor Gott nicht verantworten, einen armen Waisenjungen des Nachts hinaus auf die Straße zu schicken, wo sich das übelste Pack herumtrieb. Amar protestierte: Schließlich sei er kein Kind mehr und wüsste sich zu wehren. Aber sie ließen nicht locker. Schließlich willigte er ein, eine Nacht zu bleiben, um einmal ordentlich auszuschlafen. Er freute sich insgeheim schon auf ein richtiges Bett, und als er endlich auf der weichen Matratze lag, versank er sofort in einen tiefen, traumlosen Schlaf.

Als er am nächsten Morgen aufwachte, wusste er im ersten Moment nicht, wo er sich befand. Sein Blick fiel auf eine dunkle Holzkommode, auf der eine schmale Vase mit künstlichen Blumen stand. An der Wand darüber hing ein großes Foto von einem Brautpaar und ein Kreuz aus Holz. Der Rahmen des Fotos war mit einer Girlande aus künstlichen weißen Rosen geschmückt. Um das Kreuz hing eine dunkle Gebetskette.

Als er aufstehen wollte, tippte ihm jemand von hinten auf die Schulter, genau wie am Tag zuvor vor dem Schaufenster des Bäckerladens. Als er sich umdrehte, traute er seinen Augen nicht. Es war tatsächlich Madame Ornando, die neben ihm im Bett lag. Dieselbe Madame Ornando, die ihn gestern noch wie ein Kind behandelt hatte. Jetzt fiel ihr schwarzes Haar offen auf ein seidenes hellgrünes Nachthemd, unter dem ihre Brüste deutlich zu sehen waren.

„Bleib liegen", sagte sie sanft, „es ist alles in Ordnung. Mein Mann ist auf der Arbeit, er wird nichts davon erfahren."

„Wovon wird er nichts erfahren?", fragte Amar, der noch nicht begriffen hatte, was hier gespielt wurde.

„Nun, dass du mit mir im Bett warst. Wenn er es erfährt, bringt er dich um."

Amar, der sich keiner Schuld bewusst war, starrte Madame Ornando mit ungläubigen Augen an und sprang aus dem Bett.

„Bleib hier", sagte sie, jetzt in schärferem Ton, „oder willst du, dass ich ihm sage, dass du mich belästigt hast, dass du seine Gastfreundschaft auf so schändliche Art missbraucht hast? – Er wird dich finden. Du fällst hier auf wie ein bunter Hund, du hast keine Freunde und du hast keinen Sou in der Tasche. Mein Mann aber hat viele Freunde und er kennt Marseille wie seine Westentasche ... Komm, sei kein Spielverderber. Ich möchte mich doch nur ein bisschen amüsieren."

Amar starrte sie an, ohne etwas zu erwidern, und analysierte im Stillen seine Lage. Sie hatte recht: Er hatte weder Freunde noch einen Sou in der Tasche. Wohin sollte er gehen? Wenn sie ihn verleumdete, war er so gut wie tot. Es blieb ihm nichts anderes übrig, als vorerst auf das unsittliche Angebot einzugehen. Später würde sich eine Lösung finden. Inschallah ...

Zum Glück war Madame Ornando nicht hässlich. Sie war zwar mindestens doppelt so alt wie Amar, aber ihr Körper war noch straff und schön. Nachdem er seine anfängliche Scheu und seine Angst, ertappt zu werden, überwunden hatte, fand er sogar Gefallen an dem Spiel, das sich in den kommenden Wochen allmorgendlich wiederholen sollte. Als Gegenleistung verwöhnte sie ihn mit seinen Lieblingsspeisen und besorgte ihm eine Arbeit in dem Hotel, in dem sie putzte.

Zuerst half er in der Spülküche, aber schon bald durfte er als Kellner im Restaurant arbeiten. Endlich konnte er seine Sprachkenntnisse einsetzen und seinen Charme spielen lassen. Mit Erfolg: Er bekam an einem Tag mehr Trinkgeld, als er zuvor für eine Woche Plackerei in der Spülküche verdient hatte. Schon nach drei Monaten hatte er das Geld für eine Reise nach Paris zusammen und konnte es wagen, seinen Onkel anzurufen ...

Die Freude des Onkels über Amars Lebenszeichen war verhalten. Seine Familie hatte sich – wie erwartet –

große Sorgen um ihn gemacht, aber diese Sorgen waren von einem anderen, tragischen Ereignis überschattet gewesen: Am Tag von Amars Abreise nach Frankreich war sein Vater auf der Rückfahrt ins Dorf bei einem Busunglück ums Leben gekommen. Amar ließ den Hörer fallen. Er war zutiefst schockiert und wollte nicht wahrhaben, dass er seinen Vater nie mehr wiedersehen sollte. Zudem fühlte er sich schuldig, denn der Unfall war am Tag seiner Abreise nach Frankreich geschehen. Bittere Tränen flossen über seine blassen Wangen, als er die Telefonkabine verließ, in der immer noch der Telefonhörer wie ein Gehängter an der Schnur baumelte …

In den darauf folgenden Tagen war in ihm der Entschluss gereift, nicht nach Paris zu fahren, um dort zur Schule zu gehen, sondern weiterhin in Marseille als Kellner zu arbeiten. Die Hälfte des Lohns und das Trinkgeld, das er für sich behielt und sparen konnte, würde er seiner Mutter schicken. Das war er ihr und seinen Geschwistern schuldig, die jetzt ohne den Schutz und die Tatkraft des Vaters zurechtkommen mussten.

Die Ornandos, die von all dem nichts ahnten, erhielten wenige Tage später Besuch von Madame Ornandos Cousin Philippe Colombani, der auf Korsika lebte. Amar erfuhr an diesem Abend, dass Philippe ein sogenannter *pied-noir,* also ein Algerienfranzose, war, der sich nach der Unabhängigkeit Algeriens auf Korsika niedergelassen hatte, der alten Heimat seiner Familie.

Philippe hatte – wie so viele *pieds-noirs* – von der SOMIVAC, einer Gesellschaft zur Förderung der Landwirtschaft Korsikas, einen großzügigen Kredit bekommen, der es ihm ermöglichte, ein Stück Land zu erwerben und Weinbau in großem Stil zu betreiben. Und Amar erfuhr noch mehr: Beim gemeinsamen Abendessen verkündete Madame Ornando stolz, dass sie ein Kind erwartete. Er wurde kreidebleich. Warum war sie ausgerechnet jetzt, da er mit ihr geschlafen hatte, schwanger geworden? War sie nicht schon seit Jahren verheiratet und galt als unfruchtbar? Er wagte es nicht, den Gedanken weiterzudenken, und tat so, als freue er sich für die beiden. Er kündigte an, dass er sich unter diesen Umständen natürlich so schnell wie möglich ein anderes Quartier suchen werde. Das Zimmer würde ja ohnehin bald für das Kind gebraucht.

Madame Ornando protestierte zum Glück nicht, und auch ihr Mann brachte nichts vor, um ihn umzustimmen. Philippe machte Amar daraufhin den Vorschlag, mit ihm nach Korsika zu kommen. Er brauche noch tüchtige Arbeiter für die Weinlese. Und in der nächsten Saison könne er ja dann – bei seinen Sprachkenntnissen – leicht in einem der zahlreichen Hotels Arbeit finden. Das Leben auf der Insel biete einem jungen Mann nicht viel Abwechslung und eigne sich daher besonders gut, um für ein Haus in der Heimat zu sparen. Außerdem sei es bei weitem nicht so gefährlich wie das Leben in Marseille. Amar willigte ein. Vielleicht war es unter diesen Umständen das Beste für ihn, Marseille zu verlassen. Korsika: Das klang abenteuerlich und romantisch. Vielleicht würde er ja auf Korsika sein Glück machen …

In der darauf folgenden Nacht fand Amar wieder einmal keinen Schlaf. War seine Entscheidung richtig, fragte er sich. War es richtig, nach Korsika zu gehen statt nach Paris? Würde er mit dieser Entscheidung nicht den Willen seines verstorbenen Vaters missachten, dessen Wunsch es gewesen war, dass sein zweitgeborener Sohn in Frankreich Abitur machte und vielleicht sogar studierte, dass er einen angesehenen Beruf erlernte, der es ihm ermöglichen würde, die Familie zu unterstützen? Schließlich stand er auf und holte den Koran aus seinem Seesack, den ihm seine Mutter trotz seiner Proteste noch eingesteckt hatte. Amar war nicht besonders gläubig, aber vielleicht würde er in der Verkündigung Mohammeds endlich eine Antwort auf seine quälenden Fragen finden.

Als er das Buch aufschlug, trafen seine Augen auf folgende Worte: „Gott sagte: Warum bist du denn so eilig von deinen Leuten weggegangen, Mose?“ Er klappte das Buch augenblicklich wieder zu. Ihm war, als habe Gott gerade in diesem Augenblick diese Frage nicht an Mose gerichtet, sondern an ihn, Amar. Ja, er glaubte sogar, eine Stimme gehört zu haben, die die gelesenen Worte zugleich laut und deutlich gesprochen hatte. War er zu schnell und vielleicht unüberlegt von seinen Leuten weggegangen? – Aber man hatte ihn doch gar nicht gefragt! Und welche Konsequenzen würde es haben, wenn er nach Korsika ginge statt nach Paris? Hatte er den geraden Weg verlassen, den

Weg, den Gott für ihn bestimmt hatte? Dann fiel ihm das Medaillon wieder ein. Und diesmal schien er endlich die Worte zu verstehen, die ihm seine Mutter mit auf den Weg gegeben hatte: *Maktub*. Wohin er auch ging, was immer ihm auch widerfahren würde, es stand schon in den Büchern Allahs geschrieben. Auch seine Todesstunde war bereits besiegelt. Mit dieser beruhigenden Gewissheit schloss er die Augen und konnte endlich einschlafen …

Die Colombanis, deren Vorfahren aus Cervione, einem Ort an der Ostküste Korsikas stammten, hatten sich nach ihrer Rückkehr aus Algerien wiederum an der Ostküste Korsikas angesiedelt, in der ehemals sumpfigen Lagune zwischen Aleria und Ghisonaccia, dessen fruchtbares Schwemmland erst seit der Trockenlegung und der Ausrottung der Malariamücken nach dem Zweiten Weltkrieg für den Weinbau genutzt werden konnte. Ihre Villa stand auf einer kleinen Anhöhe inmitten von Weinstöcken, mit denen sie die ganze Ebene bepflanzt und in eine Monokultur verwandelt hatten.

Als Amar im September 1973 bei den Colombanis eintraf, hatte gerade die Weinlese begonnen. Zu seiner Überraschung fand er unter den Arbeitern keine Korsen vor, sondern ausnahmslos junge Nordafrikaner, die Monsieur Colombani für die Weinlese angeheuert hatte. Sie waren in Baracken am Rande der Weinfelder untergebracht, jeweils zu zweit in einem Zimmer. Die Colombanis hatten sogar eigens einen algerischen Koch engagiert, der den Arbeitern mittags und abends das Essen zubereitete, das an langen Tischen vor dem Haus serviert wurde. Auch wenn man die Fleischstücke darin suchen musste: Die Eintöpfe, die mit viel Tomatenmark, Olivenöl und scharfer Würzsoße zubereitet wurden, schmeckten Amar besser als alles, was Madame Ornando je für ihn gekocht hatte. Nach getaner Arbeit setzte man sich zusammen, es wurde geraucht, Tee oder Mokka getrunken, viel gelacht und – wenn sie Glück hatten – holte Abdullah, der Älteste unter ihnen, seine *Darbuka* hervor, um mit der Trommel eines der traurigen Liebeslieder seiner Heimat zu begleiten, dessen Strophen noch niemand gezählt hatte.

Schon lange hatte Amar sich nicht mehr so wohl gefühlt wie in diesen ersten Wochen auf Korsika im Kreise seiner Landsleute, auch wenn es hie und da kleine Reibereien unter den jungen Männern gab, die aber alle friedlich geregelt werden konnten. Aber die Weinlese war bald vorbei, die Kameraden, mit denen er sich angefreundet hatte, gingen – mit Ausnahme des marokkanischen Gärtners – wieder zurück in ihre Heimat und ließen Amar alleine zurück. Da er seinem Patron positiv aufgefallen war, durfte er noch bleiben und sich weiterhin auf dem Weingut nützlich machen.

Sicherlich wäre Amar noch länger bei den *pieds-noirs* geblieben, die immer freundlich und korrekt zu ihm gewesen waren, wenn nicht Monsieur Colombani eines Tages den Besuch seiner Cousine aus Marseille angekündigt hätte. Die Ornandos beabsichtigten, ihren Neugeborenen in der Kathedrale von Cervione, dem Stammsitz der Ornandos, taufen zu lassen, und hatten vor, bei dieser Gelegenheit die Verwandtschaft in Ghisonaccia zu besuchen …

Die Vorstellung, Madame Ornando zu begegnen, war Amar unerträglich. Er beschloss, noch vor dem Eintreffen der „Marseiller Sippschaft“, wie sein Patron diesen Zweig der Familie nannte, die Colombanis zu verlassen, um an die Westküste zu gehen. Er hatte gehört, dass es im Nordwesten, wie zum Beispiel in Calvi oder L'Île-Rousse, genügend Hotels und Restaurants gäbe, die im Sommer Kellner suchten. Außerdem war die Balagne weit genug entfernt, um den Ornandos nicht über den Weg zu laufen …

In der Nacht vor seiner Abreise wurde Amar durch einen bösen Traum geweckt. Als er das Licht anmachte, sah er, wie Rauch durch die Ritzen der dünnen Bretterwand zum Nachbarzimmer in sein Zimmer eindrang. Er sprang sofort auf und lief hinaus. Als er die Tür des Nachbarzimmers, in dem der marokkanische Gärtner schlief, mit seinem Oberkörper einrammte, schlugen ihm bereits hohe Flammen entgegen. Abdullah, der wahrscheinlich eingeschlafen war, ohne vorher die Zigarette ausgemacht zu haben, lag reglos auf seinem Bett. Amar nahm all seinen Mut zusammen, sprang durch die züngelnden Flammen in das verrauchte Zimmer, hob Abdullah auf und trug ihn hinaus ins Freie. Erleichtert stellte er fest, dass sein Kollege noch lebte.

Er legte ihn auf die Seite, wie er es in der Schule gelernt hatte. Dann lief er zum Haupthaus und weckte die Colombanis, die das Feuer noch nicht bemerkt hatten.

Plötzlich herrschte ein wildes Durcheinander auf dem Weingut. Jeder hatte sich auf die Schnelle einen Eimer oder ein anderes Gefäß besorgt und mit Wasser aus der Zisterne gefüllt. Als endlich eine Eimerkette gebildet war, fiel bereits eine der Baracken zusammen. Der in der Nacht aufgekommene Ostwind ließ die Flammen wild auflodern, und alle Versuche, den Brand auf diese Weise unter Kontrolle zu bringen, erwiesen sich schon bald als aussichtslos.

Als endlich – nach fast einer Stunde – die Feuerwehr auf dem Grundstück erschien, waren bereits alle Baracken bis auf die Grundmauern abgebrannt. Nur die Scheune hatte man vor den Flammen retten können.

Monsieur Colombani vermutete hinter dem späten Eingreifen der Feuerwehr Absicht, weil er ein *pied-noir* war, und regte sich so sehr darüber auf, dass er seine Flinte aus dem Haus holte und die Feuerwehrmänner mit Schüssen von seinem Grundstück jagte.

Noch in derselben Nacht erschien ein Trupp bewaffneter junger Korsen auf dem Grundstück, zerschoss alle Türen und Fenster der neuen Villa, die die Colombanis erst vor zwei Jahren gebaut hatten, und schmierte „Colons fora" („Siedler raus") auf die Wände. Dann zündeten sie die Scheune mit den landwirtschaftlichen Fahrzeugen und Gerätschaften an, die die Colombanis von dem Kredit gekauft hatten, in dessen Genuss die einheimischen kleinen Winzer auch gerne gekommen wären, der aber den Algerienfranzosen vorbehalten war. Hinzu kam, dass sich nicht alle großen Winzer an die Gesetze hielten und jahrelang durch Weinpanscherei den gesamten korsischen Wein in Misskredit gebracht hatten, was den Ruin für Hunderte von kleinen korsischen Weinbauern zur Folge gehabt hatte, auch wenn sie nicht an den betrügerischen Weinpanschereien beteiligt gewesen waren.

Zum Glück war niemand bei dieser nächtlichen Attacke verletzt worden. Der finanzielle Schaden war jedoch beachtlich. Aber nicht nur die Colombanis hatten in der Brandnacht ein Vermögen verloren. Auch die ganzen Ersparnisse Amars, die er in einer kleinen, abschließbaren Kommode neben seinem Bett aufbewahrt hatte, waren den Flammen zum Opfer gefallen. Erneut stand er vor dem Nichts. Auf seine Bitte hin gab ihm Monsieur Colombani einen Vorschuss, unter der Bedingung, dass er ihm beim Wiederaufbau der Scheune helfen und weitere sechs Monate bei ihm bleiben sollte. Amar hatte wieder einmal keine andere Wahl und sagte zu.

Als er an diesem Abend auf seiner harten Pritsche lag und nachdachte, wobei er seine Arme unter dem Kopf verschränkte und stundenlang die Decke anstarrte, wie es ihm in den letzten Monaten zur Gewohnheit geworden war, kam er zu der Überzeugung, dass der Brand der Baracken Brandstiftung gewesen war und dass er und Abdullah nur knapp mit dem Leben davongekommen waren. Wenn auch nicht mit seinem Leben, so musste er doch mit dem Verlust seines hart verdienten Geldes dafür bezahlen, dass die Colombanis aus irgendeinem Grund den Hass ihrer korsischen Nachbarn auf sich gezogen hatten. Bereits zum zweiten Mal, seit er in Frankreich war, hatte er sein ganzes Geld verloren und war gegen seinen Willen an einen Ort gebunden, an dem er nicht sein wollte. Er entschloss sich daher, die Colombanis zu verlassen. Zwar bereute er ein wenig, sein Versprechen nicht einhalten zu können und Monsieur Colombani enttäuschen zu müssen, aber er sah keine andere Möglichkeit. ‚Wer weiß', dachte er, ‚was den Korsen als Nächstes einfällt, um die Colombanis zu vertreiben.' Ob zu Recht oder zu Unrecht, das konnte er nicht beurteilen, und es war ihm auch gleich. Jedenfalls hatte er nicht die Absicht, bei dem Unheil, das in der Luft lag, in die Schusslinie zu geraten.

Der „Vorschuss" von Monsieur Colombani würde ausreichen, um bei sparsamster Lebensführung drei bis vier Wochen über die Runden zu kommen. Sollte er bis Ende Mai noch keine Arbeit gefunden haben, würde er allerdings wieder so dastehen wie vor einem Jahr in Marseille: ohne einen Sou in der Tasche. Amar dachte nur ungern an diese Zeit zurück. Zum Glück gab es einen entscheidenden Unterschied zu damals: Er kannte inzwischen ein paar Leute, die er im Notfall ansprechen konnte, wie zum Beispiel Jean-Luc, den korsischen Milchmann, der die Ostküste und das Landesinnere mit Molkereiprodukten vom Festland versorgte. Jean-Luc würde ihn sicherlich bis Corte mitnehmen. Dort konnte er sich dann in die *Micheline* setzen, die kleine Schmalspurbahn, die ihn an die Westküste bringen würde. Sein Entschluss stand fest.

Als Amar an einem klaren Maimorgen in den Lieferwagen Jean-Lucs stieg, empfand er ein großes Glücksgefühl. Endlich fühlte er sich frei! Frei von den Colombanis, frei von den Ornandos, aber auch frei von den hohen Erwartungen seiner Eltern und Geschwister, die fast ebenso erdrückend gewesen waren wie die Umarmungen Madame Ornandos. Er wusste nicht, ob er am Ende der Saison auf Korsika bleiben oder zurück in seine Heimat gehen würde. Nur eines wusste er ganz genau: Keiner sollte es noch einmal versuchen, ihn gegen seinen Willen an sich zu binden, kein Patron – und erst recht keine Frau. Amar konnte nicht ahnen, dass just in diesem Moment, als er in den Lieferwagen Jean-Lucs stieg, nicht nur seine Freiheit, sondern sein Leben auf dem Spiel stand …

Als Jean-Luc kurz vor Corte in eine kleine Nebenstraße einbog, hatte sich Amar noch nichts dabei gedacht. Sicher kannte Jean-Luc eine Abkürzung oder wollte in einem Restaurant Halt machen, das er gut kannte. Schließlich war es kurz vor zwölf: Essenszeit auf Korsika. Aber schon nach wenigen Metern entpuppte sich die Strecke als kurvenreiche Bergstraße, die nur unzureichend befestigt war und keine

Wendemöglichkeiten bot. Während die Piste linker Hand von steilen Felsen flankiert war, bot sich dem Beifahrer rechts ein beeindruckender Ausblick auf ein Dorf, das schätzungsweise fünfhundert bis achthundert Meter tief unten im Tal lag. Das Schlimmste aber war: Jean-Luc dachte nicht im Traum daran, langsamer zu fahren.

„Wenn uns jetzt jemand entgegenkommt, sehen wir alt aus", zischte Amar, der sich krampfhaft am Griff der Autotür festhielt.

„Keine Angst", entgegnete Jean-Luc, der während der ganzen Fahrt ungewöhnlich schweigsam gewesen war und jetzt seine rechte Hand auf Amars Oberschenkel legte. „In diese Gegend verirrt sich nur selten jemand." Zunächst dachte Amar, Jean-Luc wollte ihn mit dieser vertraulichen Geste beruhigen. Aber als dieser seine Hand nicht wieder wegnahm, begann er sich unwohl zu fühlen.

„Wo fahren wir eigentlich hin?", fragte er vorsichtig. „Nach Corte hätten wir doch geradeaus fahren müssen, oder?"

„Das ist richtig. Wir machen aber noch einen kleinen Abstecher in die Berge", erklärte Jean-Luc, wobei er weiterhin nur mit der linken Hand lenkte, während die rechte auf Amars Oberschenkel verharrte. „Zu meinen Freunden", ergänzte er, wobei er breit grinste.

„Nimm bitte die Hand von meinem Bein", stieß Amar endlich mit gepresster Stimme hervor und fügte gereizt hinzu: „Ich bin doch kein Kind mehr."

„Ach nein? – Nun pass mal gut auf, Kleiner", erwiderte Jean-Luc. „Du hältst jetzt die Klappe, oder willst du, dass ich durch dein Geschwätz von der Straße abkomme?"

Amar spürte, wie ihm trotz der Schwüle, die im Wagen herrschte, das Blut in den Adern gefror. Mit Jean-Luc stimmte etwas nicht. Das war jetzt keine Frage mehr. Es war nicht nur seine Hand, die er besitzergreifend auf Amars Bein platzierte. Es war vor allem sein Blick, mit dem er ihn von der Seite während der ganzen Fahrt taxiert hatte. War er vielleicht schwul? Oder lebensmüde? Oder beides?

Hinter der nächsten Kurve hielt Amar den Atem an. Die Straße, die inzwischen noch schmaler und kurviger geworden war, wand sich einen steilen Berg hinauf, der früher einmal bewaldet gewesen sein musste. Offensichtlich hatte eine Feuersbrunst ein gespenstisches Szenario hinterlassen: verkohlte Baumstümpfe, so weit das Auge reichte …

„Müssen wir etwa noch da hoch?", fragte Amar ungläubig und zeigte auf die Serpentinen, die noch vor ihnen lagen.

„Kommt drauf an", erwiderte Jean-Luc.

„Wieso. Gibt es denn noch einen anderen Weg?"

„Na klar gibt es noch einen anderen Weg, aber der geht geradewegs in den Abgrund", entgegnete Jean-Luc, wobei er mit dem Wagen einen kleinen Schlenker nach rechts machte, dann aber wieder einlenkte. „Vor diesem Weg hat man Angst, aber manchmal ist der Abgrund besser als der Weg, der vor einem liegt, verstehst du?“

„Nein! Was soll das heißen, willst du uns umbringen? Halt an. Halte sofort an!“, schrie Amar.

Jean-Luc trat so stark auf die Bremse, dass Amar, der nicht angeschnallt war, nach vorn geschleudert wurde und gegen die Windschutzscheibe prallte.

„Bist du total bescheuert?“, keuchte Amar und fasste sich an die Stirn, von der Blut tropfte. Dann versuchte er, die Tür zu öffnen. Aber Jean-Luc hielt ihn fest.

„Wo willst du hin? – Glaubst du etwa, ich lass dich gehen?“

„Was willst du von mir? Alles, was ich habe, sind dreihundert Franc. Lass mich gefälligst los!“

Jean-Luc griff mit einer Hand unter seinen Sitz und hatte plötzlich eine Pistole in der Hand.

„Du bleibst schön hier. Verstanden? – Und du hörst mir jetzt gefälligst zu“, keuchte er. „Wir fahren jetzt zu meinen Freunden. Zu einer kleinen Hütte auf der anderen Seite des Passes. Sie warten schon auf uns.“

„Ich dachte, wir fahren an die Westküste. Was ist mit der Lieferung?!“

„Glaubst du etwa, ich hätte Milch und Käse geladen?“

„Ja, was denn sonst?“

„La vache qui rit, Tête de Moine, Gruyère, Roi de Trèfle: alles Käse vom Festland. Kein einziges Stück korsischer Käse. Ha! Denkst du! Aber du irrst dich! Der Käse, den ich heute auf Lager habe, das ist echter korsischer Käse. Aber der reift noch, und wenn er ausgereift ist, dann wird er explodieren …“

Amar wagte immer noch nicht, sich zu rühren, denn Jean-Luc fuchtelte, während er sprach, mit der Pistole vor seiner Nase herum.

„Aber er wird nicht irgendwo explodieren, nein! Es gibt da so ein kleines, schönes Feriendorf, wo die Touristen vom Festland Urlaub machen. Sant'Ambroggio heißt das Dorf. Sie lieben den korsischen Käse, die Touristen. Aber dieser hier, der wird ihnen nicht schmecken, denn er wird explodieren, wenn er reif ist, und ihre schönen kleinen Bungalows in die Luft jagen. Ein echter korsischer Käse, der in die Luft geht …"

„Aber warum?", wagte Amar zu fragen. „Was haben sie getan?"

„Kennst du die Geschichte Korsikas?"

Amar schüttelte stumm den Kopf.

„Kannst du überhaupt lesen, du kleine Ratte?"

Im selben Moment wurde Amar klar, dass er sofort handeln musste, wollte er diesem Irren entkommen. Er beugte sich leicht nach vorn, als wollte er seine Schuhe zubinden, schnellte aber blitzartig wieder hoch, wobei er mit dem linken Ellenbogen die Waffe aus Jean-Lucs Hand stieß. Dann riss er die Tür auf, sprang aus dem Wagen und rutschte die steile Böschung hinab. Nach einigen Metern fand er Zuflucht unter der Wurzel eines verkohlten, umgeknickten Baums, unter dem der Regen eine tiefe Mulde ausgewaschen hatte …

Amar wusste später nicht mehr, wie lange er in seinem Versteck ausgeharrt hatte. Waren es fünf Minuten, zehn Minuten, eine halbe Stunde? Plötzlich hörte er eine gewaltige Explosion. Für einen Moment dachte er, das Ende der Welt sei gekommen. Als aber keine weiteren Detonationen folgten, wagte er es, sein Versteck zu verlassen und hinauf auf die Straße zu klettern. Von dem Lieferwagen fehlte jede Spur. Er lief ein Stück die Straße entlang, bis er eine schwarze Rauchsäule sah, die aus der Tiefe aufstieg. Jean-Luc war nicht weit gekommen: Schon in der nächsten Kurve hatte er offenbar die Kontrolle über sein Fahrzeug verloren und war den Abhang hinuntergestürzt, wo der Wagen in Brand geraten war. Die durch das Feuer ausgelöste Explosion hatte den Wagen regelrecht atomisiert und einen riesigen Krater in die Landschaft gebohrt. Jean-Luc hatte nicht übertrieben: Der Lieferwagen musste tatsächlich voll mit Sprengstoff gewesen sein, und zwar in einer Menge, mit der man eine Handvoll Ferienhäuser in die Luft hätte jagen können …

Als Amar sich umdrehte, sah er Jean-Luc und erstarrte. Der Irre stand etwa zehn Meter vor ihm, seine Pistole direkt auf ihn gerichtet.

„Hast wohl geglaubt, ich sei schon in die Hölle gefahren!“, rief er und zeigte mit seinem Kopf in Richtung Abgrund. „Aber da hast du dich geirrt, Freundchen, denn ich hab vor, noch eine Weile unter den Lebenden zu weilen. Aber wie wär’s, wenn du statt meiner ins Gras beißt?! Wenn man deine verkohlte Leiche neben dem Lieferwagen findet, wird man glauben, dass es mich erwischt hat, und das ist gut so. Denn ich habe vor, noch mal von vorn anzufangen, drüben in Uruguay. Ohne meine Alte natürlich, und die Schulden lass ich auch lieber hier. Tut mir leid, dass du dran glauben musst, bist wirklich ein hübscher Kerl, aber …"

Weiter kam er nicht mehr, denn im selben Moment traf ihn von hinten eine Kugel und brachte ihn wie einen Baum zu Fall.

Amar hatte die dunkle Frauengestalt mit dem Gewehr bereits aus dem Augenwinkel gesehen, die plötzlich in der Böschung oberhalb der Straße aufgetaucht war. Sie hatte die Szene beobachtet und offenbar sofort erkannt, dass er in Lebensgefahr war. Jetzt stand sie unten auf der Straße, ohne Jean-Luc zu beachten, der wie ein erlegtes Wild neben Amars Füßen lag.

„Da hast du ja noch mal Glück gehabt", sagte sie zu Amar, wobei sie ihn mit durchdringendem Blick musterte. „Du bist nicht von hier, stimmt's?"

Amar, der immer noch unter Schock stand, antwortete nicht. Die dunkle Frau mit den schwarzen Knopfaugen und der Hakennase war ihm unheimlich.

„Na, macht nichts. Komm erst mal mit zu mir. Dort wartet eine heiße Suppe auf uns, es sei denn, Jérôme hat wieder das Feuer ausgehen lassen. Jérôme ist mein Sohn, weißt du, mein einziger Sohn, aber er taugt nicht viel. Er scheut die Arbeit, hat Flausen im Kopf …"

Während sie weiterredete, als seien sie alte Freunde, die sich zufällig im Tabakladen oder beim Bäcker begegnet waren, stand Amar wie angewurzelt auf der Straße und starrte auf den toten Jean-Luc. „Komm schon, Junge, bevor die *flics* auf der Matte stehen und dummme Fragen stellen. Oder bist du scharf darauf, von der Polizei in die Mangel genommen zu werden!“, rief sie ungeduldig.

„Bestimmt nicht“, antwortete Amar, der endlich die Sprache wiedergefunden hatte, „ich komme ja schon. Und danke, dass Sie mir das Leben gerettet haben.“

„Du wirst es vielleicht noch bereuen“, murmelte die alte Korsin. Dabei kletterte sie, sicher wie eine Bergziege, die steile Böschung hinauf und verschwand in der Macchia …

Amar fand in „Signòra Lucia“, wie er sie später respektvoll nannte, und ihrem Sohn Jérôme, der ein Jahr jünger war als er selbst, eine neue Familie, die ihm bis zu seiner Volljährigkeit Unterschlupf bot. Ein Jahr, in dem er sich nicht nur die korsische Sprache, sondern auch die korsische Mentalität und Lebensart aneignete. In der darauf folgenden Saison hatte er kein Problem, einen Job zu finden, ganz im Gegenteil: Er konnte sich die Stellen aussuchen. Eine Zeitlang sah es so aus, als sei er endlich angekommen, als stünden ihm alle Türen offen. Aber es blieb bei den Aushilfsjobs …

Inzwischen lebte Amar schon seit acht Jahren auf Korsika, wo er sich Amaro nannte. Im Sommer arbeitete er als Kellner, im Herbst half er bei der Weinlese und im Winter verdiente er sein Geld auf dem Bau. Er hatte keinen festen Wohnsitz, sondern suchte sich seine Unterkünfte in der Nähe seines jeweiligen Arbeitsplatzes. Meistens handelte es sich um winzige, dunkle Behausungen, die sich im Keller oder Dachgeschoss eines Hotels oder einer billigen Pension befanden, kleine Kabuffe: im Sommer heiß und stickig, im Winter kalt und zugig, auf jeden Fall aber für Touristen ungeeignet. Er hatte sich an das Leben auf Korsika gewöhnt und klagte nicht. Es war praktisch, keine langen Arbeitswege zu haben und sich nicht um eine Wohnung kümmern zu müssen. Vor allem aber kosteten die Zimmer so gut wie nichts. Das Geld, das er auf diese Weise monatlich beiseitelegen konnte, war mit der Zeit zu einer stattlichen Summe angewachsen, die er in ein nagelneues Sportcoupé investiert hatte: einen roten Renault Fuego. Wenn er an seinen freien Tagen mit seinem Wagen ins Städtchen fuhr und bei geöffneten Fenstern eine Hafenrunde drehte, spürte er die interessierten Blicke der Touristen und die neidvollen der Korsen, die sich fragten, wie sich ein „Araber" so ein teures Auto leisten konnte. Und er sah das Unverständnis in den Augen seiner Landsleute, die ihn für verrückt hielten. Wie konnte man so viel Geld für ein Auto ausgeben, das morgen vielleicht schon zu Schrott gefahren war? In der Heimat hätte man von dem Geld zwei Häuser bauen können! Amar störte das Gerede nicht. Im Gegenteil: Er genoss das Aufsehen, das er mit seinem teuren Schlitten erregte, und empfand sich zum ersten Mal, seit er in Frankreich war, als vollwertiger Mensch.

5
Dem Himmel so nah …

„Ach! Du warst wie Nebelwolken, die in blauer Luft verschweben."

Aus einem korsischen Klagelied (Vocero)

Porto, August 1981

Agnes saß neben Silvio auf einer der niedrigen Bruchsteinmauern, die fast überall an der Westküste den Straßenrand säumten, und genoss die herrliche Aussicht auf den Golf von Porto. Noch nie zuvor war sie von den Farben einer Landschaft so beeindruckt gewesen wie hier auf Korsika: rötliche, im Licht der untergehenden Sonne fast orange schimmernde Felsen, smaragdgrüne Macchia und ein Meer, das in allen Türkis- und Blautönen zu leuchten schien. Darüber spannte sich ein Himmel, dessen tiefes Indigo man auf einer Postkarte für kitschig gehalten hätte. Ein seidiger Wind liebkoste ihre Wangen und milderte die Strahlen der Augustsonne, die trotz vorgerückter Stunde auf ihrer Haut brannte. ‚Dem Himmel so nah war ich noch nie. Bestimmt wache ich gleich auf, und alles war nur ein schöner Traum', dachte sie, als Silvio seine Kamera beiseitelegte, um seinen Arm um ihre Schultern zu legen.

„Nun? – Hab ich dir zu viel versprochen?“, fragte Silvio, wobei er mit ausladender Geste die unter ihnen liegende Bucht umschrieb, als gehöre sie ihm persönlich.

„Die Aussicht ist einfach umwerfend“, gestand Agnes und genoss es, seine kühle, sehnige Hand auf ihrem Rücken zu spüren, der von der Sonne leicht erhitzt war.

‚Warum erst jetzt?‘, fragte sie sich im Stillen. ‚Warum machen wir diesen Ausflug erst heute – wo mein Urlaub fast zu Ende ist?‘

Als hätte er ihre Gedanken gelesen, sagte Silvio: „Warum sehe ich erst heute, wie schön du bist, Agnes? – Wir waren beide blind und dumm“, und hauchte einen zarten Kuss auf ihre Schläfe. Sie lehnte ihren Kopf an seine Schulter und schloss für eine Sekunde die Augen. Fast hatte sie das Gefühl, vor Glück die Balance zu verlieren und zusammen mit Silvio in die Tiefe zu stürzen. Als sie die Augen wieder öffnete, sah sie seinen Mund, der vorsichtig näher kam, um sie zu küssen. Aber kurz bevor seine Lippen die ihren berührten, hielt er inne und sagte: „Komm, lass uns weiterfahren. Es ist schon spät“, nahm Agnes bei der Hand und zog sie von der Mauer hoch.

„Wollen wir denn nicht hinunter nach Porto fahren?“, fragte sie etwas enttäuscht.

„Das lohnt sich nicht, glaub mir. Manche Orte sehen nur aus der Ferne gut aus. Und dazu gehört auch Porto.“

„Aber ich habe langsam Hunger“, protestierte sie, denn sie waren schon den ganzen Tag unterwegs und hatten außer einem Apfel und ein paar Keksen noch nichts gegessen. Silvio schien nur von Luft und Wasser zu leben.

„In Porto gibt es nur ein teures Fischlokal. Ich schlage vor, dass wir nach Evisa fahren, ein kleines Dorf oben in den Bergen. Dort kenne ich ein Hotel mit einem guten Restaurant. Vielleicht sollten wir da auch übernachten. Dann können wir uns morgen Zeit lassen für das Landesinnere."

Silvios Vorschlag, mit ihr in einem Hotel zu übernachten, konnte Agnes nicht sofort einordnen. Wollte er etwa mit ihr ein Zimmer teilen? Mit ihr schlafen?

Einem Mann wie Silvio so nah zu sein, wie man einem Mann nur nah sein konnte, diese Vorstellung machte ihr Angst und erregte sie gleichzeitig. So als habe Steve McQueen ihr gerade Avancen gemacht …

„Ist es denn bis Evisa noch weit?", fragte sie daher wie beiläufig und bemühte sich, möglichst lässig zu wirken.

„Nein, nur ein paar Kilometer landeinwärts, oder besser gesagt: bergaufwärts. Ich werde es dir gleich auf der Karte zeigen. Der Weg dort hinauf wird dir gefallen: vor uns die Berge und im Rückspiegel der Golf von Porto. In Evisa beginnt dann der Forêt d'Aïtone mit seinen wunderschönen, alten Schwarzkiefern. Ich bin sicher, dass es dir gefallen wird. Wenn wir in Evisa übernachten, könnten wir morgen noch eine Wanderung zu den Wasserfällen machen."

„Morgen muss ich doch schon Koffer packen und mich von allen verabschieden. Am Mittwochmorgen geht doch schon meine Maschine", log sie.

„Ich weiß. Ein Grund mehr, in Evisa zu übernachten,

findest du nicht?“ Silvio zog Agnes erneut in seine Arme, aber auch diesmal vermied er es, sie auf den Mund zu küssen.

‚Sicher denkt er, dass ich mit den anderen nach Hause fliege. Wenn er wüsste …‘, dachte Agnes und amüsierte sich insgeheim. Ja, wie würde Silvio wohl reagieren, wenn er wüsste, dass sie nicht mit den anderen zurückflog, sondern noch eine Woche länger auf Korsika blieb …

„Silvio, wir stehen mitten auf der Straße“, wies sie ihn sanft zurück und wand sich aus seinen Armen, „wenn gerade ein Auto gekommen wäre …“

„Ein schöner Tod, oder?“, erwiderte er, und es klang merkwürdig ernst …

Noch vor wenigen Tagen hätte Agnes nicht zu hoffen gewagt, einen Ausflug mit Silvio zu machen, geschweige denn, eine Nacht mit ihm zu verbringen. Nachdem er anfangs mit Juliane geflirtet hatte, war sie bemüht gewesen, jeden Gedanken an ihn zu verdrängen. Mit ihrer attraktiven Freundin konnte und wollte sie nicht konkurrieren. Aber irgendwie war er trotzdem immer in ihrem Hinterkopf gewesen. Nachdem Juliane ihn hatte abblitzen lassen, ließ Silvio sich tagelang nicht blicken, so dass Agnes schon befürchtet hatte, er wolle mit ihrer Clique nichts mehr zu tun haben. Erst am vergangenen Samstagabend hatte er endlich wieder seinen Kopf aus der Küche gesteckt, um sich, so gut gelaunt und freundlich, wie Agnes ihn kennen gelernt hatte, zu ihr und den anderen

Mädchen aus der Reisegruppe an den Tisch zu setzen. Zuerst dachte sie, er hätte es jetzt auf Gundi abgesehen, da er sich zuerst nur mit ihr unterhielt. Als aber Gundi und Sofia auf der Toilette waren, hatte er sie mit blitzenden Augen angeschaut und gefragt: „Hast du eigentlich schon was von der Insel gesehen?"

Agnes hatte sich sekundenlang wie ein hypnotisiertes Kaninchen gefühlt, bevor sie reagieren konnte. „Na klar. – Ich war in L'Île-Rousse, in Algajola und sogar in Sant'Antonino."

„Das ist alles?"

„Das ist mehr, als die meisten aus unserer Reisegruppe gesehen haben …"

„Mag sein. Aber es ist nicht das wahre Korsika. Das findest du nur im Landesinneren, in den Bergen, den Wäldern und den kleinen, abgeschiedenen Dörfern."

„Und wie soll ich da hinkommen – ohne Auto?"

„Indem du dich mir anvertraust …"

So langsam hatte sie geahnt, worauf er hinauswollte, aber sie war sich nicht ganz sicher gewesen: „Jetzt spann mich nicht so auf die Folter. Sag schon, was du meinst!"

„Ich möchte mit dir eine Inselrundfahrt machen", hatte Silvio geantwortet und nervös an seiner Zigarettenschachtel gefingert.

„Aber doch nicht mit mir alleine! Sicher soll auch Juliane mitfahren, oder?", bemerkte sie mit einem kleinen Seitenhieb auf seinen Flirt mit ihrer Freundin.

„Du irrst dich. Aber wenn du keine Lust hast …" Silvio hatte sich bemüht, beleidigt zu klingen.

„Doch, natürlich habe ich Lust“, lenkte Agnes sofort ein, „aber dann müssen wir es so bald wie möglich tun. Am Mittwoch fliege ich ja schon wieder nach Hause, und morgen fahre ich mit Gundi und Sofia noch mal nach Algajola. Der Strand dort gefällt uns am besten. Hab es ihnen versprochen. Es bleibt also eigentlich nur noch der Montag oder Dienstag.“

„Das trifft sich doch hervorragend. Das sind meine freien Tage. Ich hole dich am Montagmorgen um acht Uhr ab, wenn es dir recht ist.“

„Einverstanden“, sagte Agnes und wusste nicht so recht, wie ihr geschah.

„Abgemacht“, entgegnete Silvio, als hätte er gerade ein Geschäft abgeschlossen, und stand auf.

Als Gundi und Sofia von der Toilette zurückkamen, war er bereits gegangen.

„Ist Silvio endlich weg?“, fragte Gundi, noch bevor sie wieder Platz genommen hatte.

„Wieso ‚endlich‘?“, entgegnete Agnes leicht irritiert.

„Ich mag ihn nicht. Er baggert alle Frauen an, aber dann lässt er sie wieder fallen wie heiße Kartoffeln.“

„Ich weiß nur, dass er es bei Juliane versucht hat“, gab Agnes zu.

„Oder sie bei ihm …“, spekulierte Sofia.

„Er versucht es jedenfalls bei allen …“, behauptete Gundi.

„Ach, bei dir etwa auch?“

„Ich habe ihm rechtzeitig zu verstehen gegeben, dass ich nicht auf seinen Typ stehe.“

„Ich finde, dass er sagenhaft gut aussieht. Außerdem

hat er mich gerade zu einer Inselrundfahrt mit seinem Jeep eingeladen ..."

„Schön für dich. Und wann geht's los?"

„Am Montag. Dann hat er seinen freien Tag."

Gundis Blick war eisig gewesen, als sie sagte: „Du musst ja wissen, was du tust ..."

Obwohl es bereits stockdunkel war, als sie in Evisa ankamen, fand Silvio das kleine Hotel auf Anhieb, so wie er jeden Ort, jede Kirche und jeden Brunnen an diesem Tag so zielsicher angesteuert hatte, als verfügte er über ein inneres Navigationssystem.

Offenbar kannte er die ganze Insel wie seine Westentasche, und auch er selbst schien allen bekannt zu sein, denn die Leute am Wegesrand hoben grüßend die Hand, sobald sie ihn sahen. Kein Wunder: Ein Pizzabäcker – so sprach man immer noch von ihm, obwohl er schon längst Küchenchef in einem der größten Hotels Calvis war –, der an seinen freien Tagen mit einem Jeep durch die Landschaft fuhr, um Fotos von verfallenen Häusern und gefleckten Schweinen zu machen, fiel auf und darüber wurde geredet ...

„Lass uns zuerst ins Restaurant gehen. Ich sterbe sonst vor Hunger", bat Agnes ihn, als er auf den Hoteleingang zusteuerte.

„Ich dachte, du wolltest dich vielleicht etwas frisch machen, nach der langen Fahrt", erwiderte Silvio.

„Nicht nötig. Ich muss nur dringend etwas essen. Die Hände kann ich mir ja auch im Restaurant auf der Toilette waschen."

Kurz darauf betraten sie das rustikale Restaurant, in dem sie an diesem Montagabend die einzigen Gäste waren. Die kleine blondierte Wirtin begrüßte sie freundlich und wies ihnen einen der groben Holztische zu, die bereits schlicht mit weißen Tellern, weißen Stoffservietten und einfachen Gläsern eingedeckt waren. „Menü oder à la carte?“, sagte sie ziemlich geschäftsmäßig.

„Können wir die Karte haben?“, fragte Silvio.

„Natürlich. Aber ich empfehle Ihnen heute unser Tagesmenü: zuerst eine korsische Fischsuppe, danach Lammkeule vom Holzkohlengrill, und zum Nachtisch eine Mousse aus frischen Feigen und Ziegenkäse.“

„Das klingt ganz passabel. Das nehme ich“, sagte Silvio, und Agnes schloss sich seiner Bestellung an. Eine bessere Wahl als ihr Begleiter konnte sie wohl kaum treffen. „Und welchen Wein können Sie uns dazu empfehlen?“

„Ich schlage vor, einen kräftigen Rotwein – Patrimonio oder Clos Capitoro.“

„Gut. Wir nehmen den Capitoro“, bestimmte Silvio. „Aber vorher hätten wir gerne eine Flasche Champagner …“

„Bist du verrückt? Das kann ich mir doch gar nicht leisten!“, platzte Agnes heraus.

„Bringen Sie uns bitte eine Flasche Moët et Chandon“, bekräftigte Silvio seine Bestellung und versicherte Agnes, dass sie natürlich eingeladen sei.

„Aber das möchte ich nicht“, flüsterte sie ihm zu, als die Wirtin außer Hörweite war. „So eine Flasche kostet doch ein Vermögen im Restaurant.“

Silvio nahm ihre Hand und schaute ihr dabei tief in die Augen. „Nun hör mir mal zu, liebe Agnes", wobei er Agnes wie Anjess aussprach. „Auf diesen Tag haben wir beide lange gewartet. Stimmt's?"

Agnes nickte brav.

„Du wirst übermorgen nach Hause fahren. Stimmt's?"

„Wahrscheinlich", log Agnes, denn es schien ihr noch nicht der rechte Augenblick für die Wahrheit gekommen zu sein.

„Dies ist also unser erster und unser letzter gemeinsamer Abend in dieser Saison …"

Bei dem Gedanken, dass sie während ihres ganzen dreiwöchigen Urlaubs auf diesen Augenblick gewartet hatte, traten Agnes sofort die Tränen in die Augen.

„Nicht weinen, Anjess. Wir haben noch eine ganze Nacht und einen halben Tag für uns. Das ist mehr, als andere sich je erhoffen können."

„Wen meinst du mit ‚andere'?"

„Ach weißt du, überall auf der Welt gibt es Menschen, die sich lieben, ohne auch nur die Chance auf einen einzigen gemeinsamen Abend, geschweige denn auf eine gemeinsame Nacht zu haben …"

„Da habe ich noch nie drüber nachgedacht. Das muss schrecklich sein."

„Nicht unbedingt. Eine unglückliche Liebe kann dein Leben zerstören oder ihm einen neuen Sinn geben."

„Wie meinst du das?"

„Viele Künstler schöpfen ihre Worte und Melodien nur aus diesem einen Gefühl: dem Gefühl der unerfüllten Liebe. Unsere Sänger und Sängerinnen singen fast ausschließlich davon. Sag mir, wovon sollten sie leben, wenn in der Liebe immer alles glattginge?“

Agnes musste über Silvios Logik schmunzeln. Er schien Humor zu haben …

„Also mach dir bitte heute Abend keine Gedanken mehr über Geld oder sonstige Nebensächlichkeiten. Entspann dich und vertrau mir. Es wird alles gut“, sagte Silvio und nahm ihre Hände in die seinen …

‚Genau so hat er es vor zwei Wochen bei Juliane gemacht‘, kam Agnes in den Sinn. Bei der Erinnerung an jenen Abend auf der Terrasse des Hotels zog sie unwillkürlich ihre Hände zurück und machte einen Schmollmund. Sie fragte sich, warum er sie nicht schon früher auf die Inselrundfahrt angesprochen hatte, dann hätten sie mehr Zeit füreinander gehabt als einen Tag und eine Nacht … „Warum hast du mich eigentlich nicht schon früher eingeladen?“, fragte sie trotzig.

„Ich – mir ging es in den letzten Wochen nicht besonders gut.“

„Wegen Juliane?“

„Pah, du glaubst doch nicht im Ernst, dass ich wegen einer Frau wochenlang krank bin“, konterte Silvio verächtlich.

„Wegen einem Mann etwa?“, sagte Agnes leichthin und wunderte sich, dass Silvio rot wurde. So rot, dass er es selbst unter seiner braunen Haut nicht verbergen konnte.

„Ich war krank“, sagte er nur ausweichend.

Erst jetzt fiel Agnes auf, wie schmal Silvio aussah. Als hätte er wochenlang gefastet.

„Ja. Ich war letztes Wochenende in Sizilien. Mein jüngster Bruder ist gestorben. Bei dieser Gelegenheit muss ich mir einen Virus eingefangen haben. Bin jetzt aber wieder gesund."

„Oh, das tut mir leid, ich meine, das mit deinem Bruder. Woran ist er denn gestorben?"

Silvio zögerte mit der Antwort und wirkte etwas verlegen. Aber offensichtlich gelang es ihm nicht, ihre Frage beiläufig zu beantworten. Agnes bedauerte schon, dass sie so indiskret gewesen war.

„Er war schon sehr früh in die falschen Kreise geraten", sagte er schließlich zögernd. „Zuerst Kartenspiel und Zigaretten, dann Alkohol und Frauen, später Drogen und Prostitution. Er lebte schon seit fünf Jahren in Palermo. Woran er genau gestorben ist – ich weiß es nicht. Wahrscheinlich an einer Überdosis Rauschgift. Jedenfalls hat man ihn eines Morgens tot in seiner Wohnung gefunden. Die offizielle Version in der Familie lautet, dass er an einem Herzleiden gestorben ist."

Die Wirtin hatte inzwischen den Champagner in einem Eiskübel auf einem kleinen Beistelltisch platziert und zwei Gläser gebracht. „Darf ich eingießen?"

„Ich bitte darum." Wenn Silvio mit der Wirtin sprach, hatte er eine leicht arrogante Art, stellte Agnes fest. Zu ihr gewandt wurde sein Blick wieder freundlich und auch seine Stimme war wieder sanft und schmeichelnd.

„Auf dein Wohl. Lass uns heute Abend nur noch von schönen Dingen reden und vergessen, was gestern war. Wir waren beide blind. Du für das wahre Korsika und ich … Wie konnte ich nur übersehen, wie schön du bist.“

‚So schön bin ich nun auch wieder nicht‘, dachte Agnes. ‚Meine Nase ist zu lang und mein Mund zu groß, dafür sind die Brüste zu klein.‘ – Eigentlich gefiel ihr nichts so recht an ihrem Aussehen. Vielleicht ihre wohl geformten Beine und Hüften, so dass sie in engen Jeans und mit ihren langen Haaren manchmal richtig sexy aussehen konnte. Aber was sollte das eigentlich? War das Aussehen denn so wichtig? – Andererseits war Silvio ihr sofort aufgefallen, weil er gut aussah. Seine athletische Figur, seine geschmeidige Art zu gehen, seine glänzenden dunkelbraunen Haare, die er meistens zu einem Pferdeschwanz zusammengebunden hatte, seine ebenmäßigen weißen Zähne und dieser unwiderstehliche Blick. Seine ganze Gestalt hatte etwas Katzenhaftes, und Katzen hatten Agnes schon immer fasziniert. Und so saß er jetzt vor ihr, mit weit geöffnetem Hemd, das eine unbehaarte, mit einer goldenen Kette geschmückte Brust freigab. ‚Der perfekte südländische Macho‘, dachte Agnes und musste innerlich grinsen.

„Was findest du denn so schön an mir?“, fragte sie ihn keck, „ich finde an mir nichts Besonderes …“

Er sah sie eine Weile an, als taxiere er ihren Marktwert, und sagte schließlich: „Deine grünen Augen, deine langen Haare, aber vor allem – dein Lachen.“

Agnes musste unwillkürlich kichern. Eine diplomatischere Antwort hätte er nicht geben können.

„Genau so! Es ist, als ob zwei Champagnergläser aneinanderstoßen, hell und rein, und es versetzt mich in eine … gehobene Stimmung."

„Auf dein Wohl!", sagte Agnes und schwor sich, trotz des Champagners einen kühlen Kopf zu bewahren. Das prickelnde Getränk zeigte allerdings schon bald seine Wirkung – zumal sie noch nichts gegessen hatte – und als Silvio ihre Hände mit seinen Lippen berührte, zog Agnes sie nicht mehr weg.

Als die Fischsuppe gebracht wurde, musste sie an einen kleinen Ausflug mit dem Motorboot denken. Das erste und einzige Mal, dass sie zum Angeln hinausgefahren war. Sie hatte sogar einen Fisch gefangen, eine kleine Meerbrasse.

„… und stell dir vor, als wir wieder zurückfahren wollten, sprang der Motor nicht an", erzählte sie heiter, wobei sie ein Stück Brot in die *Rouille* tunkte.

„Und was hast du gemacht?"

„Wir mussten rudern. Allerdings war die Küste außer Sichtweite und wir wussten gar nicht, in welche Richtung wir rudern sollten. Zum Glück war Lionel dabei. Er hat die Ruhe bewahrt und sich auf seine innere Stimme verlassen. Alleine hätte ich das nicht geschafft."

Agnes bemerkte, wie sich Silvios Blick leicht verfinsterte. „Was hast du mit Lionel zu tun?", wollte er wissen.

„Nichts. Er ist Gast hier im Hotel, genau wie wir. Allerdings kommt er schon seit Jahren nach Calvi und kennt sich überall aus. Du kennst ihn doch."

„Eben. Er ist doch hinter jeder Frau her. Wie alle Franzosen. Du solltest dich nicht mit solchen Typen abgeben."

‚Er ist schon eifersüchtig', dachte Agnes, ‚wie süß!' Dabei war Lionel überhaupt nicht ihr Typ. Aber Silvio sollte ruhig ein wenig eifersüchtig sein …

„Voilà, die Lammkeule. Bon appétit!" Diesmal war es der Koch persönlich, der an den Tisch kam und eine Platte mit einer knusprigen Lammkeule servierte. Ein großer, bärtiger Typ, den man sich eher als korsischen Banditen vorstellen konnte, denn als braven Koch. Mit einem riesigen Messer, mit dem man locker ein Mammut hätte zerlegen können, säbelte er dünne Scheiben von der Keule ab und verteilte sie auf den beiden Tellern.

„Wenn es nur halb so gut schmeckt, wie es riecht, ist das die beste Lammkeule, die ich je gegessen habe", befand Agnes und fächelte sich den Duft zu.

„Und wenn du nur halb so gut liebst, wie du lachst …" Silvio erhob erneut das Glas, in dem der rubinrote Wein funkelte. ‚Ganz schön frech', dachte Agnes und stieß mit Silvio an, wobei sie sich tief in die Augen schauten …

‚Lag in diesem Blick nicht etwas Spöttisches?', kam ihr dabei in den Sinn. Vielleicht war diese „Tour de Corse" mit seinem Jeep ja nur eine Masche, mit der er schon viele Mädchen reingelegt hatte. Denn von einer Übernachtung war anfangs gar nicht die Rede gewesen. Sie hatte ja noch nicht mal eine Zahnbürste dabei. Aber es war natürlich kein Problem, die Strecke so zu planen, dass man abends zufällig genau hier in diesem Hotel landete. Hatte die Kellnerin ihm nicht komplizenhaft zugezwinkert, als sie zur Toilette gegangen war, um sich die Hände zu waschen?

Oder noch schlimmer: Er hatte eine Wette abgeschlossen. Ja, vielleicht hatte er mit seinen Freunden gewettet, dass er sie innerhalb eines Tages rumkriegen würde. „Ich lade die Kleine auf eine Rundfahrt ein, die ich so plane, dass wir es abends einfach nicht mehr schaffen, zurückzufahren. Wir landen dann wie zufällig in einem kleinen Hotel, du weißt schon …"

Agnes wurde es auf einmal schlecht. Sie kam sich vor wie Doris Day, die gerade von Rock Hudson reingelegt worden war. Aber hatten die beiden nicht zum Schluss geheiratet?

„Was hast du auf einmal, Agnes? Warum schaust du mich so an, als hätte ich dir gerade ein Glas Wein über dein Kleid gekippt?"

„Ach nichts. Ich frage mich nur, mit wem du schon alles hier warst, seit du auf Korsika lebst. Gehört die Inselrundfahrt zu deiner Masche, wenn du eine Frau rumkriegen willst?"

Silvio lachte und sagte: „Glaubst du, ich habe es nötig, dafür eine Inselrundfahrt zu machen?"

Agnes spürte, wie sie rot wurde, und dachte: ‚Stimmt, er hätte mich schon viel früher haben können – auch ohne Inselrundfahrt.'

„Aber Spaß beiseite", fuhr Silvio fort. „Ich denke, dass du mich da ein bisschen falsch einschätzt. Ich bin nicht der Frauenheld, für den du mich hältst. Ganz im Gegenteil ..."

„Wie meinst du das?"

„Ich hatte bisher leider kein Glück bei Frauen. Das ist alles."

„Und woran lag es?"

Agnes hatte sich bei Silvios letzten Worten etwas entspannt und konnte jetzt endlich den herrlichen Lammbraten genießen. Jetzt war es Silvio, der sich unwohl zu fühlen schien.

„Ach weißt du, es ist nicht so einfach hier auf Korsika, für einen Ausländer jedenfalls. Die meisten Korsinnen wollen von Ausländern nichts wissen – und die Touristinnen sind nur auf Abenteuer aus ..."

„Nicht alle", beeilte Agnes sich zu sagen, „aber wenn das so ist, warum hast du es nicht mal mit einer Italienerin probiert?"

„Was soll ich mit einer Italienerin? Für die bin ich doch auch nur ein Sizilianer, das heißt, entweder ein armer Schlucker oder ein Gangster und Mafioso ..."

„Na dann eben mit einer Sizilianerin. Gab es schon mal eine in deinem Leben?"

„Natürlich nicht. Sonst wär ich ja schon längst verheiratet – oder tot ..." Silvio lachte. „Aber Spaß beiseite: Ich habe einfach noch nicht die Richtige kennen gelernt. Ich bin nur selten in meiner Heimat, und wenn, dann meistens, weil jemand gestorben ist."

„Leben denn deine Eltern noch?"

Seine Miene verfinsterte sich. „Mein Vater ja. Meine Mutter ist schon vor vielen Jahren gestorben. Kurz bevor ich das Angebot aus Calvi bekam. Und was ist mit *deiner* Familie? – Leben deine Eltern noch? – Hast du Geschwister?", wich Silvio aus.

Agnes erzählte ihm von ihrem Elternhaus in der Nähe von Stuttgart, wo ihr Vater bei der Stadt beschäftigt war, von ihrer Mutter, die halbtags als Sekretärin arbeitete, von den zwei jüngeren Brüdern, auf die sie immer hatte aufpassen müssen, und von Jacko, ihrem Hund, den sie so sehr vermisste. „Als ich ihn bekam, war er nur ein winziges schwarzes Wollknäuel, das in einem Körbchen unterm Weihnachtsbaum lag. Als ich ihn damals auf den Arm nahm, pinkelte er mir sofort auf meinen neuen Pullover. Mein kleiner Bruder hat die Szene dann mit seiner Polaroid-Kamera für immer festgehalten. Er klebte das Bild in sein Album und schrieb darunter ‚Zwei begossene Pudel'." Agnes kicherte unwillkürlich.

„Was ist daran komisch?"

Agnes hatte von zwei begossenen Hunden gesprochen, da sie nicht wusste, was „Pudel" auf Französisch heißt. Wie sollte sie die Redewendung bloß übersetzen? „Man sagt das über jemanden, der Pech hatte und so blöd guckt wie ein Hund, den man mit Wasser begossen hat."

Silvio lächelte höflich und wischte sich den Mund an der Stoffserviette ab. „Du kommst aus einem reichen Land und aus einer heilen Familie. Du kannst dich glücklich schätzen."

Die Kellnerin stellte das Dessert auf den Tisch und Silvio schenkte den restlichen Champagner in die Gläser.

„Dir scheint es aber auch nicht gerade schlecht zu gehen …“, bemerkte Agnes mit einem Blick auf den Champagner.

„Heute Abend ganz bestimmt nicht … Auf dein Wohl!“

„Auf uns!“ Agnes musste schon wieder kichern und fühlte sich, als habe ihr eine Fee soeben drei Wünsche erfüllt: eine Rundreise auf Korsika, ein Candle-Light-Dinner in einem romantischen Restaurant und eine Nacht mit ihrem Traumprinzen. Vielleicht war jetzt der Augenblick gekommen, Silvio zu sagen, dass sie noch eine Woche länger bleiben würde …

Im selben Moment öffnete sich die Tür und zwei Männer betraten das Lokal. Sie kamen direkt auf ihren Tisch zu und sprachen Silvio auf Korsisch an, das er offenbar verstand. Agnes hingegen verstand kein Wort, sah aber an der Mimik und Gestik, dass etwas Unangenehmes passiert sein musste. Silvio sprang sofort auf und lief in Richtung Tür.

„Was ist denn los, Silvio? Nun sag doch bitte, was passiert ist!“, rief Agnes ihm hinterher und sprang ebenfalls auf.

„Jemand hat die Räder von meinem Jeep geklaut. Die beiden hier haben noch gesehen, wie ein kleiner Pritschenwagen weggefahren ist, und konnten sich das Nummernschild merken. Vielleicht erwischen wir die Gangster noch. Am besten wartest du hier auf mich. Oder besser noch: Du gehst schon einmal ins Hotel. Ich komme bald nach. Mach dir keine Sorgen …“

„Aber – ist das nicht gefährlich …?“, rief Agnes verzweifelt, aber Silvio war bereits verschwunden.

„Was ist passiert, Madame, kann ich Ihnen helfen?“ Die Wirtin machte ein ernstlich besorgtes Gesicht.

„Man hat die Räder seines Jeeps gestohlen.“

„Oje, das ist schon der dritte Wagen in dieser Saison. Diese elenden Banditen werden immer frecher. Bald klauen sie einem die Reifen, wenn man selbst noch im Wagen sitzt. Sie vertreiben uns noch alle Kunden. Wenn ich die einmal erwische!“

„Vielleicht erwischt mein Freund sie ja. Seine Bekannten haben sich das Nummernschild des Wagens gemerkt, mit dem die Gangster geflohen sind.“

„Oh, das ist keine gute Idee, diese Typen könnten gefährlich werden. Ich werde die Polizei benachrichtigen.“

Eine halbe Stunde später erschienen die Gendarmen. Agnes erzählte ihnen, was vorgefallen war, wobei die Beamten stumm zuhörten und sich alles notierten.

„Warum hat ihr Freund nicht sofort die Polizei alarmiert?“, wollten sie wissen.

„Ich denke, er wollte keine Zeit verlieren.“

„Hoffentlich weiß Ihr Bekannter, auf was er sich da einlässt“, meinte der andere.

Mit diesen Worten verließen die Gendarmen das Lokal und ließen Agnes alleine zurück.

Beim Anblick des Desserts, das noch unberührt auf dem Tisch stand, stiegen ihr die Tränen in die Augen. ‚Der traurige Abschluss einer wunderschönen Inselrundfahrt‘, dachte sie, und wenn es nicht ihr erster

Abend mit Silvio gewesen wäre, hätte sie bestimmt eher gelacht als geweint …

Es war bereits weit nach Mitternacht, als Agnes ein leises Klopfen an ihrer Zimmertür hörte. Zunächst tat sie so, als schliefe sie bereits, und rührte sich nicht. Als es erneut klopfte, diesmal etwas lauter, setzte sie sich im Bett auf und überlegte, ob es klug wäre, die Tür zu öffnen. Durch das Auftauchen der Polizei war sie mit einem Schlag nüchtern geworden, so schien es ihr jedenfalls, und sie fragte sich, wie sie nur so leichtsinnig sein konnte, sich auf einen wildfremden Mann, noch dazu einen Sizilianer, einzulassen …

Als es ein drittes Mal klopfte, sprang Agnes aus dem Bett, lief ein paar Mal im Zimmer auf und ab und öffnete schließlich die Tür.

Silvio stand vor der Tür und machte einen ziemlich ramponierten Eindruck: Seine Haare waren offen und zerzaust, sein Hemd war zerrissen und auf seiner Stirn klaffte eine blutende Wunde.

„Um Gottes willen, Silvio, was ist denn passiert?“

„Ach, nicht so schlimm. Darf ich reinkommen?“

„Natürlich.“

„Wir haben die Kerle tatsächlich erwischt, auf der Straße nach Vico, kurz vor der Abbiegung nach Renno. Sie waren mit einem alten Pritschenwagen unterwegs. Beim Abbiegen wurde die Kiste aus der Kurve getragen und kippte um. Wir haben natürlich sofort angehalten und den Kerlen geholfen, aus dem Auto zu kommen …“

„Waren sie schwer verletzt?“

„Nur ein paar Schrammen. Kaum sind sie aus dem Auto geklettert, gibt mir der eine einen Kinnhaken, so dass ich nach hinten falle. Marco zog daraufhin sofort sein Messer und hielt die beiden in Schach, bis ich wieder auf den Beinen war. Ich habe mich mit einer Kopfnuss revanchiert, aber der Kerl hatte einen verdammt harten Schädel.“ Silvio zeigte auf die Wunde. „Zum Glück war sein Kumpan vernünftiger und redete beschwichtigend auf ihn ein, als er mir erneut an den Kragen wollte. Ich habe dann verlangt, dass sie uns helfen, die Räder aufzusammeln, die natürlich von der Pritsche gerollt waren und überall verstreut in der Landschaft lagen.“

„Und – haben sie es getan?“

„Erst, nachdem ich meine Pistole aus meiner Hosentasche gezogen hatte …“

„Du hast eine Pistole?“

„Seit ein paar Jahren habe ich immer eine Pistole im Handschuhfach, jedenfalls wenn ich länger unterwegs bin. Hab schon zu viel Mist erlebt …“

„Aber du hast doch hoffentlich nicht geschossen?“

„War nicht nötig. Beim Anblick des Schießeisens wurden sie plötzlich ganz kleinlaut und haben die Räder eines nach dem anderen in den Citroën von Marco geladen.“

„Und wo sind sie jetzt? – Ich meine die Räder?“

„Liegen unten neben dem Auto. Marco bewacht den Wagen bis morgen früh. Ich hab ihm meine Pistole gegeben.“

„Wer ist eigentlich dieser Marco? Du scheinst ihm ja zu vertrauen wie einem guten Freund. Kommt er auch aus Sizilien?"

„Nein. Marco ist Korse. Wir haben uns vor sieben Jahren in Calvi kennen gelernt. Er kam aus Piana und hatte nicht mal vernünftige Schuhe an den Füßen, als er sich im Hotel vorstellte. Mir gefiel der mutige Kerl und ich habe dafür gesorgt, dass man ihn einstellte. Zuerst half er mir in der Küche, später hat man ihn im Service und draußen am Grill eingesetzt – er verstand es wie kein anderer, den Fisch auf den Punkt genau zu garen. Er entwickelte sich zu einem der fähigsten und loyalsten Kellner, die das Hotel je gesehen hat. Wir waren drei Jahre lang Kollegen. Dann bekam er ein Angebot aus einem Restaurant in Ajaccio, das er nicht ausschlagen konnte. Wir haben uns dann aus den Augen verloren. Vor zwei Jahren habe ich ihn dann zufällig wiedergetroffen, als ich mit meinem Jeep zum ersten Mal um die Insel gefahren bin. Er ist inzwischen mit einer Frau hier aus Evisa verheiratet und arbeitet immer noch in Ajaccio. Und er ist mir immer noch dankbar, weil ich ihm damals zu seinem ersten Job verholfen habe. Als er heute Abend den Wagen sah, wusste er natürlich sofort, dass es meiner ist."

Agnes hatte die ganze Zeit mit verschränkten Armen vor Silvio gestanden. Endlich hatte sie den Mut, einen Schritt auf ihn zuzugehen und ihn tröstend in die Arme zu nehmen.

„Es tut mir so leid", sagte sie und legte ihren Kopf auf seine Schulter.

„Mir auch, Agnes." Er strich zärtlich über ihre Haare.

„Darf ich heute Nacht bei dir bleiben?", fragte er nach einer Weile.

„Ja, aber – ich habe nur ein Einzelzimmer, wie du siehst. Ich dachte …"

„Bitte schick mich jetzt nicht weg, Agnes. Ich möchte nur in deiner Nähe sein, dich in meinen Armen halten. Hab keine Angst, ich werde dich respektieren …"

„Na gut", antwortete Agnes mit einem Seufzer, als würde ihr die Entscheidung schwerfallen, und spürte gleichzeitig, wie ihr Herz einen kleinen Freudensprung machte. Als Silvio frisch geduscht aus dem Badezimmer kam, lag Agnes mit Herzklopfen im Bett, die Hände über dem Bauch zusammengefaltet, als spräche sie gerade ihr Gute-Nacht-Gebet.

Der Anblick Silvios verschlug ihr fast den Atem. Sein Körper glich einer lebendig gewordenen griechischen Statue. Sie hatte noch nie einen schöneren Menschen gesehen. Silvio kroch vorsichtig zu ihr unter die Bettdecke und drehte sich zur Seite. So lagen sie eine Zeitlang wie zwei unschuldige Kinder nebeneinander, ohne dass einer den anderen berührte. Nach einer Ewigkeit wagte Agnes es endlich, sich umzudrehen und ihre Hand auf seine Schulter zu legen. „Silvio", flüsterte sie leise, aber er reagierte nicht. Sie konnte es nicht glauben: Silvio war eingeschlafen …

Silvio träumte, jemand habe leise seinen Namen geflüstert. Er drehte sich um und erschrak: Neben ihm lag Lionel. Eine blonde Locke fiel in seine Stirn und seinen Mund umspielte ein sanftes Lächeln. Sein Blick jedoch war todernst. Alles Spöttische, Überhebliche war aus diesen Augen verschwunden, die Silvio so sehr liebte. Augen, so goldbraun und wachsam wie die einer Wildkatze. Seine vollen Lippen waren halb geöffnet und näherten sich langsam den seinen. Silvios Herz begann heftig zu schlagen. Gleich würde er spüren, wie sich Lionels Zunge zwischen seine Lippen drängte, wie ihn seine Arme und Beine umfingen: eine Schlange, aus deren Würgegriff es kein Entrinnen gab. Plötzlich musste Silvio an seinen Vater denken. Ein einfacher Schuster vom Lande, der jeden Sonntag zur Messe ging. Der bereits seine Frau und seinen jüngsten Sohn verloren hatte. Wie sollte er ihm jemals wieder in die Augen sehen können, wenn er die Wahrheit über ihn erfuhr?! Silvio fühlte, wie sein Mund trocken wurde und sich seine Kehle zusammenschnürte. Er musste dieser verbotenen Liebe endlich ein Ende setzen, auch wenn er nicht wusste, wie er danach weiterleben sollte. Er richtete sich vorsichtig auf, griff hinter sich, zog sein Kopfkissen weg, nahm es in beide Hände und drückte es auf Lionels schönes Gesicht. Lionel trommelte wie wild mit beiden Händen auf Silvios Arme und versuchte, ihn mit aller Kraft wegzudrücken. Aber Silvio ließ nicht von ihm ab. Er drückte noch fester zu und hielt das Kissen so lange fest, bis Lionels Gegenwehr immer schwächer wurde und seine Arme schließlich schlaff neben seinem Körper lagen – wie die Arme einer alten Puppe, deren Glieder mit Sand gefüllt waren …

Als Agnes mitten in der Nacht aufwachte, war das Bett neben ihr leer. Sie schaltete das Licht an und warf einen Blick auf ihre Armbanduhr, die sie auf die Nachtkonsole gelegt hatte. Unter dem Wasserglas steckte ein kleiner karierter Zettel, auf dem in schöner, aber unklarer Schrift geschrieben stand:

„Liebe Agnes, musste den Wagen in die Werkstatt bringen. Marco fährt dich morgen früh mit seinem Auto nach Calvi zurück. Es ist besser für dich, wenn du mich vergisst. Es liegt nicht an dir, das musst du mir glauben. Verzeih mir. Silvio.“

Während Agnes den kurzen Abschiedsgruß las, sah sie Silvios Augen zwischen den Zeilen aufblitzen und seine geschwungenen Lippen, die ihr verheißungsvoll zulächelten, und ihre Augen füllten sich mit bitteren Tränen. Ihr Traumprinz hatte sie nicht einmal geküsst.

6
Ende der Saison

„Du mein Schiff auf hohem Meere, das da segelt, um anzulanden, doch nicht kann zum Hafen kommen, weil im Sturme die Wellen branden.“

Aus einem korsischen Klagelied (Vocero)

Calvi, Oktober 1982

Betty und Sven waren Anfang Oktober nach Calvi gezogen, in eines der Appartements, die Svens Tante gehörten und im Winter leer standen. Von der Terrasse der großzügig geschnittenen Wohnung, die im Sommer an vier bis sechs Personen vermietet wurde, hatte man einen herrlichen Blick auf das Meer und die höchsten Berge des zentralen Gebirgskamms, die bald von weißen Schneehauben gekrönt sein würden. Der korsische Winter erschien den beiden wie das tiefe Durchatmen nach einem monatelangen Marathonlauf, den man lakonisch „Saison“ nannte. In gleichem Maße, wie die Tage kürzer und die Temperaturen moderater wurden, breitete sich angenehme Ruhe auf der ganzen Insel aus, die nicht nur die Natur zu erfassen schien, sondern auch ihre Bewohner, als hätte man dem Trinkwasser eine ordentliche Portion Baldrian beigemischt.

Sven und Betty hatten sich von diesem neuen Lebensgefühl anstecken lassen: Oft lagen sie bis mittags im Bett, um den restlichen Tag zusammen mit Freunden an der Theke einer Bar zu vertrödeln, ohne auch nur den Hauch eines schlechten Gewissens zu verspüren. Oder sie unternahmen mit Svens VW-Bus ausgedehnte Ausflüge ins Landesinnere, von denen sie immer etwas Essbares mitbrachten: anfangs Feigen und Pflaumen, später Esskastanien, dann Orangen und die Früchte des wild wachsenden Erdbeerbaums, die zwar fade schmeckten, aber hervorragend zu Marmelade verarbeitet werden konnten. In regelrechtes Entzücken versetzte Betty ein Kakibaum, den sie eines Abends nach einem Strandspaziergang in einem verwilderten Garten entdeckten. Die von der untergehenden Sonne angestrahlten, orangefarbenen Früchte leuchteten an dem blätterlosen, dunklen Baum wie bunte Lampions in einem Biergarten.

Sven, der seine Eltern schon früh durch einen Unfall verloren hatte, verbrachte viel Zeit mit Pascal, einem Fischer, der ihn von Zeit zu Zeit mit hinaus aufs Meer nahm. Im Morgengrauen dort draußen auf dem Wasser, in der Gegenwart des alten Korsen, der keine dummen Fragen stellte, fühlte Sven zum ersten Mal so etwas wie Geborgenheit, die er weder im Kinderheim noch bei seiner Tante kennen gelernt hatte. Ihren ersten Weihnachtstag auf Korsika verbrachten Sven und Betty bei frühlingshaften Temperaturen auf der Terrasse „ihrer“ Wohnung, grillten selbst gefangene Doraden und schlürften Austern, die Sven von Pascal geschenkt bekommen hatte.

Sven und Betty waren sich im Juni in Sant'Ambroggio begegnet, wo sie beide als Saisonkräfte gearbeitet hatten: Sven als Surflehrer, Betty als Freizeithelferin oder besser gesagt: Mädchen für alles. Da die Ferienhäuser und das Restaurant Svens Tante gehörten, hatte Sven das Privileg genossen, tun und vor allem lassen zu können, was er wollte, während Betty und das andere Personal bis zum Umfallen geschuftet hatten. Kein Wunder also, dass Sven nicht besonders beliebt bei seinen Kollegen gewesen war und auch Betty ihn anfangs nicht leiden konnte. Erst Anfang September hatte es zwischen den beiden gefunkt, als die Saison schon fast vorbei war. Schon nach der ersten gemeinsamen Nacht hatten sie sich spontan entschieden, den Winter über gemeinsam auf Korsika zu bleiben …

„Und du willst wirklich Anfang Februar nach Deutschland zurückfliegen?", fragte Sven, der es sich nach dem Essen in einem Liegestuhl auf der Terrasse gemütlich gemacht hatte, um die warme Mittagssonne zu genießen.

„Muss ja wohl, wenn ich mich um einen Studienplatz kümmern will", erwiderte Betty, die gerade den Tisch abgeräumt hatte und nun ebenfalls in einen der Liegestühle sank.

„Wer sagt denn eigentlich, dass Studieren das einzig Wahre ist? Hier auf Korsika brauchst du jedenfalls kein Studium."

„Und wovon sollen wir hier später mal leben? Auch in der Touristikbranche kommst du ohne Ausbildung nicht weiter."

„Na klar will ich ’ne Ausbildung machen. Aber noch nicht sofort. Ich will noch ’ne Saison hier bleiben. Wenn du in Deutschland erst mal in der Jobmühle drin bist, kommst du da nicht mehr raus. Mach doch mit! Danach kannst du immer noch zurückfliegen und studieren, wenn du unbedingt willst.“

„Mal sehen. Jünger werde ich ja mit der Zeit auch nicht gerade. Nächstes Jahr werde ich schon zweiundzwanzig. Für das Psychologiestudium muss ich vier bis fünf Jahre einkalkulieren. Dann bin ich vielleicht siebenundzwanzig und habe noch keine Berufserfahrung. Aber schließlich will ich auch mal heiraten und Kinder kriegen …“

„Ach ja? Und mit wem?“

„Mal schau’n. Vielleicht lerne ich ja noch jemand Nettes kennen“, erwiderte Betty mit einem Augenzwinkern und setzte ihre Sonnenbrille auf.

„Vielleicht hast du ihn ja schon kennen gelernt“, antwortete Sven, der aufgestanden war und jetzt neben ihr auf dem Boden kniete. „Wenn wir zusammenbleiben, kann uns doch nichts passieren“, flüsterte er ihr ins Ohr. Er richtete sich auf. „Wir bleiben noch eine Saison hier, arbeiten für meine Tante, genießen das alles hier und sparen außerdem noch ein wenig Geld. Nächstes Jahr im Herbst fliegen wir zurück nach Deutschland und dann sehen wir weiter. Vielleicht studieren wir oder machen was anderes. Hauptsache, wir bleiben zusammen. Du und ich: Das ist doch was ganz Großes, das ist doch morgen nicht schon wieder vorbei. Das spürst du doch auch. Alles andere wird gut werden, wenn wir nur zusammenbleiben." Er küsste Betty auf den Mund, zog sie vom Liegestuhl hoch und zog die scheinbar Widerspenstige ins Schlafzimmer …

Ihr Traum, noch ein Jahr auf Korsika zu bleiben, wäre wenige Wochen später fast geplatzt: Betty hatte sich gerade eine Schürze umgebunden, um die beiden Fische auszunehmen, die Sven von seiner morgendlichen Tour mitgebracht hatte, als jemand an die Haustür klopfte. Ein herrisches, fast wütendes Klopfen, wie sie es von keinem ihrer Bekannten gewohnt war. War das vielleicht die Polizei? War Sven etwas passiert?

Als sie mit einer bösen Vorahnung die Haustür öffnete, stand ihr Vater im Türrahmen: groß, hager, mit inzwischen ergrauten Haaren, die im Nacken viel zu lang waren. Aus seinem langen Gesicht mit der Hakennase stachen zwei kleine, listige Augen hervor, deren Blick Betty erstarren ließ. Fast hätte sie in einer ersten Reflexhandlung die Tür wieder zugeschlagen, aber ihr Vater, dem sie schon seit Jahren nicht mehr begegnet war, hatte in den wenigen Augenblicken bereits wieder seine Macht über sie zurückgewonnen, so dass sie es nicht wagte, ihn vor der Tür stehen zu lassen.

„Was willst du?", fragte Betty.

„Begrüßt man so seinen Vater?" war seine Antwort, wobei er Betty beiseiteschob, um sich Zutritt zu verschaffen.

Betty spürte sofort, dass zu Hause etwas passiert sein musste. Ihr Vater hätte niemals die Kosten für einen Linienflug in Kauf genommen, wenn es nicht einen Grund für seinen Besuch gegeben hätte. „Wo ist Mutter? Warum bist du alleine gekommen?“, fragte sie deshalb.

„Ach, du erinnerst dich plötzlich daran, eine Mutter zu haben …“

„Red keinen Unsinn. Du weißt genau, wie sehr ich an Mutter hänge.“

„So sehr, dass du sie seit Jahren nicht besucht hast.“

Bettys Vater hatte während des kurzen Dialogs bereits den Wohnbereich inspiziert und einen Blick in die Küche geworfen. Mit einem Blick auf Bettys Schürze sagte er: „Spielst hier wohl die brave Hausfrau, was? Das hättest du zu Hause auch haben können.“

„Wie geht es Mutter? Nun sag schon“, beharrte Betty, ohne auf die Bemerkung ihres Vaters einzugehen. Sie ahnte, dass er nur den starken Mann spielte. Ihre Tante hatte in ihrem letzten Brief angedeutet, dass es in der Ehe ihrer Eltern kriselte. So sehr, dass Bettys Mutter es gewagt hatte, alleine ein Wochenende bei ihrer Schwester in Köln zu verbringen, was früher undenkbar gewesen wäre.

„Willst du mir nicht erst mal einen Kaffee anbieten?“

Betty stand widerwillig auf, um ihrem Vater Kaffee zu kochen. Wie kam er dazu, sie herumzukommandieren? Als sie die kleine Espressokanne auf den Gasherd setzte, rief sie ihm aus der Küche zu: „Der Kaffee schmeckt hier aber anders als zu Hause.“

„Ich werd es überleben. Hab ja auch den Flug überlebt.“

‚Stimmt‘, dachte Betty. Er hatte doch immer behauptet, dass ihn keine zehn Pferde in ein Flugzeug kriegen würden. Es musste also etwas Schlimmes passiert sein, wenn er sich auf den Weg nach Korsika gemacht hatte. Als sie aus der Küche trat, saß ihr Vater am Esstisch und stützte seine Stirn mit der rechten Hand ab, als sei ihm der Kopf zu schwer geworden.

„Ist Mutter krank? Ist ihr etwas passiert?"

„Bitte setz dich, Betty. Was ich dir zu sagen habe, wird dich erschüttern."

So pathetisch hatte Betty ihren Vater noch nie erlebt, es musste also wirklich etwas Schlimmes passiert sein. „Nun sag doch endlich, was los ist!"

„Deine Mutter – hatte einen Schlaganfall."

‚Oh nein', dachte Betty. ‚Das darf nicht wahr sein!' „Oh mein Gott. Und – wie geht es ihr?", fragte sie stattdessen, wobei sie ihrem Vater gegenüber Platz nahm und ihm in die Augen schaute. Aber diesmal war er es, der den Blick als Erster senkte.

„Schlecht. Sie ist halbseitig gelähmt und muss gepflegt werden."

Betty stiegen sofort die Tränen in die Augen. Ihre Mutter ein Pflegefall, das konnte, das durfte nicht wahr sein! Sie war doch noch so jung, nicht einmal fünfzig. Ihr ganzes Leben lang hatte sie nur geschuftet, sich nie etwas gegönnt, war nur für die Familie, für den Hof da gewesen. Und sie, Betty, hatte ihre Mutter in den letzten Jahren, seit sie von zu Hause weggegangen war, kaum gesehen, hatte sich nicht um sie gekümmert. Wie sehr musste sie darunter gelitten haben, dass ihre älteste Tochter sie verlassen hatte …

Inzwischen brodelte der Kaffee in der Küche und Betty sprang auf, um die Kanne rechtzeitig vom Gasherd zu nehmen, aber es war schon zu spät. Der Kaffee war übergelaufen und hatte sich auf dem gesamten Herd verteilt. Als sie mit einem Lappen die weiße Emaille zwischen den Kochfeldern abwischte, wurde ihr schlagartig klar, warum ihr Vater gekommen war: Er wollte sie nach Hause holen. Jetzt, wo ihre Mutter krank war, brauchte er ihre Arbeitskraft. Was sollte sie bloß tun?

Als Sven nach Hause kam, lag Betty schluchzend auf dem Sofa. Ihr Vater war bereits gegangen. Er hatte sich ein Hotelzimmer in Calvi genommen und würde am nächsten Tag wiederkommen, um Betty abzuholen. Betty hatte ihm versprochen, bis dahin ihre Sachen gepackt zu haben. Selbstverständlich würde sie ihn in dieser Situation nicht alleine lassen. Natürlich würde sie ihre Mutter pflegen, bis eine Lösung gefunden war, die es ihr ermöglichte, zurück nach Korsika zu gehen. Ihre Schwestern gingen alle noch zur Schule, die Zwillinge standen kurz vor dem Abitur und die jüngste war erst vierzehn. Sie konnten unmöglich die Pflege der Mutter übernehmen …

Als Sven hörte, was geschehen war und dass Betty vorhatte, schon am nächsten Tag mit ihrem Vater zurück nach Deutschland zu fliegen, wurde er so wütend, wie ihn Betty noch nie erlebt hatte.

„Ich scheine ja überhaupt keine Rolle in deinen Überlegungen zu spielen!“, schrie er. „Ist dein Vater, der sich in den letzten Jahren einen Dreck um dich gekümmert hat, plötzlich wichtiger als unsere Beziehung? Warum hast du nicht erst einmal mit mir gesprochen, bevor du deinem Vater zugesagt hast, mit ihm nach Deutschland zurückzufliegen?! Und überhaupt: Ist denn eigentlich sicher, dass deine Mutter tatsächlich schwer krank ist? Vielleicht ist das Ganze ja nur ein mieser Trick, um dich nach Hause zu locken. Hast du schon mit deiner Tante gesprochen? – Ruf sie doch mal an und frag, was tatsächlich passiert ist. Vielleicht übertreibt dein Vater ja."

Betty war überrascht von Svens Gefühlsausbruch. Aber sie konnte sich nicht vorstellen, dass ihr Vater nur Theater gespielt hatte. Sicherlich hätte er den weiten Weg nicht gemacht, wenn nicht etwas Schlimmes passiert wäre.

„Und warum hat er nicht einfach angerufen? Ich sage dir, er ist persönlich hier aufgetaucht, um sicher zu sein, dass du ihm nicht durch die Lappen gehst. Ich kenn deinen Vater zwar nicht, aber nach allem, was du mir von ihm erzählt hast, ist ihm das zuzutrauen …"

Betty konnte sich zwar nicht vorstellen, dass ihr Vater sie derart skrupellos belogen hatte, aber auf Svens Drängen hin griff sie schließlich zum Telefonhörer, um bei ihrer Tante in Köln anzurufen. Sie erfuhr, dass ihre Mutter tatsächlich krank war und im Bett lag. Sie litt an einer Entzündung des Ischias, die zwar sehr schmerzhaft war, aber keineswegs Lähmungen verursachte oder gar lebensgefährlich war. Allerdings stand es um die Ehe ihrer Eltern schlechter denn je. Bettys

Mutter hatte ihrer Schwester anvertraut, dass sie mit dem Gedanken spiele, ihren Mann zu verlassen, sobald sie körperlich dazu in der Lage sein würde …

Als Bettys Vater am nächsten Tag an die Tür klopfte, war Sven es, der ihm öffnete. Doch anstatt zu antworten, als dieser nach seiner Tochter fragte, versetzte Sven ihm eine Ohrfeige und schrie: „Das ist für den Schreck, den du Betty eingejagt hast, du verdammter Lügner! Lass dich hier nie wieder blicken, sonst kann ich für nichts mehr garantieren.“ Danach schloss er die Tür und verriegelte sie. Betty lag auf dem Bett und hörte, wie ihr Vater gegen die Haustür trommelte. „Das wirst du mir büßen, du Schlampe!“, hörten sie ihn rufen. „Ich werde dir die Polizei auf den Hals hetzen! Die wird dich hier schon rausholen …“

Sie konnte es immer noch nicht glauben, dass ihr Vater zu einer solchen Gemeinheit fähig war. Was hatte er sich nur dabei gedacht? Hatte er wirklich angenommen, sie würde bei ihm bleiben, nachdem sie in Deutschland die Wahrheit erfahren hätte? Oder wollte er sie gar gewaltsam auf dem Hof festhalten, so wie er es schon einmal versucht hatte, bevor sie zu ihrer Tante gezogen war? Betty wusste es nicht und sie würde es auch nie erfahren. Ihr Vater war für sie von diesem Tag an gestorben.

Die Entscheidung, auf Korsika zu bleiben, war Betty nach dem Auftritt ihres Vaters nicht mehr schwergefallen. Aber es tauchten immer wieder neue Probleme auf, die mit einem längeren Aufenthalt auf der Insel verbunden waren. Das größte davon war Svens Tante. Als sie Ende März unverhofft in Calvi auftauchte, zeigte sie sich nicht gerade erfreut über die Tatsache, dass Sven und Betty gemeinsam ein Appartement bewohnten. Es ginge nicht an, dass ein Mitglied ihrer Familie innerhalb der Wohnanlage, in der bekennende Christen Urlaub machten, in „wilder Ehe" lebte. Im Winter hatte sie keinen Anstoß daran genommen, aber jetzt – kurz vor Ostern und der Anreise der ersten christlichen Freizeitgruppen – verlangte sie, dass beide in getrennte Appartements ziehen sollten. Außerdem setzte sie Sven eine Frist: „Dies ist deine letzte Saison auf Korsika. Eine weitere wird es für dich nicht geben, jedenfalls nicht in einer meiner Ferienanlagen. Wenn du im Herbst zurückkommst, bin ich bereit, dir ein Studium oder eine Ausbildung zu finanzieren. Wenn nicht, dann wird es kein Studium auf meine Kosten mehr geben. Nicht im kommenden Jahr und erst recht nicht in zwei oder drei Jahren. Und hier auf Korsika wirst du auch nicht mehr eingestellt, weder in Calvi noch in Sant'Ambroggio." Sven versprach daraufhin seiner Tante, dass er mit der letzten Reisegruppe zurückkommen werde. Als er aber mit Betty alleine war, versicherte er ihr, dass man die Worte seiner Tante nicht so ernst nehmen dürfe. „Tante Herta hat mir schon so oft die Hölle heißgemacht: alles leere Drohungen, glaub mir. Wir können das in aller Ruhe abwarten. Wenn die Saison gut gelaufen ist, bietet sie mir vielleicht sogar die Geschäftsführung an."

„Und wenn nicht?“

„Wenn nicht – vielleicht ergibt sich ja auch was ganz anderes. Wer weiß. Und jetzt hör endlich auf, dir Gedanken über die Zukunft zu machen.“

Zumindest das Wohnungsproblem löste sich schon bald auf wunderbare Weise. Louis, ein Bekannter von Pascal, bot ihnen eine alte Ölmühle an, in der sie für wenig Geld wohnen durften. Das Haus lag ideal: in einem breiten Tal zwischen Bergen und Meer, nur wenige Kilometer von Calvi entfernt, an den Ufern eines klaren Gebirgsbaches. Im Osten standen uralte Ölbäume und im Westen dehnten sich brachliegende Terrassenfelder aus, auf denen früher Getreide angebaut worden war. Immerhin gab es Strom und fließendes Wasser in dem alten Haus, das schon seit Jahren nicht mehr bewohnt war, da die Mitglieder der Erbengemeinschaft allesamt auf dem Festland wohnten. Sogar der Gasherd funktionierte noch. Allerdings gab es weder Heizung noch warmes Wasser, dafür hatte der große Wohnraum einen offenen Kamin. In der Küche gab es – neben dem Gasherd und einem antik anmutenden Waschbecken aus Steingut – einen massiven Eichentisch, der weiß lackiert war. Auch Schrank und Bett im Schlafzimmer waren vor vielen Jahren aus massiver Eiche angefertigt worden, die man später weiß angestrichen hatte. Sven und Betty schafften es, bis zum Saisonbeginn alle Möbel und auch die Holzdielen im Schlafzimmer abzubeizen und die Wände weiß zu streichen. Betty ließ es sich nicht nehmen, trotz heftiger Proteste von Sven, die Fenster mit Gardinen zu schmücken und ein paar Bilder an die kahlen Wände zu hängen. Als Louis Mitte Juni vorbeikam, um nach dem Rechten zu schauen, war er begeistert von dem gemütlichen Heim, in das die jungen Leute die alte Ölmühle verwandelt hatten. Insgeheim freute er sich am meisten darüber, die alte Bruchbude, in die keiner seiner Verwandten freiwillig eingezogen wäre, so gut vermietet zu haben.

Mitte August ereignete sich ein merkwürdiger Zwischenfall, der Betty zum ersten Mal das Gefühl gab, ihr Glück sei auf Sand gebaut. Nach einer ausgedehnten Siesta war sie im Schlafzimmer der Ölmühle aufgewacht, das nach Nordosten zeigte und angenehm kühl war. Durch das offene Fenster konnte sie deutlich das laute Zirpen der Grillen hören und einen intensiven Duft von Wildkräutern wahrnehmen. Ihr war warm ums Herz geworden, nicht bildlich gesprochen, sondern spürbar: ein warmer Strom, der vom Herzen ausging und sich im ganzen Körper ausbreitete. Aber das Glücksgefühl, das damit einherging, hielt nicht lange an. Plötzlich hörte sie Stimmen vor dem Schlafzimmerfenster, das nur lose mit zwei Holzläden verschlossen war. Es war Sven, der mit jemandem sprach, dessen Stimme sie nicht kannte. Beide sprachen sehr leise und auf Französisch, so dass sie so gut wie nichts verstehen konnte. Svens Französisch war seltsamerweise weitaus besser als das ihre. Sicherlich war das der Tatsache zu verdanken, dass er viel mehr Kontakt zu den Einheimischen hatte als Betty. Er traf sich fast täglich mit irgendwelchen Leuten in Calvi, mit denen er, je nach Tageszeit, Kaffee oder Pastis trank und die ihm Gott weiß was erzählten. Betty war ein paarmal mit dabei gewesen, hatte sich aber nie ganz wohl in diesen Männerrunden gefühlt. Auch jetzt schien es eine Männersache zu sein, die beide miteinander verband, offenbar ein Handel. Sven nannte sogar einen Preis. Was um alles in der Welt wollte er verkaufen?! Und wer war der Käufer?

Als Betty aufstand, um durch die Lamellen der Fensterläden zu sehen, wer der unbekannte Mann war, mit dem Sven die ganze Zeit sprach, stieß sie versehentlich das Glas um, das auf dem Nachttisch stand. Es fiel auf die Steinfliesen und zerbrach laut klirrend in tausend Scherben. Betty schloss die Augen und hielt sich die Ohren zu. Das Gespräch vor dem Fenster verstummte.

„Glück und Glas, wie leicht bricht das!“ – Ihr kam ein Sprichwort ihrer Mutter in den Sinn, und eine dunkle Vorahnung ergriff augenblicklich Besitz von ihr, als hätte sich soeben eine Wolke vor die Sonne geschoben. Seltsame Fragen standen urplötzlich im Raum: Hatte sie nicht gelesen, dass alle Frauen, die auf Korsika lebten, dazu verdammt waren, unglücklich zu sein? Hatten nicht Krankheit, Krieg und Vendetta ihre Männer und Söhne früher oder später hinweggerafft und ihr Glück zerstört?

Bettys Verstand protestierte: Erstens war sie keine Korsin, zweitens waren sie nicht im Krieg und drittens gehörte die Vendetta längst der Vergangenheit an. Die

Gefahr, ihr Glück zu verlieren, war auf Korsika nicht größer als irgendwo sonst auf der Welt. Wie konnte sie nur auf so einen Blödsinn kommen?! Aber irgendetwas rumorte seit einiger Zeit in ihr, nagte an ihrem inneren Frieden wie eine latente Krankheit. Betty versuchte, ihre Angst vor der Vergänglichkeit ihres Glücks in der hintersten Schublade ihres Bewusstseins zu verstauen, dort, wo sie auch die Angst vor dem Tod aufbewahrte. Aber sie spürte instinktiv, dass das Ende ihrer glücklichen Tage mit jedem Sonnenuntergang einen Tag näher rückte.

Die Gewissheit, am Ende der Saison die Insel verlassen zu müssen, löste bei Betty widersprüchliche Gefühle aus. Einerseits hatten die Renovierung der Ölmühle und das Leben abseits des Touristenrummels eine noch intensivere Verbundenheit zu Sven bewirkt, und das Lebensgefühl auf Korsika hatte bereits tief ihre junge Seele geprägt. Andererseits bot das Leben auf der Insel langfristig keine Perspektive. Es gab weder genügend Arbeitsplätze noch Ausbildungsmöglichkeiten, erst recht nicht für junge Ausländer. Aber deshalb Korsika für immer verlassen?

Der Ausweg aus Bettys Dilemma präsentierte sich zunächst als Hiobsbotschaft. Svens Tante war pleite und musste Konkurs anmelden. Sowohl das Reiseunternehmen als auch die Ferienhäuser in Sant'Ambroggio kamen unter den Hammer. Als Sven und Betty davon erfuhren, waren sie regelrecht schockiert.

„Das war's dann wohl", meinte Sven lapidar.

„Und was nun? – Deine Tante wird dir unter diesen Umständen wohl kaum ein Studium finanzieren können."

„Hätte ich sowieso keinen Bock drauf gehabt."

„Aber was sollen wir denn jetzt machen?"

„Ich bleibe auf jeden Fall hier."

„Und was ist mit mir?"

Sven stand auf und umarmte Betty. „Du bleibst natürlich bei mir."

„Und wovon sollen wir leben?"

„Also erstens haben wir in den letzten Monaten Geld zurückgelegt, und zweitens bekommen wir in diesem Winter noch einmal Saisongeld. Fürs Erste müsste das reichen. Und in der kommenden Saison finden wir garantiert wieder irgendwo 'nen Job."

„Hey, das war nicht so vereinbart", protestierte Betty. „Wir wollten spätestens im nächsten Frühjahr zurück nach Deutschland, hast du das etwa vergessen? Diesen Winter mache ich noch mit, aber spätestens im kommenden März bin ich weg. Oder glaubst du, ich will ein Leben lang kellnern?"

„Hey, beruhige dich doch, Schätzchen. Wer spricht denn von Kellnern?! Wir könnten doch hier zusammen was auf die Beine stellen. Ich hab da schon so ein paar Ideen."

„Ohne Knete?"

„In der Saison lässt sich hier richtig gut Geld verdienen. Man braucht nur eine Geschäftsidee und ein paar Sponsoren …"

„Und was wäre das für eine Geschäftsidee?"

„Ist noch nicht ausgegoren. Vertrau mir. Nächstes Jahr bin ich so weit. Ich hab 'ne Menge guter Kontakte …"

„Du meinst Kneipenbekanntschaften …"

„Hey, sei doch nicht so destruktiv! So kenn ich dich ja gar nicht."

„Dann sag mir doch wenigstens, in welche Richtung du denkst. Willst du eine Frittenbude am Strand aufmachen oder ein Café mit deutschem Kaffee und Kuchen? Soll ich auf dem Markt in L'Île-Rousse meine selbst gemachten Marmeladen verkaufen? – Ah, ich weiß: Sicherlich planst du, ein Fünf-Sterne-Restaurant in Olmi-Cappella zu eröffnen, stimmt's?"

Sven musste unwillkürlich lachen. „Gar nicht so schlecht, die Idee mit dem Fünf-Sterne-Restaurant, meine ich. Aber ich dachte da eher an ein Hotel!"

„Ein Hotel? – Bist du größenwahnsinnig?"

„Man muss groß denken, um groß rauszukommen. Lass dich einfach überraschen."

Im November zeigte sich ihnen Korsika zum ersten Mal von seiner ungemütlichen Seite. Das Wasser war eiskalt und die Betten klamm. Wenn es regnete, tropfte es durchs Dach, so dass sie überall Eimer aufstellen mussten. Noch nie zuvor hatte Betty sich so sehr nach einer heißen Dusche gesehnt. Die Ölmühle musste dringend von Grund auf renoviert und modernisiert werden. Auf keinen Fall wollten sie den ganzen Winter in dieser Bruchbude verbringen. Aber wovon sollten sie Material kaufen? Wovon Handwerker bezahlen? Das Geld, das sie in der Saison zurückgelegt hatten, reichte nicht einmal aus, um den tropfenden Wasserhahn zu reparieren …

„Ich bleibe hier keinen Tag länger", verkündete Betty eines Morgens, nachdem sie wieder einmal eine Pfütze aufgewischt hatte, die sich nach einem Regenschauer im Schlafzimmer gebildet hatte.

Sven, der in den Tagen zuvor vergeblich versucht hatte, die undichte Stelle im Dach ausfindig zu machen, schlürfte gerade seinen Kaffee und grinste vielsagend. „Das hatte ich befürchtet", antwortete er und zog einen Schlüssel aus seiner Hosentasche.

„Was für ein Schlüssel ist das?"

„Dreimal darfst du raten."

„Etwa von dem Appartement in Calvi, in dem wir letzten Winter gewohnt haben?"

„Volltreffer! Ich hatte mir sicherheitshalber einen Schlüssel nachmachen lassen, für alle Fälle …"

„Aber das Appartement gehört doch gar nicht mehr deiner Tante. Du musst den Schlüssel zurückgeben."

„An wen denn? Es gibt ja noch gar keine neuen Eigentümer. Die Bank muss erst mal einen zahlungsfähigen Käufer finden. Das kann dauern. Und in der Zwischenzeit werden wir dafür sorgen, dass die Wohnung nicht vermodert. Was hältst du davon?"

Der Widerstand, den Betty unter normalen Umständen geleistet hätte, fiel angesichts des desolaten Zustands, in dem sich die Ölmühle befand, ziemlich dürftig aus. Die Vorstellung, in einem trockenen Bett zu schlafen und morgens heiß zu duschen, war einfach zu verlockend. Noch am selben Abend packten sie ihre sieben Sachen und fuhren hinunter nach Calvi …

Der Morgen des dritten Dezember war regnerisch und kalt. Als Betty sich endlich dazu durchgerungen hatte, ihr warmes Bett zu verlassen, war Sven bereits außer Haus. Sicher war er mit dem VW-Bus unterwegs, um frisches Baguette zu holen, oder er hatte sich mit Pascal zum Fischen verabredet und vergessen, ihr Bescheid zu sagen, was in letzter Zeit öfter passiert war. Sie entschied sich daher, vor dem Duschen noch eine kleine Runde zu joggen. Spätestens um neun würde Sven wieder zu Hause sein, um mit ihr zusammen zu frühstücken.

Auf dem Weg zum Strand blies ihr ein eiskalter Wind ins Gesicht. Auf der Oberfläche des aufgewühlten Meeres tanzten wilde Schaumkronen. Die flache Brandung täuschte über den starken Wind hinweg, der vom Land kommend über das Meer peitschte. Ein einsamer Surfer hatte sich in den frühen Morgenstunden trotz der steifen Brise hinausgewagt und kämpfte gegen Wind und Wellen. Aber die Strömung in der Bucht war stark und trieb ihn, unterstützt vom starken Ostwind, immer weiter hinaus aufs offene Meer.

‚Er wäre nicht der erste Surfer, der mit der Strömung hinausgetragen wird und es nicht mehr schafft, ans Ufer zurückzukommen', dachte Betty. ‚Wie kann man nur so unvernünftig sein …'

Als sie von ihrer Runde nach Hause kam, war Sven noch nicht von seiner morgendlichen Einkaufstour zurück. Sie schaute in den Schrank und sah, dass noch genügend Brot vorhanden war, auch an Butter, Honig und Käse mangelte es nicht. Offenbar war Sven tatsächlich mit Pascal zum Fischen hinausgefahren, und das bei diesem Wetter!

Als Sven um elf Uhr noch nicht zurück war, wurde Betty langsam unruhig. Aber erst eine Stunde später kam sie auf die Idee, sich zu vergewissern, ob sein neues Surfbrett, das er nach dem Umzug natürlich nicht auf der Terrasse, sondern im zweiten Schlafzimmer deponiert hatte, noch an Ort und Stelle war. Es war weg!

Der Gedanke, dass Sven der Surfer gewesen sein könnte, den sie morgens vom Strand aus beobachtet hatte, beschleunigte Bettys Puls auf beängstigende Weise. Sven gehörte tatsächlich zu den Surfern, die es liebten, bei starkem Wind ihr Brett zu besteigen. Schließlich war er Surflehrer. Aber warum hatte er ihr nichts gesagt?! Ihre letzte Hoffnung war Pascal. Sicher war Sven mit Pascal zum Fischen hinausgefahren und anschließend mit ihm in einem der Cafés von Calvi versackt. Als sie endlich zum Telefonhörer griff, um ihn anzurufen, war es bereits halb drei. Als Pascal abhob und Bettys Stimme hörte, wirkte er nicht nur erstaunt, sondern auch ein wenig verärgert. Er habe schon seit Wochen keinen Kontakt mehr zu Sven, beteuerte er. Bereits im vergangenen Herbst habe er sein Boot verkauft, danach habe er Sven nicht mehr gesehen. Außerdem schulde Sven ihm noch 120 Francs für die Austern …

Betty legte den Hörer auf und starrte auf das kleine Foto, das über der Anrichte an der Wand hing. Es zeigte Sven und Pascal, wie sie zusammen in dem alten Fischerboot saßen. Sven hielt stolz einen selbst gefangenen Fisch in die Höhe, während Pascal sich an der Angel zu schaffen machte. Das Bild war vor einem Jahr entstanden, als Sven fast täglich mit Pascal hinausgefahren war. Plötzlich hatte sie das Gefühl, das Bild eines Verstorbenen zu betrachten, und brach in Tränen aus.

Als Betty erneut zum Telefonhörer griff, diesmal, um die Polizei anzurufen, rauschte es in ihren Ohren wie nach einer durchfeierten Nacht am Strand. In schlechtem Französisch brachte sie gerade noch hervor, dass sie ihren Freund vermisse, der morgens aus dem Haus gegangen, aber nicht mehr zurückgekommen sei.

„Das kommt öfter vor, als sie glauben, Madame. Machen Sie sich keine Sorgen. Der kommt bestimmt wieder – mit einer ordentlichen Fahne, versteht sich“, sagte eine Frauenstimme beschwichtigend.

Daraufhin erzählte Betty von dem Surfer, den sie morgens gesehen hatte, und dass es sich vielleicht um Sven gehandelt habe. Da er schon weit draußen gewesen sei, habe sie ihn nicht erkennen können. „Wenn er es aber tatsächlich gewesen ist, so könnte er möglicherweise später in Seenot geraten sein.“

Plötzlich änderte sich der Tonfall am anderen Ende der Leitung. „Wir werden sofort die Küstenwache benachrichtigen und die Suche nach einem möglicherweise in Not geratenen Surfer einleiten. Bitte halten Sie sich zu unserer Verfügung."

Die plötzliche Alarmbereitschaft der Polizistin hatte gute Gründe. Es verging kein Jahr, in dem nicht ein oder mehrere Surfer vor der Westküste Korsikas ums Leben kamen. Starke Strömungen trieben sie hinaus aufs offene Meer, von wo aus sie es aus eigener Kraft nicht mehr zurück zur Küste schafften.

Sven wurde nie gefunden, weder am nächsten Tag noch in den darauf folgenden Wochen. Nur sein anfangs ebenfalls vermisster VW-Bus tauchte wieder auf. Er hatte ihn wohl diesmal nicht wie sonst direkt hinter der Bahnlinie am Strand geparkt, sondern auf dem etwas abgelegenen Parkplatz des Camping La Pinède, circa fünfhundert Meter vom Strand entfernt. Für einen kurzen Moment hatte Betty die Hoffnung gehabt, Sven sei noch am Leben. Vielleicht hatte er sich auf dem Parkplatz mit jemandem getroffen. Vielleicht hatte dieser jemand ihn entführt, um Svens Tante zu erpressen. Keine schöne Vorstellung, zumal bei ihr nichts mehr zu holen war. Aber immer noch besser, als Sven auf dem Meeresgrund zu wissen.

Erst Anfang März gab Betty endgültig auf und flog nach Hause.

7
Der Legionär

„Die Lage der korsischen Kirchen in den Bergen ist oft bezaubernd schön und kühn. Sie liegen eigentlich schon im Himmel, und wenn man die Kirchentüren auftut, so können die Wolken und die Engel unter die Gemeinde hineinspazieren.“

Ferdinand Gregorovius

Casamaccioli, August 1983

In der kleinen Pfarrkirche von Casamaccioli war es trotz der seit Wochen andauernden Hitze angenehm kühl. Die wenigen Kerzen, die vor dem hölzernen Madonnenbildnis der Santa di u Niolu brannten, flackerten leicht und ließen das Gesicht der Heiligen Jungfrau erschreckend lebendig erscheinen. Ein Mann saß in der vordersten Bank direkt vor der Statue und starrte in das lächelnde Gesicht, als erwarte er jeden Moment ein Wunder. Er trug eine graue Kargohose und ein dunkelblaues Shirt mit weißem Aufdruck „2° REP Calvi“. Sein rasierter Schädel saß auf einem muskulösen Nacken, wie man ihn bei Sportlern und Berufssoldaten sieht, und sein linker Oberarm war tätowiert: ein an den Rändern ausgefranstes Herz, das von zwei Schwertern durchbohrt wurde. Es war Jacques, der Legionär.

Jacques war dafür bekannt, dass er seit einiger Zeit eine Schwäche für Kirchen hatte, die er jetzt ebenso gerne und häufig frequentierte wie zuvor die Bars und Kneipen von Calvi und Umgebung. Über die Ursache seiner Sinneswandlung gab es nur Spekulationen. Die einen meinten, er habe als Legionär sicherlich jede Menge schrecklicher Gräueltaten begangen, die ihn jetzt, wo er langsam alt wurde, nicht mehr schlafen ließen und in die Kirche trieben. Die anderen hielten seine Kirchgänge eher für eine Art Hobby, verbunden mit Wanderungen quer über die Insel und einem spät erwachten Interesse an kunsthistorisch bemerkenswerten Gebäuden, zu denen nun einmal auch die Kirchen zählen. Wieder andere meinten, Jacques müsse Opfer einer rätselhaften Geisteskrankheit sein, deren Ausdruck eine Art religiöser Wahn sei und früher oder später zur geistigen Umnachtung führe …

Auf die Idee, dass Jacques am helllichten Tage und bei klarem Verstand in der Kirche von Calvi eine Art Bekehrung erlebt hatte und dass er seitdem an keiner Kirche mehr vorbeigehen konnte, ohne zumindest einen Blick hineinzuwerfen, auf diese Idee wäre wohl keiner gekommen, der Jacques von früher kannte. Und doch war dies der wahre Grund für seine Kirchgänge.

Ereignet hatte sich das Ganze an einem gewöhnlichen Dienstag im August. Er war gerade von der Rue Georges Clemenceau kommend auf dem Weg hinauf zur Reinigung gewesen, um seine Hemden abzuholen, als er am Place du Docteur Crudeli unvermittelt eine seltsame Erscheinung hatte. Die vor ihm liegende Kirche Sainte Marie Majeure flimmerte für einen Augenblick wie ein Vexierbild aus purem Gold. Er war kurz stehen geblieben, um sich die Augen zu reiben, dann aber eilig die Stufen hinauf zum Boulevard Wilson gelaufen, da er seine „Vision" auf die flimmernde Augusthitze zurückführte.

Jacques war damals fünfundfünfzig Jahre alt und schon seit ein paar Jahren im Ruhestand. Fast dreißig Jahre war er bei der Fremdenlegion gewesen, eine Zeit, in der Religion zwar kaum eine Rolle gespielt hatte, in der er aber immer wieder Grenzerfahrungen gemacht hatte, die ihn über eine höhere Macht nachdenken ließen. Nein, er war nicht einer von denen gewesen, die im Schützengraben anfingen zu beten. Dazu war er in seinem Unglauben zu unbeugsam gewesen. Außerdem konnte er sich gut vorstellen, wie unangenehm es für Gott sein musste, ein derart kriecherisches Verhalten von Subalternen zu ertragen, die in Schwierigkeiten steckten. Schließlich war er selbst lange genug Chef gewesen. Jacques fragte sich, warum Gott jemandem helfen sollte, der sich nur in Todesgefahr an ihn erinnerte, ansonsten aber seine Existenz leugnete oder ihn gar verhöhnte?! Ihm war zwar bewusst, dass dies für einen Atheisten eine ziemlich irrationale Sicht der Dinge war, aber war es nicht ebenso irrational, in Notsituationen jemanden um Hilfe zu bitten, den man in guten Zeiten nicht kennen wollte? Wenn er einmal richtig gläubig werden sollte, dann nicht aus Angst,

Verzweiflung oder Trauer, sondern aus Überzeugung. Wenn Gott tatsächlich existierte, dann sollte er sich bitte schön offenbaren, wenn es ihm gutging und nicht erst, wenn er sich am Rande eines Abgrunds befand. In einer schwierigen Situation würde er sich schon selbst zu helfen wissen, wie er schon so oft bewiesen hatte …

Es war richtig, dass Jacques weder Gefahren noch Schmerzen, ja nicht einmal den Tod fürchtete. Sein Feind war seit jeher der gewöhnliche Alltag gewesen, wovor es ihm graute, waren Gefühle der Langeweile und der inneren Leere, die er immer wieder mit Alkohol und Sex hatte betäuben wollen. Nach seiner Pensionierung war dann noch die Einsamkeit hinzugekommen, die ihn sicherlich früher oder später endgültig in die Depression getrieben hätte …

Als Jacques an besagtem Dienstag ein Knöllchen hinter dem Scheibenwischer entdeckte und kurz davor war, einen seiner berüchtigten Wutanfälle zu bekommen, erblickte er aus dem Augenwinkel eine junge Frau, die vor dem Seiteneingang der Kirche stand und ihn fotografierte. Dann ließ sie die Kamera sinken und lächelte ihm zu. Eine junge, attraktive Frau in einem hellen Sommerkleid und mit schulterlangen blonden Haaren. Intuitiv hatte Jacques sich umgedreht, um herauszufinden, wem das Lächeln gegolten hatte, denn er kannte keine Frau, die ihm zulächeln würde, schon gar keine, die so jung war wie diese. Aber hinter ihm war nur ein Ständer mit veralteten Postkarten und eine Stange mit bedruckten T-Shirts zu sehen, die ihm wenig fotogen erschienen. Als sein Blick wieder in Richtung Kirche schweifte, war die Frau verschwunden. Sie musste in die Kirche gegangen sein, denn der Platz war menschenleer. Da er ohnehin schon ein Knöllchen hatte, warf er schnell seine Hemden auf den Rücksitz, ließ den offenen Wagen im Halteverbot stehen und lief zurück zur Kirche, wobei er fast über einen kleinen Hund gestolpert wäre, der wie ein etwas zu klein geratener Wächter vor dem Kirchenportal saß.

Als sich die schwere Kirchentür hinter ihm schloss, hatte Jacques das angenehme Gefühl, in einen klaren See eingetaucht zu sein, der sich mitten in einer verdorrten Steppe befand. Von einer Sekunde zur anderen war es angenehm kühl, dämmrig und still geworden. Als seine Augen sich an das Dämmerlicht gewöhnt hatten, schaute er sich um, aber von dem Mädchen war keine Spur zu sehen. Er ging langsam durch den Mittelgang bis zum Altar, wobei seine scharfen Augen unter jede Bank und in jede Ecke spähten. Er scheute sich auch nicht, an der Tür zu rütteln, die zur Sakristei führte, aber sie war verschlossen. Schließlich untersuchte er noch die Empore, auf der die Orgel stand. Nichts. Die Kirche war leer. Weder der Schatten eines Menschen noch eines Engels wäre ihm entgangen. Dessen war er sich sicher. Langsam beschlichen ihn Zweifel. Sollte das Mädchen, das ihm zugewinkt hatte, etwa nur ein Hirngespinst gewesen sein? Eine Halluzination wie kurz zuvor die Kirche, die ihm wie ein Vexierbild aus Gold erschienen war?

Wie konnte ausgerechnet ihm, einem ausgefuchsten Legionär, dem so schnell keiner etwas vormachen konnte, so etwas passieren? Er hatte im Laufe der Jahre zig psychologische Tests bestanden. Es war ihm geglückt, bei der Legion Karriere zu machen, was nur jemandem gelingen konnte, der alle fünf Sinne beisammen hatte. Und jetzt sollte er auf einmal seinen Augen nicht mehr trauen können? Jacques war sich sicher, die Gestalt einer jungen Frau gesehen zu haben, einer zierlichen Frau mit braunen Haaren. Es war unmöglich, dass ein Mensch sich in Luft auflöste.

Frustriert und ein wenig erschöpft von der erfolglosen Suche setzte er sich schließlich in die vorderste Bank, um ein wenig auszuruhen. Er schloss die Augen und genoss die Stille, die ihn umgab. Schon nach wenigen Minuten hatte er die Frau, die Halluzination und sogar das Knöllchen vergessen und begann zu beten – das einzige Gebet, das er auswendig kannte: das Vaterunser. Er hatte später keine Erklärung dafür. Aber als er ruhig auf der Kirchenbank saß, spürte er, kaum dass er die ersten Worte gemurmelt hatte, wie ihm die Tränen in die Augen stiegen. Er weinte zum ersten Mal, seit er vor mehr als dreißig Jahren seine Heimat verlassen hatte. Er weinte um all die Menschen, die er im Kampf getötet oder verletzt hatte. Er weinte um seine gefallenen Kameraden und jene, die er ungerecht behandelt oder bestraft hatte. Er weinte um seine Mutter, die er nie mehr wiedergesehen hatte, und um seine Mitschülerin, die seinetwegen gestorben war. Er weinte um sein Leben fern der Heimat und ohne Familie. Und er weinte um seine Jugendliebe, die er damals ohne ein Abschiedswort zurückließ, als er nach Frankreich floh. Das Weinen erschütterte seinen ganzen Körper. Lautes Schluchzen kam aus seinem Mund, es schien, als wollte seine Seele alle Tränen, die sie bis dahin nicht hatte weinen dürfen, auf einmal loswerden. Es waren heiße Tränen der Reue und der bitteren Erkenntnis, unschuldige Menschen verletzt zu haben. Aber mit jeder Träne, die er vergoss, wurde die Last leichter. Ein warmes Gefühl breitete sich in seiner Herzregion aus und schien alles zu verbrennen, was ihn bedrückt hatte. Als er nach einer Stunde die Kirche verließ, fühlte er sich wie neugeboren …

Nach seinem Erlebnis in der Église Sainte Marie Majeure hatte Jacques seine Einstellung zum Leben schlagartig geändert. Er begann, sich für Religion zu interessieren, und suchte von Zeit zu Zeit Kirchen auf, um zu beten oder einfach nur still dazusitzen, allerdings nie, um an der Messe teilzunehmen, deren Rituale ihm fremd waren. Und er begann, in der Bibel zu lesen. Mit der Zeit hatte er sich auf diese Weise seine eigene Religion zurechtgelegt, die nicht mehr im Widerspruch zu seiner Lebenserfahrung stand. Für ihn gehörte es zum göttlichen Plan, dass es Soldaten geben musste. Und das Schicksal eines Mannes, Legionär zu werden, war für ihn ebenso Gottes Vorsehung wie die Berufung zum Priesteramt. Nicht zuletzt fand er in der Bibel zahlreiche Beweise für seine Theorie, nach der es durchaus ehrenwert und christlich sein konnte, ein Kämpfer zu sein. Wer sonst hätte einst in der letzten großen Schlacht das Böse besiegen sollen, wenn nicht ausgebildete Krieger? Etwa die Lehrer und Priester? Oder gar die Politiker und Beamten? Nein – Gott würde ein paar handfeste Kämpfer brauchen, um seinen Erzfeind zu besiegen. Eine Elitetruppe, bestehend aus den besten und furchtlosesten Männern aller Nationen – so wie es die französische Fremdenlegion in seinen Augen war …

Die Beweggründe, die Jacques Anfang der Sechziger zur Legion getrieben hatten, waren allerdings weit weniger heldenhaft gewesen. Auf der Rückfahrt aus einer Kneipe war er mit überhöhter Geschwindigkeit durch die engen Straßen seiner Heimatstadt gerast und hatte eine Radfahrerin übersehen, die ihm ohne Licht entgegengekommen war. Er selbst hatte bei dem Aufprall rein äußerlich keine Schramme abbekommen, aber die Radfahrerin – eine Mitschülerin aus der Oberprima – war auf der Stelle tot gewesen. Unter Schock hatte er dann Fahrerflucht begangen und war später zu einem Freund nach Paris geflohen, den er bei einem Schüleraustausch kennen gelernt hatte. Sein Freund brachte ihn auf die Idee, sich bei der Fremdenlegion zu melden. Dort würde niemand nach seiner Vergangenheit fragen. Da Jacques zu diesem Zeitpunkt keinen anderen Ausweg sah, hatte er sich tatsächlich beworben und – nach Bestehen der zahlreichen Tests – für fünf Jahre verpflichtet. Er bekam eine neue Identität und durfte zwei Jahre lang keinen Kontakt zu seiner Familie und zu seinen

Freunden aufnehmen – was ihm in seiner Situation nur recht war.

Die harte Grundausbildung bei der Legion ließ ihm nur noch wenig Zeit für Selbstanklagen, die ihn in den Wochen zuvor fast zum Wahnsinn getrieben hatten. Der körperliche und psychische Druck, an dem nicht wenige seiner Kameraden schon in den ersten Wochen scheiterten, bewirkte bei ihm das Gegenteil: Er wuchs über sich hinaus und wunderte sich über seine Kraft, die mit jeder neuen Prüfung, die er bestand, noch mehr zu wachsen schien. Nach Beendigung der Grundausbildung wurde er in ein Trainingszentrum nach Französisch-Guayana versetzt, um als Dschungelkrieger ausgebildet zu werden. Es war ihm nur recht. Je weiter weg er von der Heimat stationiert war, umso geringer war die Gefahr, einem Bekannten zu begegnen. Nach anderthalb Jahren, in denen er die Fähigkeit zum Überleben im Dschungel gelernt hatte, stand für ihn fest, dass er bei der Legion bleiben wollte und dass er mehr sein wollte als einfacher Legionär. Er gehörte zu den Besten und wollte einmal zur Elite der Legion gehören. Nach Guayana folgten drei Jahre Madagaskar, danach schickte man ihn nach Afrika, wo er seine ersten Kampfeinsätze hatte. Sein Traum, zu den Fallschirmjägern nach Korsika zu kommen, sollte allerdings nicht so schnell in Erfüllung gehen. Erst nach einigen Jahren wurde seinem Antrag auf Versetzung nach Calvi stattgegeben. Beim zweiten Regiment, der Eliteeinheit der Fremdenlegion auf Korsika, brachte er es immerhin bis zum

Adjutant-Chef – wenn auch leider nicht zum Major, was ihn immer noch wurmte.

Noch mehr wurmte es ihn allerdings jetzt, wo er pensioniert war, dass er keine Familie gegründet hatte. An Gelegenheiten hatte es wahrlich nicht gemangelt. Denn er war nicht nur beim Training und im Kampf immer unter den Ersten gewesen, sondern auch, wenn es darum ging, Frauen zu erobern. Er hätte zehn Hände gebraucht, um die Frauen zu zählen, die er im Laufe der Jahre gekannt hatte. Eroberungen – ja, darin war er groß gewesen. Frauen von allen Kontinenten und aus den unterschiedlichsten Kulturen. Die eine oder andere hatte er sogar wirklich geliebt. Aber keine hatte er halten können. Früher oder später hatten sie ihn alle durchschaut und waren auf Distanz gegangen. Es waren Frauen gewesen, die bei einem Mann wie Jacques Schutz und Sicherheit zu finden hofften und enttäuscht waren, wenn sie seine innere Zerrissenheit spürten, die sich immer wieder in Form von Wutausbrüchen und Alkoholexzessen äußerte. Auch seine Heldentaten bei der Legion konnten keine Frau der Welt darüber hinwegtäuschen, dass Jacques vor etwas davonlief.

Nach seiner Pensionierung schien es dann endgültig vorbei zu sein mit den leichten Eroberungen. Von einem Tag auf den anderen hatte er offenbar seine ganze Attraktivität verloren. Der Duft nach Abenteuer und Freiheit war am Tag seiner Verabschiedung verflogen wie ein billiges Parfum, und es würde wohl nicht mehr lange dauern, bis man schon von weitem den modrigen Geruch eines älteren, launischen Eigenbrötlers wahrnehmen konnte. Dabei hatte er sich rein äußerlich kaum verändert. Aber die eleganten, langbeinigen Frauen, die ihn interessierten, beachteten ihn nicht mehr, oder vielmehr: Sie nahmen ihn nicht mehr wahr, er existierte für sie nicht mehr. Wenn er nun wie früher eine Bar betrat und in die Runde schaute, begegnete sein Blick bestenfalls dem eines unter dem Tisch liegenden Hundes, der den Neuankömmling kritisch musterte. So kam es, dass er schon lange keine Frau mehr geliebt hatte und sogar die Erinnerungen an seine vielen Geliebten langsam verblassten.

Umso öfter musste er an Marianne denken, seine Jugendliebe. Wenn er die Augen schloss, sah er mit seltsamer Klarheit, wie sie als Kind auf der Schaukel im Garten ihrer Großmutter gesessen hatte und ihr rötlicher Pferdeschwanz auf- und abgewippt war. Schon damals hatte er sie geliebt, er war erst vierzehn gewesen. Später war Marianne zu einem hübschen Mädchen herangewachsen – mit kastanienbraunen Haaren und großen, dunklen Augen, in denen, wenn sie lachte, tausend kleine Sterne zu tanzen schienen. Wäre der Unfall nicht geschehen – wer weiß, vielleicht wäre sie seine Frau geworden und er wäre heute Vater und vielleicht sogar schon Großvater. Aber wie hätte er ihr nach dem Unfall noch in die Augen sehen können?! Das Mädchen, das er überfahren hatte, war Mariannes beste Freundin gewesen …

Als am späten Nachmittag die Kerzen in der Pfarrkirche von Casamaccioli niedergebrannt waren, rührte sich Jacques endlich. Er schnäuzte sich ein letztes Mal in sein riesiges Taschentuch, das er immer in der Hosentasche hatte, wenn er auf „Bußgang" war, erhob sich langsam, streckte seine steifen Beine und rieb sein rechtes Knie, in dem sich seit einiger Zeit die Arthrose schmerzhaft bemerkbar machte. Dann hob er seine Hände, faltete sie hinter dem Kopf und dehnte seinen Brustkorb, als habe er eine lange Fahrt hinter sich. Bevor er die Kirche verließ, wandte er sich noch einmal dem Altar zu und bekreuzigte sich. Im Stillen aber dachte er mit einem Blick auf die Madonna: ‚Wenn du mir nicht bald einen Hinweis darauf gibst, wo ich das Mädchen finden kann, wechsle ich wieder das Lager – wenn du verstehst, was ich meine.'

Als er die schwere Holztür aufzog und hinaustrat, trafen ihn die Strahlen der schon schräg stehenden Sonne und blendeten ihn für einen Augenblick. Gleichzeitig sprang etwas an ihm hoch und leckte ihm flink über die Hand. ‚Seit wann können Schweine so hoch springen?', dachte er, denn außer den halbwilden Schweinen, die gewöhnlich vor der Kirche herumlungerten, fiel ihm nichts ein, was da an ihm hochgesprungen sein könnte. Als er wieder klar sehen konnte, erkannte er einen kleinen weißgrauen Hund, halb Terrier, halb Pudel, der ihn so überschwänglich begrüßt hatte.

„Na, wo ist denn dein Herrchen, Chouchou?", fragte Jacques und strich dem Tier, das immer wieder an ihm hochsprang, zärtlich über die Ohren.

„Frauchen", hörte er eine Frauenstimme hinter sich sagen, „das ist mein Hund und er heißt nicht Chouchou, sondern Tobi."

Als Jacques sich umdrehte, stand eine junge Frau mit schulterlangen blonden Haaren vor ihm. Ihr Alter war schwer zu schätzen. Da sie klein und zierlich war, wirkte sie sehr mädchenhaft. Sie hatte ein hübsches Gesicht, aber ihre großen graublauen Augen waren überraschend ernst, fast traurig. Er starrte sie an, als sei ihm gerade die heilige Jungfrau erschienen. Aber schon nach einer Sekunde hatte er sich wieder im Griff.

„Begrüßt der Kleine jeden so stürmisch oder liegt es an meinem Rasierwasser?", fragte er betont lässig.

„Oh, entschuldigen Sie bitte. Ich hoffe, er hat Sie nicht schmutzig gemacht. Wissen Sie, Tobi gehört mir erst seit zwei Wochen und er ist leider nicht besonders gut erzogen. Außerdem ..."

„Erst seit zwei Wochen?", fiel Jacques ihr ins Wort.

„Ja, er ist mir zugelaufen, als ich hier ankam. Er muss schon am Flughafen in meinen Leihwagen gesprungen sein, aber ich habe es nicht bemerkt. Als ich vor meinem Ferienhaus ausstieg, sprang plötzlich ein graues Wollknäuel hinter dem Sitz hervor. Er muss die ganze Strecke vom Flughafen bis nach Lumio unter der Rückbank verbracht haben, ohne sich zu rühren. Ich fuhr am nächsten Tag zurück nach Calvi und habe versucht herauszufinden, wem der Hund gehört, aber niemand kannte den Hund oder seinen Besitzer. Also entschied ich mich, ihn vorerst zu adoptieren.

Aber im Grunde ist es Tobi, der mich adoptiert hat. Er bestimmt nämlich mehr oder weniger, wohin ich gehe und mit wem ich mich treffe. Heute wollte ich eigentlich einen faulen Tag am Strand verbringen. Aber Tobi ließ mir keine Ruhe. Er lief immer wieder zum Auto, um mir zu zeigen, dass er Lust auf eine Spazierfahrt habe. Und so bin ich schließlich hier gelandet", plapperte sie munter drauflos und musterte dabei unverhohlen Jacques Äußeres, vor allem seine Tätowierung.

„Ja, Sachen gibt's, die gibt's gar nicht", antwortete Jacques, aber es klang so, als nehme er ihr die Geschichte nicht ganz ab. „Ich hätte schwören können, dass ich Sie und Ihren Hund vor längerer Zeit schon einmal zusammen gesehen habe."

„Ach ja? – Und wo und wann soll das gewesen sein?"

„Vor circa einem Jahr, vor der Kirche in Calvi."

„Gut möglich. Vor genau einem Jahr war ich auch schon mal in Calvi. Das heißt, vor fünf Jahren habe ich eine Saison lang auf Korsika gearbeitet, aber das interessiert Sie natürlich nicht … Und natürlich war ich letztes Jahr auch in der Kirche. Ich kann nämlich an keiner Kirche vorbeigehen, ohne hineinzuschauen, vor allem im Urlaub. Aber den Hund, den Sie gesehen haben, das war bestimmt nicht Tobi. Es muss Timi gewesen sein."

„Und wer ist Timi?"

„Ganz einfach: Ich hatte damals einen Hund, der fast genauso aussah wie Tobi. Er war vielleicht ein klein wenig grauer als Tobi und er hieß Timi. Timi ist leider vor einem halben Jahr von einem Auto überfahren worden ..."

„Das tut mir leid. – Aber dann ist es ja ein großes Glück für Sie, dass Ihnen Tobi zugelaufen ist, oder?"

„Ich weiß noch nicht so recht. Tobi sieht zwar so aus wie Timi, hat aber einen ganz anderen Charakter. Er hat seinen eigenen Kopf und macht nur das, was er will. Timi war viel anhänglicher, aber auch ängstlicher, das muss ich zugeben. Wenn wir außerhalb seines Reviers spazieren gingen, lief er nicht mehr vor mir her, sondern hinter mir. Können Sie sich das vorstellen? Ein richtiger Angsthase war er. Aber so treu und verspielt ..."

Während sie sprach, versuchte sie verzweifelt, Tobi an die Leine zu nehmen, aber Tobi blieb nicht ruhig sitzen, sondern sprang immer wieder auf und kläffte, als wollte er wieder einmal seinen Kopf durchsetzen.

„Ich weiß gar nicht, ob ich ihn so einfach mit nach Deutschland nehmen kann, was meinen Sie?"

Bei dem Wort Deutschland wurde Jacques hellhörig. Er hatte zwar längst ihren deutschen Akzent bemerkt, war sich aber nicht ganz sicher gewesen. Ihr Französisch war fast perfekt. Außerdem fiel ihm auf, dass sie leicht hinkte, und er fragte sich, ob es die Folge eines Unfalls oder einer Krankheit war.

„Tut mir leid, das weiß ich nicht. Aber ich bin sicher, dass sich eine Lösung finden wird. Was halten Sie davon, wenn wir unsere Unterhaltung in einem gemütlichen Lokal bei einem Kaffee fortsetzen?", fragte er aus dem sicheren Gefühl heraus, dass diese Begegnung kein Zufall war.

Die Frau antwortete nicht sofort, sondern musterte ihn noch kritischer als vorher, wobei ihr Blick immer wieder an der Tätowierung hängenblieb, was Jacques nicht entging.

„Oh, ich vergaß, mich vorzustellen", versuchte Jacques die Situation zu retten, „mein Name ist Hannes Brinkmann, aber alle nennen mich Jacques. Ich komme aus Deutschland und war viele Jahre bei der Fremdenlegion. In jungen Jahren habe ich mich tätowieren lassen – wie viele damals. Aber all das hat nichts mehr mit dem Mann zu tun, der vor Ihnen steht, wenn Sie wissen, was ich meine …"

Jacques Offenheit verscheuchte den kritischen Blick aus den Augen der jungen Frau und zauberte ein Lächeln auf ihre Lippen. „Also gut, Jacques – oder lieber Hans? –, ich bin Silka", antwortete sie auf Deutsch und mit einem vielsagenden Blick, den Jacques nicht einordnen konnte. „Ich schlage allerdings vor, dass wir zurück nach Calvi fahren – ich nehme an, Sie müssen auch dorthin – und uns dort ein nettes Lokal suchen mit regionaler Küche und einem ordentlichen Rotwein. Ich mache mir nämlich nichts aus Kaffee und Kuchen …"

„Na, dann sind Sie auf Korsika ja richtig", beschloss Jacques die Konversation und ging voraus zu seinem Pick-up.

Während der Fahrt schaute Jacques immer wieder in den Rückspiegel und fragte sich, woher er die junge Frau kannte, die in dem Leihwagen hinter ihm herfuhr. War es tatsächlich die Frau, die er vor einem Jahr gesehen hatte? Hatte ein Augenblick gereicht, um diese Vertrautheit zu schaffen, die er fühlte? Oder kannte er sie von früher, aus einem ganz anderen Zusammenhang? Vielleicht noch aus Deutschland? Aber dafür war sie viel zu jung!

Als sie nach zweistündiger Fahrt auf dem Place Christophe Colomb in Calvi aus ihren Wagen stiegen, ging gerade die Sonne unter und tauchte die über der Stadt thronende Zitadelle in ein schwärmerisches Licht.

Jacques und Silka beobachteten eine Weile das Schauspiel des im Meer versinkenden orangeroten Feuerballs, ohne ein Wort zu sagen.

„Haben Sie sich unterwegs schon überlegt, wo wir essen gehen?", brach Jacques schließlich das Schweigen.

„Ja. Ich schlage vor, dass wir hinunter ins Restaurant A Stalla gehen. Das ist zwar inzwischen ziemlich touristisch geworden, aber immer noch sehr gemütlich, und das Essen ist okay."

„Sie kennen sich ja gut aus. Ich befürchte nur, dass wir um diese Zeit keinen Platz mehr bekommen."

„Das glaube ich schon", antwortete Silka vieldeutig und ging voraus.

Als sie endlich im Restaurant ankamen, war es bereits nach neun und alle Tische waren besetzt. Als Jacques sich auf dem Absatz umdrehte, um das Lokal wieder zu verlassen, spürte er, dass Silka ihn am Arm festhielt und auf einen Tisch in der hintersten Ecke des Saals zeigte, an dem eine einzelne Frau saß.

„Möchten Sie wirklich, dass wir uns dazusetzen?", fragte er etwas irritiert.

„Ja natürlich. Diese Frau hat schließlich die Plätze für uns frei gehalten und wartet schon eine Ewigkeit auf uns …"

Jacques hatte ein eigenartiges Gefühl. Am liebsten wäre er wieder gegangen. Wer um alles in der Welt war diese Frau?

„Guten Abend. Ich bin Frau von Lindbergh, die Mutter von Silka. Es freut mich, dass wir Sie endlich gefunden haben."

Jacques stand wie angewurzelt da, ohne ein Wort zu sagen. „Entschuldigung. Aber hier muss eine Verwechslung vorliegen. Ich glaube nicht, dass wir uns schon einmal begegnet sind", brachte er schließlich mühsam hervor, denn die brünette, sehr elegante Frau, die vor ihm stand, hatte er noch nie gesehen.

„Mag sein, dass Sie sich nicht erinnern können. Aber wir haben Sie nicht vergessen und möchten uns endlich erkenntlich zeigen."

„Erkenntlich zeigen? – Ich habe keine Ahnung, wovon Sie sprechen …"

„Erinnern Sie sich an den Autounfall zwischen L'Île-Rousse und Lumio vor fünf Jahren? Wenn Sie meine Tochter nicht aus dem brennenden Auto gezogen hätten, wäre sie heute nicht mehr am Leben."

Endlich ging Jacques ein Licht auf. Natürlich erinnerte er sich, obwohl er dem Ganzen keine größere Bedeutung beigemessen hatte. Für ihn war es selbstverständlich gewesen, sofort zu helfen. Wie so oft in seinem Leben war er auch damals gerade im rechten Augenblick zur Stelle gewesen. Nicht wenige seiner Kameraden, aber auch so mancher Zivilist, hatten ihr Leben Jacques furchtlosem Handeln zu verdanken. Auch an jenem Sonntagmorgen Anfang Oktober hatte er natürlich sofort angehalten, um den Menschen zu retten, der auf dem Beifahrersitz des brennenden Autos eingeklemmt war. Für den Fahrer war allerdings jede Hilfe zu spät gekommen.

„Sie sind also die Kleine, die ich damals aus dem brennenden Trümmerhaufen gezogen habe?“

„Ja“, antwortete Frau von Lindbergh mit Tränen in den Augen, während Silka lediglich nickte. „Sie hat Ihnen ihr Leben zu verdanken. Und ich habe es Ihnen zu verdanken, dass ich meine einzige Tochter nicht verloren habe.“

„Und der Fahrer? War das ein Bekannter von Ihnen?“

„Nein. Ich war per Anhalter unterwegs. Ich hatte mich gerade mit meinem Freund in L'Île-Rousse gestritten und wollte auf dem schnellsten Weg nach Hause. Der erste Wagen, der hielt, war diese schwarze Rostlaube. Als der Fahrer die Wagentür öffnete, kam mir ein leichter Alkoholgeruch entgegen. Erst als ich eingestiegen war, bemerkte ich, dass das Auto total verdreckt war: Überall lagen Kippen und leere Weinflaschen rum. Ich weiß selbst nicht, warum ich nicht sofort wieder ausgestiegen bin. Ich war an dem Tag wohl selbst ein wenig verwirrt. Wegen des Streits mit meinem Freund wahrscheinlich. Der Fahrer, es war übrigens ein Deutscher, benahm sich total seltsam und erzählte mir was von einem Schatz, den er am Strand gefunden habe. Dabei fuchtelte er unentwegt mit einer Kassette von Frank Zappa rum, die er auflegen wollte. Aber er schaffte es nicht, die Kassette, die noch im Rekorder drin war, rauszuholen. Irgendwas klemmte. Bandsalat oder so. Als er es endlich geschafft hatte, drehte er völlig entnervt das Fenster runter und schmiss die alte Kassette raus. Im selben Moment kam uns ein Motorradfahrer entgegen, in der scharfen Kurve vor Sant'Ambroggio. Der Idiot neben mir am Steuer versuchte noch auszuweichen, und dann war es auch schon passiert. Unser Wagen durchbrach ungebremst die kleine Randmauer und stürzte den felsigen Abhang runter. Wir überschlugen uns ein paar Mal und der Wagen fing Feuer. Es ist wirklich ein Wunder, dass ich aus dem Auto lebend rausgekommen bin. Und das habe ich nur Ihnen zu verdanken."

„Und wie haben Sie mich gefunden – nach so langer Zeit?"

„Sicherlich hätten wir Sie nie gefunden, wenn nicht zufällig ein Bekannter von mir am Unfallort gewesen wäre und Fotos gemacht hätte", antwortete Silkas Mutter. „Er machte damals Urlaub auf Korsika und hatte als leidenschaftlicher Fotograf und ehemaliger Fotoreporter wie immer seine Kamera dabei. So machte er auch, da ihm sonst nichts zu tun übrig blieb, ein paar Fotos am Unfallort. Er wusste natürlich nicht, dass es sich bei der Verletzten um meine Tochter handelte. Und da wir – wie schon gesagt –

nur weitläufig bekannt sind, ergab es sich auch erst vor zwei Jahren, dass ich von den Fotos erfuhr. Von Groth und ich waren beide zu einem Empfang eingeladen, den ein gemeinsamer Bekannter anlässlich der Verleihung des Bundesverdienstkreuzes gab, und wir kamen bei dieser Gelegenheit auf Menschen zu sprechen, die – ebenso wie unser Bekannter, wenn nicht mehr – das Bundesverdienstkreuz verdient hätten, da sie ihr eigenes Leben riskieren, um anderen Menschen zu helfen. Ich erzählte ihm von Silkas Unfall auf Korsika und ihrer Rettung durch das beherzte Handeln eines Mannes, der sie aus dem brennenden Auto befreit hat. Von Groth wurde natürlich hellhörig und erzählte mir von seinem Erlebnis, ebenfalls auf Korsika. Bei dem Wagen habe es sich um einen schwarzen Kleinwagen gehandelt, aber die Verletzte sei schon im Hubschrauber gewesen, so dass er sie nicht gesehen hatte. Allerdings habe er Fotos am Unfallort gemacht. ‚Wer weiß', sagte er, ‚vielleicht ist ja zufällig der unbekannte Retter darauf zu sehen.' Er lud mich und Silka ein, um mir die Fotos zu zeigen. Wenn der Helfer auf den Fotos zu sehen war, so würde Silka ihn vielleicht erkennen, da sie bei vollem Bewusstsein gewesen war, als er sie aus dem Wagen befreite. Als wir uns endlich die Bilder ansehen konnten, erkannte Silka Sie sofort wieder. Vor allem die Tätowierung am rechten Oberarm, die deutlich auf einem Foto zu erkennen ist, ließ keine Zweifel mehr daran, dass Sie der rettende Engel gewesen sind. Ich habe mir damals geschworen, Sie zu finden, und wenn ich bis ans Ende der Welt fahren müsste", schloss Frau von Lindbergh ihren Bericht, den Jacques mit gespannter Aufmerksamkeit verfolgt hatte, wobei ihn die geschwungenen Lippen und leicht schräg stehenden grünen Augen von Frau von Lindbergh fast noch mehr gefesselt hatten als ihre Worte.

„Und wie haben Sie mich dann ausfindig gemacht, wenn ich fragen darf?"

„Nun, da Sie einen fast kahl rasierten Schädel hatten, was damals noch kein Modeschnitt war, meinte Herr von Groth, dass Sie wahrscheinlich der Fremdenlegion angehören. Wir beschlossen also, unseren nächsten Urlaub auf Korsika zu verbringen, um Sie zu suchen."

„Ja, und dann sind Sie mir gleich am ersten Tag über den Weg gelaufen, als Sie in Calvi aus der Reinigung kamen", setzte Silka die Erzählung fort. „Sie liefen dicht an mir vorbei, sahen mich aber nicht an, sondern guckten auf die Kirche, als wäre Ihnen gerade eine Erleuchtung gekommen. Da hab ich die Tätowierung gesehen, die auch auf dem Foto ganz deutlich zu erkennen ist. Und Ihr Gesicht kam mir auch so bekannt vor. Aber ich habe mich nicht getraut, Sie anzusprechen, sondern hab erst mal ein Foto gemacht, um es mit dem Foto von damals zu vergleichen."

„Aber warum zum Teufel – Pardon, ich meine, warum in Gottes Namen – sind Sie vor mir davongelaufen und haben sich versteckt?"

„Sie machten so einen wütenden Eindruck, und Sie sind doch ein Legionär ... Ich hatte Angst, Sie würden auf mich losgehen, weil ich ein Foto von Ihnen gemacht hatte, ohne zu fragen. In der Kirche fühlte ich mich in Sicherheit. Als aber dann die Tür aufging und Sie hereinkamen, bekam ich es mit der Angst zu tun und versteckte mich."

„Und wo, wenn ich fragen darf?"

„Hinter einem der roten Vorhänge im Altarraum."

Jacques klopfte sich mit der flachen Hand auf die Stirn. „Ich Idiot, dass ich darauf nicht gekommen bin. Und Sie waren die ganze Zeit – ich meine, Sie haben die ganze Zeit hinter dem Vorhang gestanden?"

„Ja, die ganze Zeit. Ich habe fürchterlich geschwitzt und war mehrmals kurz davor zu niesen, denn der Vorhang war sehr staubig. Ich dachte schon, Sie würden für immer da sitzen bleiben und versteinern, während ich langsam hinter dem Vorhang vertrockne, um später als Mumie in den Altarraum zu fallen – während der Messe natürlich ..."

Silkas Mutter schmunzelte. „Silka hatte schon immer eine blühende Phantasie", kommentierte sie.

„Wissen Sie", sagte Jacques und es war ihm sichtlich peinlich, „es war das erste Mal seit dreißig Jahren, dass ich eine Kirche betrat, und dann hatte ich so ein merkwürdiges Gefühl, als ich da vorne saß, ich kann es nicht erklären ..."

„Ich habe gehört, dass Sie geweint haben, und dachte mir, dass es Ihnen schlecht geht, dass Sie krank sind oder dass Ihrer Frau oder Ihren Kindern etwas passiert ist."

„Ich habe leider weder Frau noch Kinder ..."

In diesem Augenblick sprang Tobi auf Jacques Schoß und leckte ihm durchs Gesicht.

„Aber mindestens einen neuen Freund“, bemerkte Silka trocken, woraufhin ihre Mutter auflachte – ein heiteres, ansteckendes Lachen, das so gar nicht zu ihrer eleganten Erscheinung passte.

„Im vergangenen Jahr mussten wir dann leider vorzeitig unseren Urlaub abbrechen“, beendete Silkas Mutter die Erzählung ihrer Tochter, „und unsere Recherchen bis auf Weiteres verschieben, da meine Mutter im Sterben lag. Aber jetzt haben wir Sie ja gefunden“, schloss sie und hob ihr Weinglas, um mit Jacques, dem Legionär, auf die Gesundheit ihrer Tochter anzustoßen.

„Wie lange haben Sie vor, hierzubleiben?“, wollte Jacques wissen.

„Leider nur bis Ende dieser Woche. Dann sind die Ferien vorbei.“

„Sie sind Lehrerin?“, fragte er, an Silka gewandt.

„Erraten. Alle beide!“

„Zwei Lehrerinnen? Wer von Ihnen hat denn dann das letzte Wort?“

„Ich“, antworteten beide unisono und mussten lachen.

„Welche Fächer?“

„Kunst und Geschichte“, antwortete Silkas Mutter.

„Kunst und Französisch“, gab Silka zur Antwort.

„Ob Sie es glauben oder nicht: Geschichte wollte ich auch mal studieren. Aber dann kam alles anders …“

„Wollen Sie es uns erzählen?“

„Vielleicht ein anderes Mal. Das heißt, wenn Sie weiterhin Wert auf meine Gesellschaft legen. Ich möchte mich nicht aufdrängen."

„Wir würden Ihre Gesellschaft sehr schätzen", entgegnete Silkas Mutter mit einem Lächeln, das Silka noch nie an ihr gesehen hatte.

„Vielen Dank, Madame. Wenn das so ist: Würden Sie mir die Ehre erweisen, mich auf einen meiner Ausflüge zu begleiten? Wir könnten uns die Église Santa Maria Assunta bei Saint-Florent anschauen. Sie zählt zu den bedeutendsten romanischen Bauwerken Korsikas. Anschließend könnten wir einen kleinen Abstecher nach Oletta machen, zu einer schön gelegenen Klosterruine, und dann weiter nach Murato fahren. Auf einer Anhöhe, inmitten einer Wiese, steht die schönste Kirche der Insel. Sie wurde aus dunklem Schiefer und hellem Kalkstein erbaut. Oder mögen Sie eher Barock? Dann sollten wir unbedingt in Santo-Pietro-di-Tenda Halt machen, um uns die barocke Doppelkirche anzuschauen …"

Silka hatte innerlich abgeschaltet und musste an Jean-Pascal denken, ihren korsischen Freund, den sie seit damals nicht mehr gesehen hatte. Genau hier in diesem Raum hatte er damals die *Paghjella* gesungen und Gitarre gespielt …

„Kennen Sie zufällig Jean-Pascal Giuliani?", unterbrach sie Jacques. „Er ist Automechaniker in L'Île-Rousse und spielte vor fünf Jahren in einer Folklore-Gruppe Gitarre." Silka versuchte, ihre Neugierde – so gut es ging – zu verbergen. Aber Jacques entging nicht das Aufleuchten in ihren Augen.

„Er ist noch zu haben, wenn Sie das meinen“ war seine überraschende Antwort.

Silkas Wangen färbten sich purpurrot. „Woher wissen Sie das? Kennen Sie ihn?“

„Korsika ist ein Dorf. Jean-Pascal ist weder verheiratet noch fest liiert. Er hat inzwischen seine eigene Werkstatt in Calvi und einen guten Ruf als Mechaniker. Und wenn Sie mich fragen, trauert er Ihnen immer noch nach.“

8
Rückkehr nach Korsika

„Später, auf Sankt Helena, kehrten seine Gedanken immer wieder nach Korsika zurück."

Gregorovius über Napoleon

Köln/Korsika, September 1991

Seit ihrer Scheidung fühlte sich Betty wie eine Schauspielerin, die zwar ihren Text gelernt hat, aber nicht empfinden kann, was sie gerade spielt: die nette Kollegin, die freundliche Nachbarin, die gut gelaunte Freundin. Nicht einmal ihre Tränen waren echt und erst recht nicht ihr Lächeln. Als lebte sie nicht mehr, sondern funktioniere nur noch. Wie eine mechanische Aufziehpuppe oder ein Roboter, der auf die Frage „Wie geht's?" automatisch „Danke, gut." antwortet. In Wahrheit war kaum ein Morgen vergangen, an dem sie am liebsten nicht aufgewacht wäre, und kaum ein Abend, an dem sie vor Einsamkeit nicht in ihr Kissen geweint hatte. In ihren Träumen wurde sie immer öfter von Bildern und Erinnerungen heimgesucht, die sich alle um eines drehten: Korsika.

An manchen Frühlingstagen glaubte sie, einen Anflug des Inseldufts wahrzunehmen, der sich mit dem

Südwind über die Alpen bis nach Deutschland gerettet hatte. Der Hauch eines herbsüßen und gleichzeitig frischen Dufts nach Kräutern der Macchia, Pinienholz und Zitronenblüten, der sich verflüchtigte, sobald sie ihn wahrgenommen hatte. Wie das Bouquet eines guten korsischen Weins, der im Moment des Entkorkens den Duft der Insel verströmt. An einem grauen Wintertag war sie sogar in die Stadt gefahren und auf den Fernsehturm gestiegen, in der kindlichen Hoffnung, über den Dächern von Köln einen Abglanz des korsischen Himmels zu entdecken. Der Duft und die Farben der Insel fehlten ihr am meisten. Aber auch die Stille der Dörfer, die Kargheit der Felsenlandschaft und die Majestät der schneebedeckten Berge über dem Meer. Am meisten aber fehlte ihr Sven: seine Umarmung, sein Optimismus, seine verrückten Ideen – einfach alles.

Am Montag, den 23. September, es war der Tag nach ihrem Geburtstag, stellte sie kurz vor acht eine selbstgebackene Quiche, eine Schüssel mit Nudelsalat, Knoblauchfrikadellen, Sekt, Orangensaft und Salzgebäck in eine Faltkiste und füllte die Lücken mit Servietten, Papptellern und Besteck. Sie nahm ihre Handtasche vom Garderobenhaken, holte Portemonnaie, Führerschein, Adressbuch, Sonnenbrille, Aspirin, ein Päckchen Tempotücher und ihren unverzichtbaren bordeauxroten Lippenstift heraus und warf alles in ihren alten braunen Rucksack, den sie schulterte, um die Kiste mit beiden Händen tragen zu können.

Der kleine Brunch war für ihre Kollegen bestimmt, mit denen sie auf ihren dreißigsten Geburtstag anstoßen wollte. Am Vorabend hatte sie mit zwei Freundinnen gefeiert, die sie noch aus Schulzeiten kannte. Das Geschenk der beiden hatte sie aus der Fassung gebracht: ein Ölschinken, der ein altes Segelschiff vor der malerischen Kulisse der steil aufstrebenden Kalkfelsen an der Südspitze Korsikas abbildete. Hoch oben auf der im Sonnenlicht weiß leuchtenden Steilküste drängten sich die mittelalterlichen Häuser Bonifacios, jeden Meter bis zum äußersten Rand der Felsen ausnutzend, als sei dieser Fleck am Rande des Abgrunds das einzig bebaubare Land auf der Insel. Beim Anblick des Gemäldes hatte Betty einen Augenblick lang das seltsam reale Gefühl, sich an Bord des Segelschiffes zu befinden, das sich langsam, aber unaufhaltsam der Felswand näherte, an der es zu zerschellen drohte. Mehr noch als der Anblick des pittoresken Motivs, das Betty bis dahin nur von Postkarten kannte, war sie vom Titel des Gemäldes berührt gewesen: „Rückkehr nach Korsika“.

Als sie ohne ein Wort des Dankes, aber mit Tränen in den Augen zur Toilette gelaufen war, hatten sich ihre Freundinnen ratlos angeschaut. Nicht einmal sie ahnten etwas von der schmerzenden Sehnsucht und den Schuldgefühlen, die Betty quälten: Tag für Tag, Nacht für Nacht, wie Wassertropfen, die in regelmäßigen Abständen auf die Stirn eines Gefolterten fallen, um ihn auf Dauer in den Wahnsinn zu treiben. Manchmal hatte sie Angst, den Verstand zu verlieren …

Um kurz nach acht quetschte sie sich, mit Rucksack und Kiste beladen, zwischen Kartons und Büchern hindurch zur Haustür. Betty war schon immer eine leidenschaftliche Sammlerin und Verwerterin gebrauchter Dinge gewesen, aber seit ihrer Scheidung ein Jahr zuvor war ihre Leidenschaft peu à peu außer Kontrolle geraten. Inzwischen fiel es ihr schwer, sich von den profansten Dingen zu trennen. Was einmal den Weg in ihre Wohnung gefunden hatte – sei es ein defekter Eierkocher vom Flohmarkt oder eine alte Wanduhr, an der die Zeiger fehlten –, wurde liebevoll archiviert. Sie war nicht mehr weit davon entfernt, auch Verpackungen jeglicher Art wie Joghurtbecher, Pizzakartons und Plastiktüten vor der Entsorgung zu retten. Betty ahnte zwar, dass etwas mit ihr nicht stimmte, aber das machte es für sie nicht leichter, überflüssige oder defekte Dinge wegzuwerfen.

Sie verließ ihre Dachwohnung, stieg vorsichtig die Treppe hinunter, lief zum Parkplatz hinter dem Haus und verstaute alles im Kofferraum ihres weißen Renault Clio, in dem schon seit Monaten ein blauer Müllsack mit alten Klamotten für die Kleidersammlung zwischenlagerte. Wie gewöhnlich hatte sie sich noch nicht endgültig von den Kleidern trennen können. Sicher war noch etwas Brauchbares dabei, das sie irgendwann suchen würde. Sie schlug mit Schwung den Kofferraum zu und spürte den frischen Wind, der ihr eine Gänsehaut auf Arme und Beine zauberte. Obwohl der Sommer längst vorbei war, hatte sie aus Eitelkeit ihr Lieblingskleid angezogen: ein ärmelloses naturfarbenes

Hemdblusenkleid mit braunem Ledergürtel, der ihre schlanke Taille zur Geltung brachte. Kurzentschlossen öffnete sie noch einmal den Kofferraum, um die abgetragene schwarze Wolljacke aus dem Kleidersack zu kramen, die sie während ihres letzten Winters auf Korsika selbst gestrickt hatte. Sie zögerte kurz, als sie die Jacke in den Händen hielt, als könne dem Kleidungsstück eine ungute Energie anhaften. Schließlich verwarf sie ihr mulmiges Gefühl, zog die Jacke an und setzte sich ans Steuer. Sie schnallte sich an, vergewisserte sich mit einem kurzen Blick in den Rückspiegel, dass ihr Lippenstift nicht verschmiert war, und stellte zufrieden fest, dass sie noch gut für fünfundzwanzig durchgehen konnte. Ihre Haut war – bis auf ein paar winzige Augenfältchen – noch jugendlich glatt und ihre langen Haare glänzten im Licht der Morgensonne wie reife Kastanien. Nur ihr Blick verriet, dass sie kein junges Mädchen mehr war: ein kritischer Blick, in dem Erfahrung lag, aber auch Zweifel und Traurigkeit, wie sie frustriert feststellte. Sie musste unwillkürlich an Jörg denken, ihren Exmann. Am Rückspiegel hing noch immer sein Talisman: Anch, das ägyptische Kreuz, Symbol für Leben und Wiedergeburt. Das Einzige, was er vergessen hatte mitzunehmen, als er sie verließ.

Ihre Ehe mir Jörg war kurz, aber leider nicht schmerzlos gewesen. Ein Missverständnis von Anfang an, auf beiden Seiten. Der Versuch, zerbrochene Herzen durch Mitleid zu heilen. Aber nichts wurde heil. Aus geteiltem Leid wurde doppeltes Leid. Am Ende war eine Trümmerwüste aus verletzten Gefühlen, gegenseitigen Vorhaltungen und unerfüllten Hoffnungen geblieben …

Als Betty den Wagen startete und endlich losfuhr, war es schon zwanzig nach acht. Wenn sie pünktlich um neun im Büro sein wollte, durfte nichts dazwischenkommen. Für den Weg von Köln-Pulheim nach Bonn brauchte sie im Berufsverkehr fünfundvierzig bis fünfzig Minuten …

Betty arbeitete seit drei Jahren als Referentin für Jugendarbeit bei einem Wohlfahrtsverband in Bonn. Sie könne froh und dankbar sein, als Sozialpädagogin überhaupt eine Stelle bekommen zu haben, denn die Zeiten seien schlecht, erzählte man ihr. ‚Hat es je bessere Zeiten gegeben?', fragte sie sich. Leider wollte es ihr einfach nicht gelingen, dankbar dafür zu sein, ausschließlich im Büro zu sitzen, statt draußen direkt mit den jungen Menschen zu arbeiten, um die es ging. Im Grunde hasste sie es, den ganzen Tag in geschlossenen Räumen verbringen zu müssen. Es roch nach staubigen Akten, abgestandenem Kaffee und verklebten H-Milch-Tüten. Sie konnte sich beim besten Willen nicht vorstellen, noch jahrzehntelang dieses Leben zu führen, das im Wesentlichen aus Vernachlässigung dessen bestand, was das Leben lebenswert macht: Zeit mit Freunden verbringen, die Natur hautnah erleben, sich für Kinder und Jugendliche engagieren … Stattdessen musste sie ihre Zeit in Sitzungen vergeuden, sich mit nervigen Kollegen herumschlagen und ihre Energie auf Konzepte und Berichte verschwenden, für die sich niemand ernsthaft interessierte. Abends hatte sie oft nicht einmal mehr die Kraft, sich etwas Ordentliches zu kochen. Hinzu kam die ewige Sorge, den größten Teil des Sommers zu verpassen und während der schönsten Jahreszeit im Büro zu schmoren, statt Sonne und Wind auf der Haut zu spüren. Das also war der Preis für ein „geregeltes" Leben. „Wer Kastanien essen will, muss Kastanien sammeln gehen", sagte man auf Korsika. Ach, wie gerne würde sie jetzt Kastanien sammeln gehen, anstatt ins Büro zu fahren …

Betty war bereits von der Venloer Straße auf die A 1 aufgefahren, als sie endlich das Radio anmachte. Wie immer freute sie sich auf die Autofahrt, die es ihr erlaubte, Musik zu hören und noch ein wenig ihren Tagträumen nachzuhängen. Aus dem Radio ertönte „Moonlight Shadow" von Mike Oldfield, ihr einstiger Lieblingssong, den sie schon seit Jahren nicht mehr gehört hatte. Als das Gitarrensolo kam, drehte sie die Lautstärke voll auf, wippte im Rhythmus mit dem Kopf und ahmte den metallischen Sound der E-Gitarre nach: düdüdü, düdü-dü, düdü-dü, düüü …

Sie konnte sich noch gut an die Nacht erinnern, als sie den Song zum ersten Mal gehört hatte: Es war in einer Disco auf Korsika. Der Kontrast zwischen dem rockigen Sound à la Deep Purple und der klaren Folkstimme der Sängerin hatte Betty auf Anhieb fasziniert. Sie war ohne Sven auf die Tanzfläche gegangen und hatte so ausgelassen und selbstvergessen getanzt wie nur selten in ihrem Leben. Erst ein paar

Tage später hatte eine Kollegin sie auf den Text aufmerksam gemacht: Er handelte von einer Frau, die auf hellsichtige Weise den Tod ihres Geliebten miterlebte, der irgendwo weit weg von ihr erschossen wurde, und von ihrem Wunsch, noch einmal mit ihm zu reden. „Aber sie wusste nicht, wie sie zu ihm durchkommen konnte", da er schon „auf der anderen Seite" war.

Und sie hatte darauf getanzt, als sei es ein gewöhnlicher Discohit …

Als sie laut „Scheiße!" rief, war es schon passiert: Durch den Song und die damit verknüpften Gedanken und Erinnerungen war sie abgelenkt gewesen, so dass sie am Kreuz Köln-West die Ausfahrt auf die A 4 verpasst hatte. Frustriert lehnte sie den Kopf zurück und warf einen Blick auf ihre Armbanduhr. Schon kurz nach halb neun. Wenn sie die nächste Ausfahrt nahm, würde sie zu spät kommen. Wie ärgerlich. Wie hatte ihr das bloß passieren können?! Aber was blieb ihr anderes übrig, als die nächste Ausfahrt zu nehmen, um zu wenden.

Kurz darauf erfuhr sie aus den Verkehrsnachrichten, dass sie die Ausfahrt Gleuel ebenfalls vergessen konnte. Ein Lastwagen war beim Abbiegen umgekippt und blockierte mit seinem Anhänger den rechten Fahrstreifen. ‚Das darf jetzt nicht wahr sein', dachte sie und stellte sich vor, wie einige Kollegen lästern würden, wenn sie erst um halb zehn im Büro auftauchte. Die eisernen Frühaufsteher hielten sich ja prinzipiell für bessere Menschen und betrachteten alle, die später als um acht Uhr im Büro erschienen, als undisziplinierte Warmduscher …

Kaum war die Unfallmeldung beendet, stand sie auch schon in dem angekündigten Stau: fünf Kilometer! Das Schicksal schien sich an diesem Montag gegen sie verschworen zu haben. Die Musik aus dem Radio war plötzlich nervig und erst recht der gut gelaunte Moderator, der offenbar Glückskekse gefrühstückt hatte. Als sich der Stau endlich auflöste, war es schon Viertel vor neun. Endlich ging es weiter! Sie drehte die Musik wieder lauter und gab Gas …

„So ein Mist, das gibt's doch gar nicht! So ein verdammter Mist!", fluchte sie laut vor sich hin, als sie nach einiger Zeit feststellte, dass sie sich nicht mehr auf der A 1, sondern bereits auf der A 61 Richtung Koblenz befand. Als ihr klar wurde, welchen Umweg sie jetzt fahren musste, um nach Bonn zu kommen, kam ihr zum ersten Mal der Gedanke, dass es vielleicht klüger wäre, sich krankzumelden, als mit mehrstündiger Verspätung im Büro zu erscheinen. Kein Kollege und erst recht kein Vorgesetzter würde ihr glauben, dass sie sich auf dem Weg, den sie nun schon seit drei Jahren täglich fuhr, zweimal verfahren hatte. Und sollte es jemand glauben, so musste er sie für ziemlich daneben halten …

Ihre Gedanken wanderten wie von selbst nach Korsika zurück. Sie konnte sich nicht daran erinnern, sich auf Korsika jemals verfahren zu haben. Diese Tatsache war sicherlich nicht alleine der Überschaubarkeit des korsischen Straßennetzes zu verdanken. Zum größten Teil lag es eher daran, dass die Himmelsrichtungen jederzeit auch ohne Kompass leicht auszumachen waren: Sonnenstand, Berge und Küsten dienten fast immer und überall als Orientierungshilfen. Im Nachhinein kam es ihr allerdings so vor, als sei sie damals auf Pfaden gewandert, die sie selbst irgendwann einmal ausgetrampelt hatte. Wege, die seit Urzeiten von Menschen und Tieren benutzt wurden. Hatte sie in einem früheren Leben schon einmal auf der Insel gelebt? Vielleicht sogar zusammen mit Sven? ‚Wie wäre mein Leben verlaufen, wenn Sven nicht verunglückt wäre?', fragte sie sich zum tausendsten Mal. ‚Wären wir noch zusammen? Würden wir noch auf Korsika leben?'

Sie hatte den Gedanken noch nicht ganz zu Ende gedacht, als vor ihr auf der rechten Fahrspur ein grüner VW-Bus mit Korsika-Aufkleber auftauchte. Es war unheimlich. Als hätten ihre Gedanken den Bus herbeigezaubert. Es war der gleiche Transporter, den damals Sven gefahren hatte, allerdings ohne die aufgemalten Sonnenblumen und mit Kölner statt Freiburger Kennzeichen. Sie nahm unwillkürlich den Fuß vom Gas und klemmte sich hinter das alte Vehikel, das nicht schneller als achtzig fuhr. Die Fahrt im Schneckentempo ging ihr allerdings schon nach ein paar Minuten auf die Nerven, und so setzte sie zum Überholen an. Im Vorbeifahren glaubte sie für einen kurzen Moment, das markante Profil Svens zu erkennen. Ihr stockte der Atem, und sie war kurz davor, wieder abzubremsen, um noch einmal einen Blick in den Bus werfen zu können. ‚Bin ich denn jetzt wirklich völlig übergeschnappt?', dachte sie und schüttelte den Kopf.

Je mehr sich der VW-Bus im Rückspiegel entfernte, desto absurder erschien ihr der Gedanke, dass es sich bei dem Fahrer um Sven gehandelt haben könnte. Der Mann am Steuer hatte kurze dunkle Haare. Svens Haare waren lang und dunkelblond gewesen. Sicherlich hatte ihre Phantasie ihr wieder mal einen Streich gespielt, wie schon so oft, seit sie aus Korsika zurück war. Wie schon so oft, wenn sie geglaubt hatte, das ein oder andere korsische Gesicht in der Stadt erkannt zu haben. Aber noch nie war ihr wirklich jemand von damals über den Weg gelaufen, auch keine von den deutschen Kolleginnen, mit denen sie zusammengearbeitet hatte: Annemie, Mirjam, Nadine … Was mochte wohl aus ihnen geworden sein? Manchmal kam es ihr so vor, als hätte sie alles nur geträumt, die Insel, das Glücklichsein, die Liebe: alles nur Einbildung. Ein Sonnenstrahl fiel auf das ägyptische Kreuz, das am Rückspiegel baumelte, und schien es für einen Augenblick in ein goldenes Amulett zu verwandeln. ‚Alles nur Einbildung', dachte sie und fuhr weiter …

An einer Raststätte im Hunsrück machte sie Halt, um einen Kaffee zu trinken. Ihr Kofferraum war zwar voller Proviant, aber natürlich hatte sie keinen Kaffee dabei, denn davon gab es ja reichlich im Büro. Nachdem sie den völlig überteuerten Kaffee bezahlt hatte, lief sie noch schnell zu dem ausgeschilderten Aussichtspunkt. Der Blick ins Moseltal überraschte sie. Der Fluss glich einer riesigen graugrünen Schlange, die durch einen gold- und bronzefarbenen Laubwald kroch. Das Blau des Himmels war ungewöhnlich leuchtend an diesem klaren Septembermorgen, so dass es mit dem Azur des Mittelmeerhimmels konkurrieren konnte. ‚Gar nicht so übel für Deutschland', dachte sie und ging zurück zum Wagen, um sich ein Stück Quiche aus dem Kofferraum zu holen. Beim Anblick der randvollen Faltkiste musste sie unwillkürlich schmunzeln. Sie packte die Quiche aus und öffnete die Dose mit den Frikadellen. Die Quiche schmeckte hervorragend und auch die Frikadellen waren ihr gut gelungen: nicht zu fest, nicht zu viel Knoblauch. ‚Den Kollegen entgeht etwas', dachte sie. Sie bedauerte es, keinen Sekt trinken zu dürfen. Ein Glas Sekt würde zu der Stimmung passen, in der sie sich gerade befand. Als sie den Kaffeebecher geleert hatte, fiel ihr ein, dass sie sich unbedingt im Büro abmelden musste. Sie lief zurück zur Raststätte, wo sich eine öffentliche Telefonzelle befand. Zum Glück war Lisa am Apparat, auf die sie sich verlassen konnte. Sie bat Lisa, sie bei der Chefin krankzumelden. Da sie seit Januar noch keinen Tag gefehlt hatte, hielt sich ihr schlechtes Gewissen in Grenzen …

Als sie wieder im Auto saß und den Zündschlüssel umdrehte, ertönte aus dem Radio ein alter Song von den Byrds. „To everything – turn, turn, turn! There is a season – turn, turn, turn!" Aber Betty fuhr weiter, immer weiter. Auch die nächsten Abfahrten ließ sie rechts liegen. Als ihr endlich klar wurde, was ihr Unterbewusstsein, oder wer auch immer, offenbar schon lange geplant hatte, spürte sie einen heftigen

Adrenalinstoß in ihren Adern, der ihre Sinne für Sekunden benebelte. Dass sie es schaffte, in diesem Zustand den nächsten Parkplatz zu erreichen, war nur ihrer Fahrerfahrung zu verdanken. Sie machte den Motor aus und starrte auf den überquellenden Mülleimer, neben dem sie zum Stehen gekommen war. Der Gedanke, der sie so vollkommen aus der Fassung gebracht hatte, war die Erkenntnis, dass sie sich auf dem Weg nach Korsika befand …

Sie stand noch eine Weile auf dem Parkplatz, um sich ein wenig zu beruhigen. Der Gedanke, einfach weiterzufahren Richtung Süden, fühlte sich immer noch wie eines ihrer Hirngespinste an, die an blauen Septembertagen schon so oft Besitz von ihr ergriffen hatten. Mit einer realen Möglichkeit hatten sie nie etwas zu tun gehabt. Aber heute war es anders: Der Weg zur Arbeit war ihr wie von Zauberhand versperrt geblieben, so dass sie unwillkürlich auf einer Autobahn gelandet war, die in den Süden führte. Ein grüner VW-Bus mit Korsika-Aufkleber hatte ihr den Weg gewiesen und ihre Vermutung bestätigt, dass dies alles kein Zufall war. Als ein Sonnenstrahl erneut das Anch-Kreuz traf, siegte die Vorfreude auf das bevorstehende Abenteuer über alle Zweifel und machte ihr Mut, die Fahrt Richtung Süden fortzusetzen. Denn heute war es endlich so weit. Heute war der Tag, an dem sie zum ersten Mal nach sieben Jahren zurück nach Korsika fahren würde. Ohne Gepäck zwar, aber dafür mit einem Korb voller Proviant und einem Altkleidersack im Kofferraum …

Als sie um neun Uhr abends in Marseille ankam, war es dort noch sommerlich warm. Der Duft der Provence strömte durch das offene Autofenster und ließ die Müdigkeit verfliegen, die sich ihrer bemächtigen wollte. Ihr Wagen rollte über den Boulevard des Dames, vorbei an Restaurants und Straßencafés, in denen Einheimische den Feierabend ausklingen ließen. Sogleich stellte sich das Lebensgefühl ein, das sie so sehr vermisst hatte: diese unvergleichliche Mischung aus Beschwingtheit, Savoir-vivre und Präsenz. Kurze Zeit später fand sie unweit des Fährhafens ein bezahlbares Hotel, das über ein Parkhaus verfügte. Am nächsten Morgen würde sie sich ein paar Toilettensachen und Unterwäsche besorgen und dann zum Büro der *SNCM* gehen, das fußläufig zu erreichen war, wie man ihr im Hotel versicherte. Um diese Jahreszeit würde es kein Problem sein, ein Ticket für die Überfahrt zu bekommen. So einfach war das. Sie fragte sich, warum sie sich nicht schon viel früher auf den Weg nach Korsika gemacht hatte. Wovor hatte sie solche Angst gehabt? Das Ganze war doch schon so viele Jahre her?

Als Betty um acht Uhr morgens mit ihrem kleinen Renault in den riesigen Schiffsrumpf rollte, hatte sie das Gefühl, in den Bauch eines Wals zu fahren. Wie erwartet, war es kein Problem gewesen, einen Platz auf der „Smyrna“ zu bekommen. Das Fährschiff verfügte über mehrere Parkdecks, und es war nicht ganz einfach, sich zwischen den eng zusammengedrängten Autos zurechtzufinden. Als sie endlich das Passagierdeck erreicht hatte, verspürte sie große Lust auf einen

Milchkaffee. Sie folgte dem Schild, das ins geräumige Bordrestaurant leitete, und trat ein. Kaum dass sie die Schwingtür aus getöntem Glas ganz geöffnet hatte, fiel ihr Blick auf einen Mann mit kurzen dunklen Haaren, der alleine an der Theke saß und sich eine Zigarette drehte. Er benutzte dazu eine kleine Bastmatte, die aussah wie ein winziges Tischset. Der Fuß seines rechten Beins, das er über das linke geschlagen hatte, wippte dabei ein wenig auf und ab. Als er mit der Zunge über das Blättchen strich, schloss er für einen Moment die Augen. Dann rollte er den Tabak noch einmal kurz zwischen Daumen und Zeigefingern vor und zurück und steckte sich die fertige Zigarette in den Mund. Die kleine Bastmatte und das Feuerzeug verschwanden in der rechten Tasche seiner Jeansjacke.

Bettys Herzschlag setzte für einen Moment aus: Der Mann, der dort an der Theke saß, hatte dieselben Haare wie der Mann in dem alten VW-Bus, den sie am Vortag überholt hatte, aber ansonsten sah er genauso aus wie ihr verschollener Freund Sven. Die Ähnlichkeit war frappierend. Sollte es tatsächlich noch einen Menschen auf der Welt geben, der nicht nur genauso aussah wie Sven, sondern auch auf dieselbe ungewöhnliche Art Zigaretten drehte? Betty zögerte. Wie sollte sie sich verhalten? Einfach auf ihn zugehen und ihn ansprechen? Aber was sollte sie sagen? „Entschuldigung, kann es sein, dass wir uns kennen? Sie sehen einem Freund von mir zum Verwechseln ähnlich. Allerdings ist er schon vor sieben Jahren gestorben …" Das war doch superpeinlich und klang, als hätte sie nicht alle Tassen im Schrank. Und was wäre, wenn es sich tatsächlich um Sven handelte? Wenn er damals gar nicht gestorben war, sondern … Noch bevor Betty den Gedanken zu Ende denken konnte, war der Mann bereits aufgestanden und kam auf sie zu.

„Hi, Betty, altes Haus. Bist du es wirklich?“, sprach er sie dummdreist an und klopfte ihr dabei auf die Schulter wie einem alten Kumpel, der einem zufällig in der Kneipe über den Weg läuft. Betty musste schlucken und brachte keinen Ton heraus. Die Stimme des Mannes ließ keinen Zweifel daran, dass es sich um Sven handeln musste.

„Hab dich gestern schon auf der A 61 gesehen, als du mich überholt hast“, plauderte Sven in belanglosem Ton weiter, „aber ich war mir nicht ganz sicher. Ist ja auch schon ein paar Jährchen her, dass wir uns gesehen haben …“

„Dann fährst du also tatsächlich immer noch den alten VW-Bus“ war das Einzige, was Betty einfiel.

„Na klar doch, der Bus ist zuverlässig wie der alte Käfer: Er läuft und läuft und läuft. Hat inzwischen schon Liebhaberwert, die alte Kiste. Und außerdem – du trägst ja auch noch die alte Wolljacke von damals.“

Betty musste unwillkürlich grinsen, obwohl ihr gar nicht danach zumute war. Erst jetzt bemerkte sie, wie blass und ausgemergelt Sven aussah.

„Komm, setz dich zu mir an die Theke. Ich spendiere ’nen Drink.“

Wie in Trance folgte Betty dem Mann, der Sven sein könnte, an die Bar. Dass er es wirklich war, konnte sie noch nicht glauben. Sein Auftauchen hatte sie in einen Zustand versetzt, der keinen vernünftigen Gedanken zuließ.

„Magst du einen Cap Corse?", wollte Sven wissen.

„Cap Corse? Wie kommst du denn auf die Idee?"

„War doch früher dein Lieblingsdrink, wenn ich mich recht erinnere."

„Mag sein. Aber das ist schon lange her, und außerdem ist es jetzt ja wohl noch ein bisschen früh für Alkohol."

„War auch nicht ganz ernst gemeint", entgegnete Sven und grinste spöttisch. Er bestellte zwei Milchkaffee und zündete sich endlich die Zigarette an, mit der er schon die ganze Zeit spielte.

„Rauchst du wieder Hasch?", rutschte es Betty heraus, als sie sah, wie gierig er an der Zigarette zog.

„Ach was, Kinderkram!", antwortete er.

„Was hast du eigentlich mit deinen Haaren angestellt? So kastanienbraun habe ich dich gar nicht in Erinnerung", plauderte Betty weiter und bemühte sich, Haltung zu bewahren.

„Gefärbt. In natura bin ich schon grau. Meiner Frau zuliebe habe ich sie kurz geschnitten und braun gefärbt."

„Du bist verheiratet?!", rief Betty erschrocken und spürte verärgert, wie sich die üblichen roten Flecken auf ihrem Hals bildeten.

„Ja. Seit zwei Jahren. Als du damals einfach so verschwunden bist, hab ich mir gedacht, dass du nichts mehr von mir wissen willst. Hab dann 'ne nette Korsin kennen gelernt. Wir wohnen in Calvi."

Betty kochte jetzt innerlich vor unterdrückter Wut. Sie spürte deutlich, wie die Zornesröte langsam ihr Gesicht überflutete, was sie noch wütender machte, da sie keinen Einfluss darauf hatte.

„Herzlichen Glückwunsch! Und, schon Kinderchen?"

„Noch nicht. Meine Frau ist noch sehr jung. Damit wollen wir uns noch Zeit lassen. Und du, was treibst du so in good old Germany?"

Betty nahm einen kleinen Schluck Milchkaffee und erwiderte: „Jedenfalls habe ich zurzeit weder Mann noch Kinder. Ich bin geschieden und habe viel Zeit bei Psychologen verbracht, um ein Trauma zu verarbeiten, leider ohne Erfolg."

„Ein Trauma – du?", fragte er lachend, aber mit flackerndem Blick.

„Tu doch nicht so", platzte es endlich aus ihr heraus, „du weißt doch genau, wovon ich spreche! *Du* warst doch derjenige, der damals spurlos verschwunden ist. Ich dachte, du wärst mit dem Surfbrett verunglückt. Und ich habe mir Vorwürfe gemacht, weil ich so spät die Küstenwache alarmiert habe. Ich dachte, du wärst tot!", schrie sie so laut, dass sich die anderen Passagiere irritiert nach ihnen umdrehten.

„Hey, hey, nun beruhige dich doch, Schätzchen", versuchte Sven sie zu beschwichtigen.

„Ich bin schon lange nicht mehr dein Schätzchen!", schrie Betty ihn an. „Was soll dieses alberne Getue! Verrate mir lieber, was damals wirklich passiert ist und wo du so lange gesteckt hast. Warum hast du nie ein Lebenszeichen von dir gegeben? Du hattest doch die Adresse meiner Mutter. Warum hast du ihr nicht geschrieben? Warum hat mir deine Tante nicht gesagt, dass du noch lebst? Oder denkt sie vielleicht auch, dass du tot bist?"

Plötzlich hatte Sven Bettys Handgelenk im Griff und packte so fest zu, dass es ihr wehtat. Dabei taxierte er sie mit gefährlich funkelnden Augen und flüsterte: „Nicht hier, Betty. Beruhige dich. Du wirst schon noch alles erfahren. Aber nicht hier. Lass uns heute Abend irgendwo treffen. Vielleicht im Restaurant du Golfe am Quai Landry. Ich werde versuchen, um neun Uhr da zu sein."

„Okay", antwortete Betty zögernd und spürte, wie sich sein eiserner Griff langsam lockerte. Sie ließ den Kaffee stehen und verließ die Kantine, ohne ein weiteres Wort zu verlieren oder sich noch einmal umzudrehen. Um frische Luft zu schnappen, ging sie hinauf an Deck und lehnte sich an die Reling. Sie atmete tief durch und nahm zum ersten Mal die Schönheit des Meeres wahr, das sich wie ein blauer Teppich bis zum Horizont ausbreitete. Hier oben verbrachte sie die restliche Zeit der Überfahrt, ohne dass Sven ihr noch einmal begegnete …

Beim Verlassen der Fähre in Calvi schlugen ihr die Hitze, die Düfte, das Gelächter und die Seufzer eines ganzen Sommers entgegen, als wären sie in den dicken Mauern des Salzturms und der Zitadelle gespeichert gewesen. Sie vergaß für einen Augenblick die Begegnung mit Sven und hatte das sonderbare Gefühl, nicht auf einer Insel, sondern auf einer großen Freilichtbühne gelandet zu sein, auf der gerade „Korsika“ gespielt wurde: Die Häuser in der Rue Clémenceau waren sicher aus Pappmaché, das seltsame Neonrot des Sonnenuntergangs musste das Werk eines guten Lichttechnikers sein und die Leute, die man im Vorbeifahren sehen konnte und die so taten, als sei in den vergangenen Jahren nichts passiert, waren wohl die besten Schauspieler Frankreichs. Es brauchte eine Weile, bis Betty verstand, dass sie tatsächlich das Ziel ihrer Sehnsucht erreicht hatte. Aber ihre Freude blieb durch die Begegnung mit Sven getrübt, wie eine Hochzeit, die vom Auftauchen des ehemaligen Bräutigams überschattet wird, den man für tot gehalten hatte …

Pünktlich um neun saß Betty, wie verabredet, im Restaurant du Golfe. Sie nahm an einem der Tische Platz, die direkt am Quai standen, und bestellte einen Pastis. Der Kellner brachte den gewünschten Aperitif und stellte ein Kännchen mit Wasser und ein Schälchen mit schwarzen Oliven dazu. Vom Meer her wehte ein sanfter Wind, der einen Hauch des geliebten Macchiadufts mit sich brachte. In der Ferne meinte sie, die Silhouette des Monte-Cinto-Massivs ausmachen zu können, obwohl es schon dunkel war. Wie sehr sie dies alles doch vermisst hatte: die seidige Luft, den Duft, das Meer. Allerdings hätte sie sich nicht träumen lassen, unter welchen Umständen ihre Sehnsucht gestillt werden würde. Als Sven um halb zehn noch nicht erschienen war, bestellte sie gegrillten Fisch und Salat, dazu einen Weißwein vom Cap Corse. Das Essen war gut, aber sie konnte es nicht so recht genießen. Die Begegnung mit Sven hatte sie zu sehr aufgewühlt. Tausend Fragen schwirrten ihr durch den Kopf, die ihr keine Ruhe ließen. Hatte Sven sich damals retten können und durch einen Schock vorübergehend an Gedächtnisverlust gelitten? Aber warum hatte er dann später nie versucht, Kontakt zu ihr oder zu ihrer Familie aufzunehmen? Oder war er gar nicht mit dem Surfbrett verunglückt, sondern hatte das Brett verschwinden lassen, um einen Unfall vorzutäuschen? Aber wozu? Hatte er sich bei dem Versuch, Geld für die Renovierung der Ölmühle aufzutreiben, in dunkle Geschäfte verwickeln lassen? Musste er untertauchen, um sich zu schützen? Hatte er eine andere Identität angenommen?

Um zehn Uhr war klar, dass Sven nicht mehr kommen würde. Obwohl sie schon seit Jahren nicht mehr rauchte, ließ sie sich vom Kellner ein Päckchen Gauloises Blondes bringen, zahlte die gesalzene Rechnung und verließ enttäuscht das Lokal. Nach einem kurzen Hafenspaziergang ging sie zurück ins Grand Hotel, in dem sie sich für zwei Nächte einquartiert hatte. Sie wusch ihre neue Unterwäsche mit etwas Seife im Waschbecken aus und hängte sie über einen der Korbstühle, den sie vor das geöffnete Fenster stellte. Dann zündete sie sich eine Zigarette an und paffte den Rauch durch das offene Fenster hinaus in die korsische Nacht. Wo steckte Sven bloß?

Am Mittwochmorgen stand sie in aller Frühe auf, trank im Restaurant des Hotels hastig einen Milchkaffee und aß zwei Croissants mit Feigenkonfitüre. Beim Verlassen des Hotels atmete sie tief die kalte Morgenluft ein, die um diese Zeit besonders frisch und salzig schmeckte. Ihren Wagen hatte sie auf dem Place Christophe Colomb unterhalb der Zitadelle abgestellt. Als sie den Boulevard Wilson hinaufging, von der kleine Durchgänge hinab zum Hafen führten, sah sie im Vorbeigehen immer wieder die Bucht von Calvi zwischen den Häusern aufblitzen: wie kitschige Ölbilder, die jemand am Ende der engen Gassen aufgehängt hatte. Als sie ihr Auto aufschloss, fiel ihr ein, dass sie am Abend zuvor vergessen hatte, ihr „kaltes Buffet" aus dem Kofferraum zu holen. Hoffentlich war die Nacht kalt genug gewesen, um ein Verderben der Speisen zu verhindern. Danach fuhr sie zum Supermarkt, um ein paar Flaschen Wasser und ein paar Äpfel für unterwegs zu kaufen. Nach kurzem Zögern fand auch eine Flasche Rotwein den Weg in den Warenkorb, den sie später auf ihrem Zimmer genießen wollte. Sie vergaß auch nicht, einen Korkenzieher und ein kleines Messer zu erstehen. Anschließend ging es weiter zur Tankstelle gegenüber der Legion, wo sie eine aktuelle Michelin-Karte fand. Das Wetter war geradezu ideal für eine kleine Rundfahrt durch die Dörfer der Balagne. Schließlich war sie den weiten Weg nicht gefahren, um in irgendeinem Straßencafé von Calvi zu sitzen und zu hoffen, dass Sven auftauchen würde. Obwohl ihr auch diese Möglichkeit durch den Kopf gegangen war …

Zunächst ging es Richtung Nordosten, vorbei an Lumio und Algajola bis nach L'Île-Rousse. Nach einer kurzen Kaffeepause auf dem Place Pascal Paoli, der um diese Zeit noch relativ leer war, fuhr sie weiter Richtung Südwesten. Die Strecke führte über Corbara und weiter über Pigna, Aregno, Cateri, Montegrosso und Zilia. Dörfer wie Trutzburgen. Sie schienen nicht wie von Menschenhand erbaut, sondern in grauer Vorzeit aus dem Inneren Korsikas herausgewachsen zu sein. Unter anderen Umständen hätte Betty mehrmals Halt gemacht, um sich an der Stille, den grandiosen Aussichten und dem unverwechselbaren Duft der Macchia zu berauschen. Diesmal ließ sie alles an sich vorbeiziehen wie in einer Diashow. Trotz der perfekten Symbiose von Zivilisation und Natur kam ihr die Landschaft nur wie eine malerische Kulisse vor, in der sich bald ein Drama abspielen würde …

Kurz vor Calenzana bog sie links in einen Seitenweg ein und fuhr Richtung Südwesten, einer Geröllpiste folgend, die auf keiner Karte verzeichnet war. Als sie schließlich die alte Ölmühle erreichte, in der sie eine Zeitlang mit Sven gewohnt hatte, war es bereits fünf Uhr nachmittags. Das Gelände um die Ölmühle herum sah ziemlich verwahrlost aus und war von mannshoher Macchia umgeben. Offenbar hatte sich seit damals niemand um das abgelegene Haus gekümmert, das fast vollständig von wildem Wein und Bougainvillea überwuchert war. Sie parkte direkt vor der Haustür und stieg aus. Da die Tür offen stand, klopfte sie nur kurz an und trat ein. Sofort strömte ihr der bekannte, leicht modrige Geruch entgegen, den das alte Haus schon damals verströmt hatte. Außerdem roch es leicht nach Gas, gebratenem Fleisch und heißem Fett, als habe vor nicht allzu langer Zeit jemand ein Steak scharf angebraten. Ein Blick in die Küche bestätigte ihren Verdacht. In dem steinernen Waschbecken lag eine ungespülte gusseiserne Pfanne, und auf dem Tisch stand ein Teller, auf dem die abgeschnittenen Fettränder eines Steaks und ein Stück Brot lagen, daneben stand eine angebrochene Flasche Rotwein und ein halbvolles Glas. Die Wachsdecke war noch dieselbe wie vor sieben Jahren. Auch in den anderen Räumen war alles noch an seinem Platz. Auch die Gardinen, die Betty selbst genäht hatte, hingen noch an den Fenstern, jedoch vergilbt und voller Spinnweben. Als sie das Schlafzimmer betrat, zuckte sie zusammen: Das Bett war zerwühlt und auf dem Boden lagen Socken. Daneben lag ein Zettel, auf dem etwas geschrieben stand. Sie bückte sich gerade, um den Zettel aufzuheben, als sie Schritte hörte. Schnell steckte sie den Zettel in die Tasche ihrer Strickjacke und drehte sich um.

„Na, das ist ja ’ne Überraschung“, stellte Sven fest, der im Türrahmen stand.

„Hallo, Sven. Ich wusste doch, dass ich dich hier finden würde. Warum bist du gestern Abend nicht gekommen?“, fragte Betty geistesgegenwärtig, aber mit leicht zittriger Stimme.

„Mir ist was dazwischengekommen. Tut mir echt leid. Hätte gerne mit dir über alte Zeiten gequatscht.“

Er fixierte Betty mit diesem seltsam melancholischen Blick, der sie früher so fasziniert hatte. Jetzt war er ihr nur noch unheimlich.

„Ich hatte nicht vor, mit dir über alte Zeiten zu reden. Du weißt genau, um was es geht", erwiderte sie schärfer als beabsichtigt.

„Nein, das weiß ich nicht! Du tauchst hier nach sieben Jahren auf, wühlst in meinen Sachen herum und spielst die beleidigte Leberwurst. Was soll das?"

„Was das soll? Das möchte ich ja gerade von dir wissen! Was soll das Theater? Hör endlich auf, mir etwas vorzuspielen, und erzähl mir endlich, was damals passiert ist!"

Sven stand nach wie vor im Türrahmen und machte keine Anstalten, sich von dort wegzubewegen. Er nahm zwei gierige Züge von der Zigarette und warf den Rest auf den Fußboden, wo er sie nachlässig austrat.

‚Er trägt immer noch dieselben Turnschuhe', stellte Betty dabei erstaunt fest.

„Ich war im Knast, verdammt noch mal. Sieht man das nicht?!", schrie er plötzlich.

Betty trat unwillkürlich einen halben Schritt zurück und spürte, wie Panik in ihr hochstieg. Plötzlich wurde ihr bewusst, dass kein Mensch wusste, wo sie sich aufhielt …

„Im Knast? Aber – wieso? Was hast du verbrochen? Wieso hab ich von all dem nichts gewusst?"

„Was glaubst du eigentlich, wovon wir damals im Winter gelebt haben, hm?"

Sven hatte tatsächlich immer noch Geld gehabt, wenn sie schon längst pleite gewesen war. Er hatte alle Einkäufe erledigt und auch bezahlt, wenn sie ausgegangen waren. Sie hatte sich nie ernsthaft gefragt, woher er das Geld hatte.

„Ich dachte, von deiner Tante … “

„Von Tante Herta habe ich nie einen Pfennig gesehen. Sie wollte, dass ich auf eigenen Beinen stehe. Eine Zeitlang habe ich das ja auch versucht. Bis ich feststellte, dass man mit Aushilfsjobs nicht weit kommt …“

Sven schien sich etwas zu entspannen. Er gab die Tür frei und sagte: „Komm, lass uns ’n Glas Wein trinken – auf alte Zeiten!“

„Einverstanden“, sagte Betty erleichtert, „aber nur, wenn es dazu etwas zu essen gibt. Ich sterbe nämlich fast vor Hunger“, log sie.

„Tut mir leid, aber außer einem Stück Baguette ist nichts im Haus.“

„Macht nichts. Ich hab noch ’ne ganze Quiche und eine Schüssel mit Nudelsalat, Käse und Frikadellen im Kofferraum. Das müsste reichen, meinst du nicht?“ Erleichtert ging sie hinaus zum Auto und öffnete den Kofferraum. Sie überlegte kurz, ob es nicht klüger wäre, einfach wegzufahren, verwarf den Gedanken aber sofort wieder. Sie wollte endlich wissen, was damals wirklich geschehen war.

Nachdem sie alle Schüsseln und Plastikdosen auf den Tisch gestellt hatte, fragte Sven erstaunt: „Wo zum Teufel hast du denn die ganzen Fressalien her? Das sieht ja aus, als hättest du vor, ’ne Party für mindestens zehn Leute zu schmeißen!“

„Genau das hatte ich auch vor. Und zwar für meine Kollegen. Wenn mir vor zwei Tagen einer vorhergesagt hätte, dass diese Party auf Korsika stattfinden würde, und noch dazu mit dir, dann hätte ich ihn für den größten Spinner der Welt gehalten."

„Soll das heißen, du bist, statt brav zur Arbeit zu gehen, einfach so nach Korsika gefahren?"

„Sag ich doch."

„Eh cool, das hätte ich dir nicht zugetraut! Darauf müssen wir einen trinken." Sven öffnete den ungekühlten Sekt und goss ihn in zwei Gläser, die er zum Glück zuvor ausgespült hatte. „Auf uns – und unsere Liebe."

„Ich dachte, du hast geheiratet", erwiderte Betty.

„Im Knast?", fragte Sven sarkastisch.

„Dann darauf, dass du noch lebst", antwortete Betty, wobei sie sich insgeheim fragte, ob das tatsächlich ein Grund zum Feiern war. Kannte sie diesen Menschen überhaupt? Hatte sie ihn wirklich einmal geliebt?

Nachdem Sven Berge von Nudelsalat, fünf Frikadellen und die halbe Quiche mit dem Sekt hinuntergespült hatte, öffnete er den Rotwein. Betty hatte kaum etwas angerührt.

„Nun erzähl schon. Was ist damals passiert?", wollte sie endlich wissen.

„Okay, du Nervensäge. Schon bevor wir uns kannten, habe ich ein paar Legionäre mit Hasch aus Holland versorgt", erzählte Sven, wobei er sich ein Stück von dem Gouda abschnitt. „Später zog es immer weitere Kreise und ich fing an, mit härteren Drogen zu dealen. Als wir dann zusammen waren, machte ich Schluss damit. Ich wollte dich da nicht mit reinziehen. Außerdem hatte ich schon was zurückgelegt. Ich dachte, es würde fürs Erste reichen. Hätte es auch, wenn wir nicht in diese alte Bruchbude hier gezogen wären. Plötzlich hatte ich Lust, die Mühle zu kaufen und auf Vordermann zu bringen. Ich ließ mir ausrechnen, was das kostet, und da wurde mir klar, dass wir das Geld niemals zusammenbringen würden …" Er nahm einen kräftigen Schluck und holte seinen Tabak aus der Hosentasche. „Also fuhr ich eines Morgens nach Calvi, um Leute zu treffen, mit denen ich Kontakt aufgenommen hatte. Sie waren tags zuvor aus Marseille gekommen und hatten Kokain dabei, das ich auf der Insel verhökern sollte. Es ging zwei Monate lang gut. Dann, es muss Anfang Dezember gewesen sein …"

„Es war der 3. Dezember 1984", unterbrach ihn Betty.

„Gut, von mir aus am 3. Dezember. Ich ließ den Bus auf dem Parkplatz am Campingplatz stehen und lief zu Fuß zum vereinbarten Treffpunkt. Bei der Übergabe tauchten plötzlich die französischen Bullen auf. Zum Glück fuhr mein Dealer einen schnellen BMW. Ich sprang auf den Beifahrersitz und es ging ab in die Landschaft. Mit dem Schlitten schafften wir es tatsächlich, die Bullen abzuhängen. Es war eine wilde Verfolgungsjagd quer über die Insel, echt, wie im Film. Schließlich landeten wir im Süden, an einem Ort, den uns ein Bekannter für den Notfall reserviert hatte: eine Höhle in der Macchia, einfach genial. Da hatten vor uns irgendwelche korsischen Banditen gehaust, so Typen von der FLNC. Es war zwar ein elendes Drecksloch, aber absolut sicher. Nach drei Monaten haben sie mich dann doch geschnappt, in Propriano, in einem Café. Konnte die Einsamkeit in dem Loch nicht mehr aushalten. Jemand muss mich erkannt und verpfiffen haben."

„Und? Hast du eine Ahnung, wer?"

„Ganz sicher bin ich mir nicht. Aber einer der Typen, die an der Theke standen, kam mir gleich irgendwie bekannt vor. Ich glaube, ich hatte ihn vor Jahren öfter mit Jacques zusammen gesehen."

„Mit Jacques, dem Legionär?"

„Genau, Kleines. Der hat mir den Auftritt damals im Acapulco, als wir uns kennen lernten, nie verziehen, und er wusste, dass ich deale, aber er hatte keine Beweise. Also hat er jemanden auf mich angesetzt, der angeblich Stoff brauchte, und hat die Polizei informiert."

Betty sagte nichts dazu. Wie sollte sie auch reagieren? Einerseits fand sie es nicht gut, dass ausgerechnet Jacques Sven verraten hatte. Andererseits hatte sie kein Fünkchen Mitleid mit einem Drogenhändler, auch wenn es ihr Exfreund war.

„Und wer war dein Komplize? Kenne ich ihn?"

„Hey, immer noch so neugierig wie damals. Glaubst du im Ernst, dass ich dir das verrate? Selbst die Polizei hat nichts aus mir herausbekommen …"

Betty dämmerte es plötzlich. War Sven vielleicht zurückgekommen, um seinen ehemaligen Komplizen zu treffen? Um seinen Anteil einzufordern oder um ihn zu erpressen? „Und wo ist das Surfbrett abgeblieben? Oder darf ich das auch nicht wissen?"

„Verkauft. Ich hatte es ein paar Tage vorher an einen Typen aus Lumio verkauft, weil ich mir ein neues zulegen wollte. Wie konntest du nur glauben, dass ich bei dem Scheißwetter surfen gehe?“

„Es war die einzige Erklärung, die ich für dein Verschwinden hatte. Außerdem habe ich an dem Morgen tatsächlich einen Surfer in der Bucht gesehen.“

Betty nahm einen Schluck von dem billigen Landwein und zog unwillkürlich eine Grimasse, als das saure Getränk ihren Gaumen beleidigte.

„Hattest schon immer ’ne blühende Phantasie“, antwortete Sven und breitete seine kleine Tabakmatte auf dem Wachstuch aus.

„Danke! Auf die Idee, dass du mit harten Drogen handelst, wäre ich allerdings nie gekommen. Wie kommt es eigentlich, dass die Polizei mich nie verhört hat? Sie hätten ja auf die Idee kommen können, dass wir unter einer Decke stecken“, wollte Betty wissen.

„Ganz einfach: Weil du einen gewissen Sven Borg als vermisst gemeldet hast. Steht ja auch so in meinem Pass. Ist allerdings mein Zweitpass …“

„Du meinst, du hattest schon damals einen gefälschten Pass?“

„Für alle Fälle. Außerdem gefiel mir mein Name nicht. Kurt Sven Kubiczek. Wer will so schon heißen?! Jedenfalls, die Bullen haben noch nicht mal geschnallt, dass mir der Bus gehörte, der auf dem Parkplatz stand. Er lief ja auf den Namen meiner Tante. Auch nachdem sie mich in Propriano geschnappt hatten, haben sie noch keinen Zusammenhang zwischen deiner

Vermisstenanzeige und mir gesehen. Außerdem warst du zu diesem Zeitpunkt schon längst in Deutschland."

„Und wie bist du auf den Namen Sven Borg gekommen?"

„War früher mal Fan von Björn Borg, dem Tennisspieler. Außerdem meinten meine Kumpel, ich würde ihm ähnlich sehen …"

‚Muss schon lange her sein', dachte Betty, verkniff sich aber eine Bemerkung.

„Übrigens, deinen Namen habe ich der Polizei gegenüber nie erwähnt, liebe Bettina Müller."

„Danke, das war sehr edel von dir. Und was hast du jetzt vor, hier auf Korsika?"

„Weiß nicht. Musste einfach noch mal herkommen. So wie du. War doch 'ne schöne Zeit damals mit uns beiden, oder?"

Vor Bettys geistigem Auge blitzten kurz ein paar Bilder ihrer gemeinsamen Zeit hier in der Ölmühle auf. ‚Ja, wir hatten damals tatsächlich eine schöne Zeit', dachte sie. Obwohl sie tief im Inneren schon damals wusste, dass ihr Glück nicht von Dauer sein würde. Ihr fiel das zerbrochene Glas ein und die Vorahnung, die es bei ihr ausgelöst hatte. Glück und Glas … In der Tat hatte Sven einen Scherbenhaufen hinterlassen, der sie vermutlich noch lange beschäftigen würde …

Ohne Svens Frage zu beantworten, nippte sie noch einmal kurz an ihrem Glas und stand auf. „Tja, dann trennen sich jetzt wohl unsere Wege zum zweiten Mal. Ich fahre noch heute Abend wieder zurück. Ich nehme die Fähre von Bastia nach Livorno."

„Warum hast du es denn so eilig? Du bist doch gerade erst angekommen. Und zu Hause wartet keiner auf dich, wenn ich dich richtig verstanden habe." Sven lallte schon ziemlich. Sicherlich war er keinen Alkohol mehr gewöhnt und würde gleich vom Stuhl fallen.

„Ich bin zwar nicht verheiratet, wenn du das meinst, aber ich habe einen festen Freund", log Betty.

„Ach ja? Heißt das, dass bei dir sonst nichts mehr läuft? Warst doch früher nicht so spießig."

„Es reicht, Sven. Ich glaube, es ist besser, wenn ich jetzt gehe!" Als Betty an Sven vorbeigehen wollte, versperrte er ihr mit einem ausgestreckten Bein den Weg, packte sie am Arm und zog sie an sich, so dass sie auf seinem Schoß landete. „Lass mich los, es hat keinen Zweck. Es ist aus. Verstehst du?! Endgültig aus!", schrie sie ihn an, so laut sie konnte.

„Ist das der Dank dafür, dass ich dich aus allem rausgehalten habe?" Sven hielt Betty noch immer fest und versuchte, sie zu küssen.

„Was soll das? Lass mich los!", schrie Betty wütend. Schließlich gelang es ihr, sich mit einem Ruck von ihm loszureißen und sich den Rucksack zu schnappen, der neben dem Stuhl lag. Als sie hinauslief, hörte sie Sven lallen: „Nun hab dich doch nicht so. War doch nur Spaß, liebste Betty …"

Sie stieg in den offenen Wagen, drehte sofort den Zündschlüssel um und gab Gas. Als der Motor aufheulte, fühlte sie sich in Sicherheit und überlegte kurz, ob sie noch einmal zurückgehen sollte, um die Glasschüssel von Tante Helene zu retten, die noch drinnen auf dem Küchentisch stand. Ebenso wie die Tupperware-Dose mit den Frikadellen, der neue Korkenzieher und die Sektflaschen. Nicht zu vergessen die praktische Faltkiste. Schließlich siegte zum Glück die Vernunft und sie fuhr los …

„War doch nur Spaß", wiederholte sie immer wieder auf dem Weg nach Calvi und schaute von Zeit zu Zeit in den Rückspiegel, aus Angst, ein alter grasgrüner VW-Bus mit Korsika-Aufkleber könnte plötzlich hinter ihr auftauchen.

‚Na klar', dachte sie, ‚alles nur Spaß: mich hintergehen, mit Drogen dealen, ins Gefängnis gehen …' Der Gedanke daran, dass sie sich wegen Sven jahrelang mit Schuldgefühlen geplagt hatte, kam ihr plötzlich so absurd vor, dass sie lachen musste. „So ein verdammter Dreckskerl!", fluchte sie laut. „Geht in den Knast und lässt mich glauben, er sei tot."

Aber seine Tante musste es doch gewusst haben! War es möglich, dass auch sie ihr die ganze Zeit lang die Wahrheit verschwiegen hatte? Vielleicht war ihr ein Adoptivsohn lieber, der vermisst wurde, als einer, der im Gefängnis saß …

Als Betty in Calvi ankam, stand für sie fest, dass sie keine Minute länger als nötig auf Korsika bleiben würde. Sie wollte Sven um nichts auf der Welt noch einmal über den Weg laufen. Um kein Risiko einzugehen, entschied sie sich, nicht von Bastia nach Livorno überzusetzen, wie sie ihm erzählt hatte, sondern von

Bonifacio aus nach Sardinien. Von dort aus würde sie über Italien zurück nach Deutschland fahren. Auf einen Tag mehr oder weniger kam es nun auch nicht mehr an. Dies war zwar nicht gerade der kürzeste Weg, aber, so schien es ihr, der sicherste, um Sven aus dem Wege zu gehen …

Sie parkte ihren Wagen am Place Christophe Colomb und ging noch einmal ins Hotel, um ihre Zahnbürste aus dem Zimmer zu holen und zu zahlen. Vom Fenster aus warf sie einen letzten Blick auf die Bucht von Calvi, wobei ihr Blick auf einen Surfer fiel, der gerade sein Segel aufstellte. ‚Wo wird Sven jetzt wohl sein?', kam es ihr bei diesem Anblick in den Sinn. Ob er in der alten Ölmühle seinen Rausch ausschlief? Und was würde er machen, wenn er wieder nüchtern war? Ob er wirklich vorhatte, auf Korsika zu bleiben? Oder würde er eines Tages in Deutschland vor ihrer Wohnungstür stehen?

Sie schloss das Fenster, packte ihre Habseligkeiten zusammen und ging hinunter zum Empfang, um auszuchecken. Sie wollte keine Zeit mehr verlieren, da es schon kurz nach drei war. Bis hinunter nach Bonifacio würde sie es nicht mehr schaffen, aber die Ostküste könnte sie vor Einbruch der Dunkelheit noch erreichen, wenn sie sofort losfuhr.

Kaum hatte sie Calvi verlassen, stiegen ihr Tränen in die Augen. Endlich lösten sich all die Tränen, die sie so lange festgehalten hatte. Kleine salzige Sturzbäche, die Wimperntusche und Make-up mit sich rissen, flossen über ihre Wangen, sammelten sich in den Mundwinkeln und tropften schließlich vom Kinn in ihr

Dekolleté. Immer wieder musste sie anhalten, um sich die Nase zu putzen. Aber kaum fuhr sie weiter, flossen erneut die Tränen. Sie weinte auf der ganzen Strecke zwischen Calvi und Ponte Leccia. Dass sie es schaffte, die kurvige Strecke über Belgodère mit verschleiertem Tunnelblick unversehrt zurückzulegen, grenzte schon an ein Wunder. Die Straße an der Ostküste war zum Glück gut ausgebaut und gerade, so dass sie es noch ein gutes Stück südwärts bis nach Aléria schaffte. Von dort aus konnte sie am nächsten Tag in knapp zwei Stunden Bonifacio erreichen.

Um sich von den Strapazen des Tages zu erholen, stieg sie im Hotel „Les Orangers" ab und nahm ein Zimmer mit Badewanne. Sie bestellte sich einen heißen Verbene-Tee und ließ sich ein Bad ein. Erst als das warme Wasser ihren vor Erschöpfung zitternden Körper aufgewärmt hatte, gelang es ihr, sich ein wenig zu entspannen. Aber schon nach wenigen Minuten holten sie die Gedanken an Sven und die vergangenen Stunden wieder ein. ‚Wer war damals wohl Svens Komplize?', fragte sie sich. So wie Sven reagiert hatte, konnte es sich nur um jemanden handeln, den sie kannte. Vielleicht Pascal, der alte Fischer? Nein, das konnte sie sich nicht vorstellen. Schon eher einer von den Arabern. Vielleicht Amaro? Wovon hätte er sich sonst seinen teuren Wagen leisten können. Aber hatte Sven nicht gesagt, es habe sich um einen Korsen gehandelt? Wer sonst hätte die Höhle in der Macchia gekannt, wenn nicht ein Einheimischer. In Gedanken ging sie alle Korsen durch, die sie damals gekannt hatte, aber keiner schien für sie als möglicher Dealer in Betracht zu kommen. Sie stieg aus dem Wasser, nahm einen Schluck von dem inzwischen lauwarmen Tee, spülte eine Aspirin damit hinunter und legte sich ins Bett …

Ein heftiges Klopfen an der Zimmertür riss Betty mitten in der Nacht aus dem Schlaf. Sie sprang aus dem Bett, schlüpfte in ihre Schuhe und öffnete die Tür. Es war Sven!

„Was machst du hier im Hotel? Gefällt es dir bei mir nicht mehr?“, begann Sven die Konversation, als sei nichts geschehen. Betty war vor Entsetzen wie versteinert. Anstatt etwas zu erwidern, stieß sie ihn beiseite und lief Richtung Treppenhaus. Während sie die Stufen hinunterstolperte, verlor sie einen Schuh. Aber sie ließ ihn einfach liegen. Als sie unten ankam, stand Sven bereits an der Rezeption und drehte sich eine Zigarette. Wie hatte er es geschafft, vor ihr unten zu sein? Sie zog den zweiten Schuh aus, machte kehrt und rannte die Treppe wieder hinauf. Als sie keuchend den dritten Stock erreichte, sah sie Sven vor ihrer Zimmertür stehen. Offensichtlich gab es einen Fahrstuhl. Aber woher wusste er, welche Zimmernummer sie hatte?

„Hey, bleib doch stehen. Warum rennst du denn vor mir weg? Ich tu dir doch nichts!“, hörte sie ihn rufen, als sie erneut zur Treppe lief. Unten angekommen, lief sie sofort zum Empfang und bat darum, die Polizei zu rufen. Ein dunkelhaariger Mann in Jeansjacke und Turnschuhen habe sie verfolgt. Er sei

Mitte dreißig, circa einsfünfundsiebzig groß und sehr dünn. Möglicherweise sei er bewaffnet. Die Empfangsdame bat Betty, in der Lounge Platz zu nehmen, und griff zum Telefon. Betty hörte, wie die Empfangschefin mit jemandem sehr laut telefonierte, so dass sie jedes Wort verstehen konnte: „Ich habe hier eine junge Frau, die halbnackt durchs Hotel läuft und behauptet, ihr Freund sei bei einem Surfunfall ums Leben gekommen. Offensichtlich ist sie geistig verwirrt, denn der Mann lebt noch. Ich habe ihn mit eigenen Augen gesehen."

Bei den letzten Worten wachte Betty auf. Obwohl sie wusste, dass sie nur geträumt hatte, stand sie auf, um nachzusehen, ob die Zimmertür abgeschlossen war. Bevor sie sich wieder ins Bett legte, zog sie ihre Weste an. Für alle Fälle …

Der kommende Tag verlief anstrengend, aber ohne besondere Vorkommnisse. Betty fuhr bis nach Bonifacio, wobei sie immer wieder in den Rückspiegel blickte, aus Angst, von einem VW-Bus verfolgt zu werden. Aber Sven tauchte nicht mehr auf. Weder in natura noch in ihrer Phantasie. Der Spuk schien vorbei zu sein.

Als das Fährschiff am späten Nachmittag den Hafen von Bonifacio verließ, musste Betty unwillkürlich an das Bild denken, das sie vor vier Tagen von ihren Freundinnen geschenkt bekommen hatte. Es sollte besser „Abschied von Korsika" heißen, dachte sie beim

Anblick der hohen Steilküste, die gerade von der untergehenden Sonne angestrahlt wurde und in natura noch beeindruckender war als auf dem Gemälde. Aber das malerische Abschiedsszenario berührte sie nicht, sie registrierte es nur. Seit der Begegnung mit Sven am Vortag erschien ihr alles noch unechter als bei ihrer Ankunft in Calvi. Die Landschaft, die Menschen, die ganze Insel: alles nur Attrappe. Wie hatte sie nur darauf reinfallen können? War sie ein Kind, das noch an den Weihnachtsmann glaubte? Sicher befand sie sich gerade wieder in einem ihrer Träume, aus dem sie bald erwachen würde. So wie vor Jahren, als sie regelmäßig träumte, Sven sei noch am Leben und wohne in einem hohen Turm, den man nur von außen besteigen könne. Oder war sie am Ende wirklich verrückt? Litt sie an Wahnvorstellungen?

Da fiel ihr der Zettel ein, den sie im Schlafzimmer der Ölmühle gefunden hatte. Sie griff in die Tasche ihrer Strickjacke und stellte erleichtert fest, dass sich wirklich ein Stück Papier darin befand. Das Treffen mit Sven in der Ölmühle war also kein Traum gewesen. Auf dem Zettel, der zwar fleckig, aber nicht vergilbt war, stand in Svens krakeliger Schrift: „Jérôme" und eine Telefonnummer. Sven musste die Telefonnummer dieses Jérôme erst kürzlich aufgeschrieben haben, vermutlich, um ihn zu treffen. Ob es die Nummer des Komplizen war? Betty kannte nur einen Jérôme. Er war damals Kellner in der Bar Marina gewesen. Ein harmloser kleiner Korse, der bestimmt nicht mit Drogen dealte.

Sie faltete den Zettel ordentlich zusammen und steckte ihn zurück in die Jackentasche. Ihr Blick glitt über das glitzernde Wasser zum Horizont, wo gerade das letzte Stück eines glühenden Feuerballs vom Meer verschluckt wurde. Ihr kam in den Sinn, dass just in diesem Moment am anderen Ende der Welt die Sonne wieder aufging.

Sven lebte.

Nach kurzem Zögern holte sie den Zettel mit Svens Gekrakel wieder heraus, zerriss ihn in kleine Stücke und warf die Papierschnipsel über Bord. Der erste Schritt war getan. Zu Hause würde sie erst einmal gründlich ausmisten.

9
Die Anhalterin

„Paròlla cappiata e pétra tirata ùn si pónu più agguantà." (Gesprochene Worte und geworfene Steine kann man nicht zurückholen.)

Korsisches Sprichwort

Route de Calenzana, September 2003

Sicher eine Ausländerin', dachte Jérôme, als er eine Anhalterin mit Rucksack am Straßenrand auftauchen sah. Sie trug Jeans, ein kariertes Hemd mit hochgekrempelten Ärmeln und eine wattierte Weste, wie man sie neuerdings öfter bei Wanderern sah. Ihr Haar war stufig geschnitten und zerzaust, als sei es schon seit Tagen nicht gekämmt worden, aber es glänzte in der Sonne so kupferrot wie die Felsen der *Calanches de Piana.*

Jérôme war eigentlich nicht der Typ, der Anhalter mitnahm, auch keine jungen, hübschen Frauen. Schließlich konnte man nie wissen, welche Abgründe sich hinter einem unschuldigen Lächeln verbargen. Außerdem hatte er eine Abneigung gegen Rucksäcke jeglicher Art, seit er Anfang der Siebziger die Invasion der Hippies erlebt hatte, die aus allen Teilen Europas auf die Insel geströmt waren. Allesamt *Voyous*, die sich ohne Sinn und Verstand in der Welt herumtrieben, Hasch rauchten, sich vollaufen ließen und freie Liebe praktizierten. Mit schweren Rucksäcken, aber ohne Geld im Beutel waren sie nach Korsika gekommen, Männer wie Frauen mit langen Haaren, ausgefransten Jeans, verwaschenen T-Shirts und Sandalen an den Füßen, die nicht einmal Jesus freiwillig getragen hätte. Am Strand hatten sie dann endgültig jeglichen Sinn für Sitte und Anstand verloren und waren nackt, wie Gott sie erschaffen hatte, ins Meer gesprungen, was nicht immer ein schöner Anblick gewesen war. Jérôme verstand nur zu gut, dass man solche Nackedeis mit roter Farbe beschmiert hatte, wenn sie erwischt wurden …

Er hatte nichts gegen anständige Touristen, die in ordentlichen Hotels wohnten, die bereit waren, Geld für ein viergängiges Menü auszugeben, und die es nicht versäumten, ein Trinkgeld auf den Tisch zu legen. Aber darauf hätte man bei diesen Gammlern ja lange warten können. Im Gegenteil: Oft genug war es passiert, dass sie nicht genug Geld dabeihatten oder die Zeche prellten. Zum Glück war er schon seit mehr als zwanzig Jahren nicht mehr in der Hotelbranche tätig und hatte mit solchem Gesindel nichts mehr am Hut …

Erst mit achtundzwanzig hatte er es endlich geschafft, seinen Job als Kellner aufzugeben, um ganzjährig auf dem Bau zu arbeiten. „Fünf Jahre schuftete ich wie ein Tier: tagsüber für meinen Patron, abends und am Wochenende schwarz und in die eigene Tasche.

Und ich habe es geschafft: Mit dem gesparten Geld gründete ich ein kleines Bauunternehmen, baute mir mein eigenes Haus und gehörte bald zu den Wohlhabenden und Angesehenen auf der Insel." So lautete jedenfalls die Version, die er gerne seinen Freunden erzählte, wenn sie nach der Jagd vor dem offenen Kamin saßen und selbstgebrannten Schnaps tranken. In Wahrheit hätte er es ohne die Heirat mit Isabella, einem Mädchen aus einer einflussreichen korsischen Familie, wohl nie so weit gebracht. Sie hatte ihm durch ihre Beziehungen viele Aufträge verschafft und sogar den Weg in die Politik geebnet. Hinzu kam, dass er schon seit langem Geschäfte machte, von denen selbst seine Frau nichts wissen durfte und erst recht nicht seine politischen Gegner …

Jetzt war er achtundvierzig und hatte alles erreicht, wovon er als junger Mann geträumt hatte: ein eigenes Unternehmen, eine Villa mit Garten, eine Frau, die ihm den Rücken stärkte, und eine Familie, auf die er zählen konnte. Nur Kinder waren ihm nicht beschert, jedenfalls nicht mit Isabella, die schon bald ihren Fünfzigsten feiern würde. Ja, und dann war da noch Marlène, seine Geliebte in Nizza. Zwar war sie zwanzig Jahre jünger als seine Frau, aber leider machte auch sie keine Anstalten, seinen Kinderwunsch zu erfüllen. Als er seine Yacht nach ihr benannt hatte, hatte sie ihn heuchlerisch gefragt: „Und wie soll unsere Tochter einmal heißen?" Im ersten Moment hatte er geglaubt, sie sei schwanger, und sich für wenige Augenblicke als zukünftiger Vater gefühlt, bis ihm klar wurde, dass es lediglich eine ihrer spöttischen Anspielungen auf seinen Kinderwunsch gewesen war. Seine Abhängigkeit in Sachen Nachwuchs von den Launen seiner Frauen empfand er als persönliche Niederlage, die ihm seinen äußeren Erfolg vergällte. Er war davon überzeugt, dass die verdammte Pille den Frauen zu viel Macht gab und noch einmal zum Untergang des Abendlandes führen würde …

Jérôme befand sich mit seinem neuen Peugeot 307 auf dem Weg von Calenzana nach Calvi, um an der letzten Ratssitzung vor den Wahlen teilzunehmen. In Calenzana hatte er gerade den Baufortschritt einer Villa begutachtet, die bis Ende des Jahres fertig werden sollte. Das Haus gehörte Jean-Pascal, der eine Deutsche geheiratet hatte, die hinkte. Bestimmt war sie von Haus aus vermögend. Die beiden hatten drei Kinder, zwei Hunde und einen Papagei, der die Paghjella sang …

Nach der Sitzung war er mit einem Deutschen zum Abendessen verabredet, der behauptete, einen Investor für das Hotel gefunden zu haben, das Jérôme schon seit Jahren auf einem Grundstück seiner Frau unterhalb der Chapelle de Notre Dame de la Serra plante. Ihn ärgerte nur, dass der Mann als Treffpunkt ausgerechnet das „Chez Tao“, ein Schickeriarestaurant auf der Zitadelle, als Treffpunkt ausgesucht hatte. Wahrscheinlich neigte er, wie so viele Deutsche, zu übertriebener Romantik und wollte selbst bei einem

Geschäftsessen nicht auf die Aussicht auf den Golf von Calvi verzichten. Jérôme selbst hätte lieber in dem kleinen Restaurant in der Unterstadt gegessen, das seinem Schwager gehörte. Aber wenn der Fremde tatsächlich einen Investor an der Hand hatte, dann würde sich der Ausflug auf die Zitadelle mehr als lohnen.

Jérôme bremste erst, als er das Mädchen im Rückspiegel sah. Etwas an der Art, wie sie den Kopf zurückgeworfen und ihm nachgeschaut hatte, etwas in ihrem Blick, vielleicht auch nur der Glanz ihrer kupferroten Haare, hatte seinen rechten Fuß dazu verführt, gegen seine Grundsätze zu handeln und auf die Bremse zu treten. Ein Fehler, den er noch bereuen sollte …

Als Chantal in den Wagen stieg, hatte sie ein mulmiges Gefühl. Sie fuhr nicht gerne per Anhalter. Aus Erfahrung wusste sie, dass auch ein noch so kultiviert aussehender Mann sich nicht unbedingt zivilisiert benehmen würde. Aber wie hätte sie von Calenzana nach Calvi kommen sollen? Der nächste Bus fuhr erst am kommenden Morgen, und sie wollte auf keinen Fall in Calenzana übernachten, sondern so schnell wie möglich zurück in ihre Ferienwohnung nach Algajola. Sie und ihr Freund hatten vorgehabt, eine Wanderung auf dem berühmten Wanderweg GR 20 zu unternehmen, der durch den gesamten Naturpark der Insel führt. Wochenlang hatten sie sich auf die Bergtour vorbereitet, die die Erfüllung eines Wunschtraums werden sollte. Aber schon nach wenigen Kilometern hatten sie sich so sehr gestritten, dass Chantal kurzerhand kehrtgemacht und zurück zum Ausgangspunkt der Tour nach Calenzana gelaufen war.

Warum musste Jonas auch ständig an ihr herumnörgeln und sie für alles, was nicht klappte, verantwortlich machen? Was konnte sie dafür, dass seine Wanderschuhe drückten, und warum gab er ihr die Schuld daran, dass sie das Blasenpflaster nicht eingepackt hatten?!

Und jetzt? Wie sollte es weitergehen? Einerseits war sie froh über ihre Entscheidung, umzukehren, denn auch ihr taten die Füße weh in den neuen Wanderschuhen, die offenbar immer noch nicht richtig eingelaufen waren. Andererseits war sie total frustriert, denn die Szene, die sie Jonas gemacht hatte, würde wahrscheinlich das Ende ihrer Beziehung bedeuten. Im Eifer des Gefechts hatte sie nicht nur Jonas' kleine Fehler und Schwächen aufgezählt, sondern auch seine Freunde schlechtgemacht und seine Exfreundin als Beweis für seine Blödheit herangezogen. Schließlich war es Jonas zu bunt geworden und er hatte vorgeschlagen, getrennt weiterzugehen, woraufhin sie auf dem Absatz kehrtgemacht hatte. Jetzt stand sie am Straßenrand mit Tränen in den Augen. Verdammt! Warum musste sie auch immer gleich ausrasten …

„Bonjour! Fahren Sie zufällig nach Calvi?" Chantal schätzte den Mann am Steuer auf Anfang fünfzig. Er hatte einen sehr dunklen Teint, wachsame braune Augen und schütteres schwarzes Haar, das er sorgfältig auf der ausgeprägten Halbglatze verteilt hatte. Er war gut gekleidet und musterte sie kritisch, aber nicht unfreundlich.

„Sicher. Ist ja wohl der einzige Ort, an dem man ankommt, wenn man in diese Richtung fährt …" Jérôme ärgerte sich bereits, dass er angehalten hatte. Es würde ihn nur Zeit kosten und das Auto würde anschließend voller Sand und Dreck sein, den sie an den Schuhen hatte.

Chantal zögerte noch. Sollte sie wirklich einsteigen? Wenn doch ihre Füße nicht so schrecklich wehtäten!

„Nun, wollen Sie jetzt mitfahren oder nicht?", sagte Jérôme ungeduldig. „Wissen Sie, ich habe einen wichtigen Termin in Calvi und möchte ungern zu spät kommen." ‚Das Mädchen sieht ja ganz anständig aus', dachte er, ‚weiß aber wohl nicht so recht, was es eigentlich will.'

„Kann ich den Rucksack auf den Rücksitz legen?"

„Sicher, sicher. Nun machen Sie schon …!"

Als der Rucksack verstaut war, stieg Chantal endlich ein und schnallte sich sofort an. Das Auto war peinlich sauber. Vor der Windschutzscheibe lagen nur ein abgeknipster *Tiercé*-Schein und ein Päckchen Zigaretten, und es roch stark nach frischem Zigarettenrauch.

„Haben Sie etwa Angst, dass ich auf der kurzen Strecke einen Unfall baue?", fragte er mit einem spöttischen Seitenblick auf den Anschnallgurt.

„Aber nein. Natürlich nicht. Aber soviel ich weiß, gilt auch auf Korsika die Anschnallpflicht, oder nicht?"

„Ja, aber wir Korsen nehmen es damit nicht so genau.

Wir leben nach der Devise: Wenn ich mir bei einem Unfall das Genick brechen soll, dann passiert es sowieso, ob ich nun angeschnallt bin oder nicht. Aber meinetwegen schnallen Sie sich ruhig an, wenn Sie sich damit sicherer fühlen.“

‚So ein Blödmann!‘, dachte Chantal. Zum Glück war es nicht mehr weit bis Calvi, denn was sollte man mit so einem Hohlkopf reden? Die ersten zehn Kilometer war sie von einer Korsin mitgenommen worden, die hier irgendwo im Bartasca-Tal ein kleines Grundstück besaß, auf dem sie Gemüse anbaute. Sie hatte Chantal auf den wenigen Kilometern ihr ganzes Leben erzählt und ihr von Bayern vorgeschwärmt, wo sie vor zehn Jahren als Au-pair gewesen war. Sie war immer noch ganz begeistert von Bayern und ihr größter Wunsch war es, noch einmal ihre Freundin in München zu besuchen. Aber sie habe zwei schulpflichtige Kinder, und das Leben auf Korsika sei sehr teuer. Ein Urlaub mit der ganzen Familie – das konnten sich nur wenige Korsen leisten …

„Sie kommen vom Wandern?“, fragte Jérôme, obwohl es ihn im Grunde nicht im Geringsten interessierte, wo dieses Mädchen herkam, aber irgendetwas musste er ja schließlich sagen.

„Ja. Das heißt nein. Ich wollte wandern, aber dann habe ich es mir anders überlegt.“

Chantal bemühte sich, kurz angebunden zu wirken, aber das schreckte Jérôme nicht ab, weiterzufragen: „Aber am Wetter kann's nicht liegen. Das Wetter ist gut, optimal zum Wandern, würde ich annehmen.“

„Nicht wegen des Wetters, das Wetter ist wirklich ideal. Ich fühle mich nicht wohl."

„Brauchen Sie einen Arzt? Soll ich Sie zu einem Arzt bringen?"

„Nein, nein. So schlimm ist es auch wieder nicht …"

‚Bestimmt hat sie nur ihre Tage', dachte Jérôme, ‚aber die Berge besteigen wollen wie ein Mann und so tun, als könne man in allem mit den Männern mithalten …' „Wo kommen Sie eigentlich her? Sie sind nicht von hier, nicht wahr?"

„Ich komme aus Deutschland, aus Köln."

„Ach, aus Deutschland? Das hätte ich nicht gedacht. Ihr Französisch ist perfekt, fast ohne Akzent", schmeichelte er ihr, obwohl er längst bemerkt hatte, dass sie Deutsche war, nicht nur an ihrem Akzent.

„Ich war auf einer französischen Schule und habe mein Abi in Französisch gemacht. Dann war ich ein Jahr lang als Austauschschülerin in Paris, und die Schulferien haben wir fast immer in Frankreich verbracht."

„Auch schon mal auf Korsika gewesen?"

„Nein, hier bin ich zum ersten Mal. Meine Mutter wollte das nicht. Sie hatte immer Angst, nach Korsika zu fahren. Wegen der Bombenattentate und so …"

„Und Sie haben wohl keine Angst, hm?"

„Nicht vor Attentaten."

„Da haben Sie recht. Die Zeitungen übertreiben doch maßlos. Korsika ist heute für den einzelnen Touristen genauso sicher wie irgendein anderes Urlaubsziel. Aber was will man machen? Der Ruf ist nun einmal ruiniert … Und wo wohnen Sie, wenn ich fragen darf?“

Chantal zögerte. Was ging ihn an, wo sie wohnte?

„Entschuldigen Sie, ich wollte Sie nicht ausfragen. Aber als Mitglied des Stadtrats von Calvi ist man von Natur aus etwas neugierig, wenn es um seine Gemeinde geht …“

„Tut mir leid, aber ich wohne nicht in Calvi, sondern in Algajola.“

„Schade, dann kommen die Steuern leider nicht der Gemeinde Calvi zugute – nur ein kleiner Scherz am Rande. In der Gegend hab ich auch mal gewohnt, ist aber schon viele Jahre her …“

Jérôme zog mit der rechten Hand eine Zigarette aus der Schachtel, die vor ihm lag, und hielt sie Chantal hin.

„Nein danke, ich rauche nicht.“

„Vernünftig. Versuche auch schon seit Jahren, mir das Rauchen abzugewöhnen. Aber bei dem Stress, den ich habe …“

Chantal wusste nicht so recht, was sie noch sagen sollte. Smalltalk war noch nie ihre Stärke gewesen. Um das unangenehme Schweigen zu überbrücken, fragte sie nach einer Weile: „Wenn Sie auch schon mal in Algajola gewohnt haben, dann kennen Sie vielleicht zufällig einen Mann namens Jérôme Rossini? Er müsste so in Ihrem Alter sein. Er hat vor ewigen Zeiten mal als Kellner in einer Bar dort gearbeitet.“

Jérôme stutzte und schaute Chantal von der Seite an, als habe er gerade erfahren, dass sie eine gesuchte Terroristin sei. Dabei kam sein Wagen kurz auf die linke Fahrspur, die zum Glück frei war. Als er sich selbst und den Wagen wieder im Griff hatte, drückte er die Zigarette aus und antwortete: „Kann schon sein. Wissen Sie, Jérômes gibt es hier wie Sand am Meer. Und einen Kellner fragt man nicht nach dem Familiennamen. Darf ich fragen, warum Sie sich nach ihm erkundigen?"

Er bemühte sich, gleichgültig zu klingen, aber Chantal entging es nicht, dass seine Stimme leicht belegt war.

„Ich – soll ihm etwas ausrichten. Von meiner Mutter. Dieser Jérôme und meine Mutter waren wohl früher mal befreundet, vielleicht auch ein Paar – egal, ist ja schon eine Ewigkeit her. Jedenfalls – irgendwann haben sie sich dann aus den Augen verloren. Als meine Mutter hörte, dass ich nach Korsika fahre, bat sie mich, ihren Freund von damals zu suchen und ihm einen Brief auszuhändigen ..."

Chantal knöpfte die Brusttasche ihres Herrenhemdes auf und zog einen Brief heraus, den sie offenbar immer bei sich trug. „Das Dumme ist, jetzt bin ich schon drei Tage hier und hab – ehrlich gesagt – noch gar nicht angefangen zu suchen. Ich weiß auch gar nicht, wie sie sich das vorgestellt hat. Schließlich bin ich zum Wandern hergekommen. Aber vielleicht können Sie mir bei der Suche helfen." Chantal wischte sich mit dem Briefumschlag eine rote Haarsträhne aus dem Gesicht und schaute ihn mit geneigtem Kopf und großen dunklen Augen von der Seite an.

„Mal sehen, was ich für Sie tun kann", sagte Jérôme. „Was halten Sie davon, wenn wir in Calvi einen Kaffee zusammen trinken? Wenn ich Ihnen helfen soll, brauche ich noch ein paar Informationen, die mir vielleicht einen Anhaltspunkt geben."

‚Eben tat er noch so, als hätte er es eilig, und jetzt hat er Zeit, einen Kaffee mit mir trinken zu gehen. Wieder so ein Typ, der nur darauf aus ist, junge Frauen anzumachen', dachte Chantal und sagte: „Ich glaube nicht, dass ich Ihnen noch viel zu erzählen habe. Alles, was ich weiß, habe ich Ihnen bereits gesagt. Der Mann heißt Jérôme Rossini und wohnt vermutlich irgendwo in der Balagne oder sonst wo. Vielleicht ist er auch ausgewandert oder schon gestorben …" Sie steckte den Brief wieder in ihre Brusttasche, als sei die Sache damit erledigt.

Inzwischen waren sie bereits auf der Avenue de la République und näherten sich dem Zentrum Calvis.

‚Was bildet sich das Gör nur ein?', dachte Jérôme. ‚Die glaubt wohl, ich will sie anbaggern. Als ob ich das nötig hätte …'

„Wie Sie meinen", sagte er laut. „Dann lasse ich Sie hier jetzt raus. Sie wissen ja, wo der Bahnhof ist, oder?"

„Na klar …"

Als der Wagen vor dem Café Marchetti anhielt, löste sie den Sicherheitsgurt, stieg aus und holte ihren Rucksack von der Rückbank. Bevor sie die Beifahrertür zuschlug, neigte sie noch einmal den Kopf in den Innenraum und sagte: „Vielen Dank noch mal für Ihre freundliche Hilfe. Und wenn Sie Jérôme begegnen, dann grüßen Sie ihn von mir!" Dann schlug sie mit Schwung die Wagentür zu und schaute nach rechts und links, bevor sie die Straße überquerte, die zum Bahnhof führte …

‚Melanie!', schoss es Jérôme blitzartig durch den Kopf, als er das Mädchen erneut im Rückspiegel sah, das trotz des schweren Rucksacks mit leichten Schritten und erhobenen Hauptes in Richtung Bahnhof marschierte. Dieselbe Haarfarbe, derselbe Gang, die gleiche Art, den Kopf in den Nacken zu werfen. Die Anhalterin hatte verblüffende Ähnlichkeit mit Melanie, seiner deutschen Freundin, damals, vor mehr als zwanzig Jahren …

„Halt!", rief Jérôme jetzt laut und wollte schon aus dem Wagen springen, um dem Mädchen nachzulaufen, das seiner Jugendliebe Melanie so ähnlich sah, als er plötzlich glaubte, die Stimme seiner Mutter zu hören, die ihm zurief: „Geworfene Steine und gesprochene Worte lassen sich nicht mehr zurückholen!"

Ihm fiel das Foto ein, das er jahrelang in seiner Schublade aufbewahrt hatte. Was würde passieren, wenn sich herausstellte, dass die Anhalterin das Kind auf dem Foto war? Und welche Konsequenzen würde es haben, wenn sie behaupten würde, seine Tochter zu sein? Einen solchen Skandal konnte er sich nicht erlauben, erst recht nicht so kurz vor den Wahlen. Sicherlich war es ganz und gar kein Zufall gewesen, dass sie heute dort an der Landstraße gestanden hatte, an so einen großen Zufall glaubte er nicht. Es musste von langer Hand geplant gewesen sein. Vielleicht hatte sie ihn schon seit Tagen, wenn nicht Wochen, beobachtet und wusste, dass er regelmäßig nach Calenzana fuhr. Und dann dieser Brief. Das Ganze ergab doch nur einen Sinn, wenn sie etwas von ihm wollte. Und was wollten Frauen? – Geld!

Jérôme drehte den Zündschlüssel um und fuhr los. Er würde zunächst einmal an der Ratssitzung teilnehmen. Das Mädchen – wenn es denn überhaupt die Tochter Melanies war – würde ihm schon nicht davonlaufen …

Als Chantal in der ratternden *Micheline* saß, die im Schneckentempo, aber mit viel Lärm Richtung L'Île-Rousse kroch, stiegen ihr die Tränen in die Augen. Zuerst der Streit mit Jonas und dann dieser arrogante Korse, der sie behandelt hatte wie eine lästige Fliege. Sie fühlte sich so klein und elend wie schon lange nicht mehr. Warum hatte dieser Typ sie überhaupt mitgenommen, fragte sie sich, wenn er etwas gegen Anhalter hatte, was ganz offensichtlich war? Und warum behauptete er, Jérôme Rossini nicht zu kennen, wäre aber fast in den Graben gefahren, als dessen Name fiel? War er vielleicht selbst der Gesuchte? Das Alter könnte passen. Aber die Vorstellung, ihre Mutter könnte mit so einem aufgeblasenen Macho befreundet gewesen sein, war unmöglich. Andererseits: Menschen ändern sich. Vielleicht war er ja vor fünfundzwanzig Jahren nichts weiter als ein amüsanter, gut aussehender Mann gewesen, der die Mädchenherzen im Sturm erobert hatte. Auch das Herz ihrer Mutter? Vielleicht war er ihr ja viel mehr gewesen als nur ein Freund.

Was verheimlichte sie, und warum hatte sie sich all die Jahre dagegen gewehrt, noch einmal nach Korsika zu fahren?

Melanie wischte sich mit den Hemdsärmeln die Tränen aus den Augen und zog erneut den Brief aus ihrer Brusttasche. Als sie den Umschlag mit der runden Schrift ihrer Mutter in den Händen hielt, zögerte sie. Zum einen hatte sie Skrupel, einen Brief zu öffnen, der nicht an sie gerichtet war, zum anderen hatte sie Angst vor dem, was ihr der Brief offenbaren könnte. Gleichzeitig spürte sie instinktiv, dass jetzt der Augenblick gekommen war, die Wahrheit zu erfahren. Es schien ihr fast so, als hinge ihr Leben davon ab, den Brief zu lesen.

Als Chantal mit ihrem Daumennagel das Kuvert geöffnet hatte und die ersten Zeilen las, fuhr die *Micheline* gerade an Sant'Ambroggio vorbei …

Lieber Jérôme,

wenn du diese Zeilen liest, hast du gerade unsere Tochter Chantal kennen gelernt. Findest du nicht auch, dass sie sehr viel Ähnlichkeit mit dir hat? Die roten Haare täuschen!

Aber zunächst möchte ich meine Hoffnung zum Ausdruck bringen, dass es dir gutgeht. Ja, ich hoffe – oder besser noch: Ich wünsche mir von Herzen, dass es dir gutgeht. Bist du verheiratet? Hast du Kinder?

Was mich betrifft, so hatte ich das Glück, schon ein halbes Jahr nach der Geburt unserer Tochter einen lieben

Mann und einen fürsorglichen Vater für Chantal kennen zu lernen. Wir hatten noch zwei weitere Kinder zusammen, einen Jungen und ein Mädchen, und ich war wahrhaftig glücklich. Leider starb mein erster Mann viel zu früh und ließ mich mit drei heranwachsenden Kindern zurück. Es folgten zwei schwere Jahre, da ich beruflich nach einer Pause von fast zehn Jahren nur schwer wieder Fuß fassen konnte. Als ich endlich eine Halbtagsstelle in einer Apotheke bekam, war es fast wie ein Sechser im Lotto. Und einen Mann bekam ich gleich mit dazu, denn der Apotheker war ebenfalls Witwer und machte mir schon bald einen Heiratsantrag.

Ich willigte ein, um versorgt zu sein, obwohl ich diesen Mann nicht liebte – und das war wohl der größte Fehler meines Lebens! Unsere Ehe entwickelte sich sehr bald zu einer Hölle – mit den unschönen Details möchte ich dich verschonen – und so kam es, dass ich mich nach fünf Jahren wieder scheiden ließ. Nun bin ich schon seit zwei Jahren alleine und es geht mir gut. Zum Glück sind die Kinder schon fast erwachsen. Mein Sohn macht gerade seinen Zivildienst, die jüngste Tochter hat noch ein Jahr bis zum Abitur, und Chantal hast du ja gerade kennen gelernt.

Ja, es ist schon erstaunlich, dass Chantal dich ausfindig gemacht hat und dir diesen Brief überreichen konnte. Wie ich sie kenne, hat sie sich keinerlei Mühe gegeben, dich zu finden. Ich habe sie über ihren leiblichen Vater – also über dich – im Unklaren gelassen. Ich weiß, dass dies in den Augen der anderen nicht richtig war. Aber es war einfach nie der richtige Zeitpunkt, ihr die Wahrheit zu sagen. Chantal glaubt immer noch, dass mein erster Mann ihr Vater gewesen ist. Und nun möchte ich es dir überlassen, ihr reinen Wein einzuschenken – oder alles beim Alten zu belassen …

Bevor du dich für oder gegen diese späte Vaterschaft entscheidest, erlaube mir, dir ein wenig von deiner Tochter zu erzählen, deren Heranwachsen du leider nicht miterleben konntest: Davon, dass sie hübsch und charmant ist, konntest du dich ja bereits überzeugen. Aber Chantal hat mehr zu bieten als ein hübsches Gesicht: Sie ist intelligent und zielstrebig, außerdem sehr ordentlich und fleißig, fast spießig – von wem sie das wohl hat?

Sie studiert Romanistik und Literatur und möchte einmal Universitätsprofessorin werden! Dies ist auch der Grund, warum ich mir keine Sorgen mache, dass du sie dazu bewegen könntest, auf Korsika zu bleiben – es sei denn, mit Gewalt, wovon ich nicht ausgehe. Sie hat bereits klare Vorstellungen von ihrer Zukunft und wird sich nicht von ihren Ideen abbringen lassen. Aber bis hierher war es ein weiter Weg …

Als Chantal ein halbes Jahr alt war, wurde sie schwer krank: Die Ärzte diagnostizierten einen Herzfehler. Sie musste jahrelang Medikamente nehmen und konnte deshalb nie so unbeschwert wie andere Kinder spielen. So kam es, dass sie sehr viel las und sich zu einer Leseratte entwickelte. Erst mit sechzehn konnte sie erfolgreich operiert werden. (Mein zweiter Mann ermöglichte uns die teure Reise in die USA, und dafür bin ich ihm, trotz allem, was er mir angetan hat, noch immer dankbar.) Heute ist sie so gesund und sportlich, wie eine

Zweiundzwanzigjährige nur sein kann, und muss sich in keiner Weise mehr schonen.

Aufgrund ihrer Krankheit war Chantal nicht gerade ein leicht erziehbares Kind. Sie ist immer noch sehr dickköpfig und emotional – aber sie bereut es sofort, wenn sie im Zorn etwas Falsches gesagt hat, und ist auch nicht nachtragend, wenn ihr jemand Unrecht getan hat. Sie macht sich nicht viel aus Diskotheken oder anderen Zerstreuungen für Jugendliche, stattdessen liest sie nach wie vor sehr viel, hört am liebsten Oldies aus den Achtzigern (die mich ständig an meine eigene Jugend erinnern) – und sie ist Vegetarierin! Wahrscheinlich wählt sie die Grünen, aber das verrät sie mir nicht (sie ist ohnehin sehr verschwiegen und neigt dazu, aus allem ein Geheimnis zu machen). Wie und wo sie ihren Freund (ebenfalls Vegetarier) kennen gelernt hat, ist mir ein Rätsel! Aber die beiden sind schon seit zwei Jahren zusammen und ich fürchte, dass sie irgendwann heiraten werden (natürlich erst, wenn beide ihr Examen bestanden haben und zumindest einer von ihnen eine feste Anstellung hat …).

Wie du zwischen den Zeilen lesen kannst, ist mir meine eigene Tochter etwas fremd und vor allem – viel zu brav! Wann will sie endlich leben, frage ich mich? Ich weiß, andere Mütter wären froh, so eine vernünftige Tochter zu haben, aber ich glaube nun einmal nicht daran, dass es auf Dauer glücklich macht, nur auf Sicherheit und Karriere zu setzen. Oder täusche ich mich? Bist du glücklich geworden? Hat dir dein zielstrebiges Handeln Glück gebracht?

Aber da ist noch etwas, das du von deiner Tochter wissen solltest. Sie verfügt über eine Begabung, die scheinbar nicht so recht zu ihrer sehr vernünftigen Seite passt, eine Begabung, die sie nicht von mir hat, obwohl ich mich seit dem Tod meines ersten Mannes sehr viel mit Religion und Esoterik beschäftigt habe: Chantal ist hellsichtig!

Schon als Kind sah sie Dinge, die anderen verborgen blieben, und vor fünf Jahren hat sie den Tod meiner Schwester vorausgesehen, die tödlich verunglückt ist. Warum ich dir das schreibe?

Nun, letztendlich war eine dieser Vorahnungen, von denen Chantal in den letzten Wochen heimgesucht wurde, der Auslöser für diesen Brief. Als Chantal sich dazu entschlossen hatte, mit ihrem Freund nach Korsika zu fahren, träumte sie noch in derselben Nacht von der Zitadelle in Calvi, obwohl sie noch nie dort gewesen war. Sie beschrieb mir morgens genau, wie sie, vom Place Christophe Colomb aus kommend, durch das Eingangstor und über das grobe Kopfsteinpflaster hinauf in die Oberstadt gelaufen war. Im Traum hatten die alten dunklen Häuser plötzlich die Aussicht auf eine zauberhafte Bucht freigegeben, die im Hintergrund von hohen Bergen eingerahmt war. An der Mauer vor sich sah sie einen Mann stehen, der ihr den Rücken zukehrte und nachdenklich auf das unter ihm liegende Meer schaute. Als Chantal auf die Mauer zuging, drehte sich der Mann um, und Chantal erschrak fast zu Tode. Der Mann war leichenblass und hatte ein kreisrundes Loch mitten in der Stirn – wie von einem Revolverschuss –, aber er schaute sie mit lebendigen Augen an und sagte: „Du kommst leider zu spät!“

Chantal fiel es schwer, den Mann zu beschreiben. Sein Gesicht verschwand immer wieder, wenn sie versuchte, ihn sich vorzustellen. Aber er sei dunkelhaarig gewesen (keine Seltenheit auf Korsika) und habe eine Oleanderblüte im Revers getragen. Und da wusste ich, dass nur DU damit gemeint sein konntest. Dein Trick mit der Oleanderblüte … erinnerst du dich?

Chantal hat diesen Traum noch mehrmals geträumt, so als wolle ihr jemand sagen, wie dringend diese Angelegenheit sei. Wenn ich nicht hundertprozentig von der Gabe meiner Tochter überzeugt wäre, hätte ich diesen Traum niemals erwähnt. Bitte glaube mir!

Lieber Jérôme, ich hoffe, dass du wohlauf bist, wenn du diesen Brief liest. Falls dich unsere Tochter nicht bereits gewarnt hat, so möchte ich dies hiermit tun: Vermeide die Zitadelle! Kann es sein, dass dir jemand nach dem Leben trachtet?

Über ein Lebenszeichen von dir würde ich mich sehr freuen.

Au revoir! – Wenn nicht hier – dann in einer anderen Welt!

Melanie

Chantal hatte den Brief wie in Trance gelesen und befand sich nun in einem schockartigen Zustand. Tausend Gedanken schwirrten gleichzeitig in ihrem Kopf herum, von denen keiner einen Sinn ergab. Ihr verstorbener Vater nicht ihr Vater … Ihr richtiger

Vater ein unbekannter korsischer Kellner namens Jérôme Rossini … Vielleicht der arrogante Korse in dem dicken Auto? War er der Mann in ihrem Traum, mit der Oleanderblüte am Revers? Was würde Jonas sagen, wenn er erfuhr, dass sie eine halbe Korsin war? Warum war er jetzt nicht bei ihr? Warum war er nie da, wenn sie ihn brauchte? Oh Gott, hoffentlich war ihm nichts passiert, so ganz alleine in den Bergen. Würde er mit ihr Schluss machen?

Erst als sie in Algajola aus dem Zug stieg, konnte sie wieder einen klaren Gedanken fassen: Wenn der Mann, der sie im Auto mitgenommen hatte, der Mann war, von dem sie geträumt hatte – egal ob ihr Vater oder nicht –, schwebte er in Lebensgefahr, und sie musste auf dem schnellsten Weg zurück nach Calvi, um ihn zu warnen …

Als Jérôme auf der Route de la Citadelle hinauf zur Oberstadt fuhr, war es erst halb acht. Während der Ratssitzung hatte er sich kaum konzentrieren können und schließlich vorgegeben, die Sitzung aufgrund dringender Familienangelegenheiten vorzeitig verlassen zu müssen. In Wahrheit war ihm Chantal nicht aus dem Kopf gegangen. Ein hübsches Mädchen war sie, auch wenn sie nicht die sanften Rundungen und den zarten Schmelz der Mutter hatte. Dafür besaß sie mehr Selbstbewusstsein, und ihre dunklen Augen zeugten von Intelligenz und Willenskraft. Sie sprach perfekt Französisch, sicherlich auch Englisch, könnte also durchaus auch auf Korsika Fuß fassen, zum

Beispiel als Empfangschefin in dem von ihm geplanten Hotel. Aber was würde Isabella, seine Frau, dazu sagen? – Ganz zu schweigen von Marlène!

Er parkte seinen Wagen auf dem Place d'Armes und stieg aus, um sich ein wenig die Beine zu vertreten. Langsam schlenderte er die gepflasterte Straße entlang, stieg die breiten Stufen hinauf, die zur Kirche Saint-Jean-Baptiste führten, ließ diese aber rechts liegen und lief weiter durch die engen Gassen der Oberstadt, in die sich an diesem letzten Septemberabend, mit Ausnahme der zwei Legionäre, die vor der Sampiero-Kaserne ein Schwätzchen hielten, und einer getigerten Katze, die ihm auf dem Place d'Armes direkt vor die Füße gesprungen war, niemand verirrt hatte. Als zwischen den dunklen Häusern das Meer sichtbar wurde, sog er die frische Abendluft ein und fühlte sich wie ein Tourist. An einem lauen Abend einfach so durch die Gassen der Oberstadt laufen – wann hatte er das je getan?

Als er seinen kleinen Rundgang fast beendet hatte und in die kleine Gasse zur Malfetano-Bastion einbog, erschrak er ein wenig. Mit lautem Krächzen flog eine Krähe so dicht über ihn hinweg, dass er sich instinktiv duckte. Er hasste Rabenvögel und hatte Angst vor ihnen. Ganz anders als seine Mutter, die einmal eine verletzte Krähe mit nach Hause gebracht und gesund gepflegt hatte. Er selbst war damals noch ein Kind gewesen. Das Tier war nicht mehr von ihrer Seite gewichen. Oft war es ihm vorgekommen, als unterhielten sich die beiden, als führten sie irgendetwas im Schilde. Aber natürlich war das reine Einbildung und kindliche Phantasie gewesen …

Seine Mutter war jetzt schon zehn Jahre tot, aber es verging kein Tag, an dem er nicht an sie denken musste. Kurz bevor sie gestorben war, hatte sie ihm endlich gebeichtet, wer sein Vater gewesen war. Ein Wanderarbeiter aus Italien, dessen Namen sie nicht einmal mehr wusste. Jérôme hätte es sich ja denken können. Aus einer adligen Herkunft hätte sie sicher kein Geheimnis gemacht …

Nach ihrem Tod war es ihm so vorgekommen, als versuche sie, Kontakt zu ihm aufzunehmen. Wenn er in ihrem Haus war, hatte er oft deutlich ihre Präsenz gespürt, die sich wie ein schweigender Vorwurf anfühlte, der aus allen Ritzen zu strömen schien. Es war, als wollte sie ihn antreiben, endlich zu beweisen, dass er ein echter Korse und kein Bastard war. Als hätte er nicht schon genug riskiert. Sogar die verbotene FLNC hatte er jahrelang finanziell unterstützt. Aber in den Augen seiner Mutter war es nie genug gewesen.

Das Haus hatte er kurzerhand verkauft, und die Gefühle hatten nachgelassen, aber irgendwie schaffte sie es trotzdem, sich immer wieder in Erinnerung zu bringen: eine Krähe, die über seinen Kopf hinwegflog, der Duft einer bestimmten Kräutermischung, der aus einem offenen Fenster strömte, Kastanien, die auf dem Weg lagen, eine alte Frau mit Kopftuch, die vor ihm herging, das sonntägliche Glockengeläut, das ihn an die Messe erinnerte, die sie nie versäumt hatte …

Als Jérôme sich aufrichtete, fiel sein Blick auf einen üppig blühenden Oleanderstrauch, der den Eingang einer Wohnungstür zierte. Als er daran vorbeiging, konnte er es nicht lassen, eine Blüte abzupflücken und an sein Revers zu stecken, wobei er – zum ersten Mal seit vielen Jahren – an die Worte Melanies denken musste: „Oleander ist giftig."

Warum hatte er Melanie damals gehen lassen? Sie hatte im Café Rex einen Milchkaffee getrunken und sich mit einem Deutschen unterhalten. Heute erschien ihm seine damalige Reaktion nur noch lächerlich. Wen interessierte es schon, ob eine Frau alleine ins Café ging?! Inzwischen wurden korsische Frauen Fotomodelle, ohne dabei ihre Ehre zu verlieren, denn sie verdienten damit an einem Tag mehr als *er* in einem ganzen Monat – zumindest wenn man seine illegalen Geschäfte außer Acht ließ, von denen zum Glück niemand etwas ahnte.

Nein, keiner wusste von seinem Doppelleben, denn er war schlau. Er war immer schon schlau gewesen. Niemand wäre auf die Idee gekommen, dass er es gewesen war, der die Touristinnen in der Macchiabucht überfallen hatte. Erst recht hätte ihm keiner zugetraut, dass er ein paar Ferienhäuser in die Luft gejagt hatte …

Ein Blick auf seine goldene Armbanduhr verriet ihm, dass er bis zu seinem Rendezvous nur noch wenige Minuten Zeit hatte. Als er sich umdrehte, um schnellen Schrittes Richtung „Chez Tao" zu eilen – schließlich wollte er nicht zu spät kommen –, spürte er plötzlich einen heftigen Schlag gegen die Schulter, kurz darauf am Hinterkopf, dann wurde es Nacht. Zwei Schüsse aus einer Präzisionswaffe, wie sie von bezahlten Killern benutzt wird, hatten ihn niedergestreckt.

Als wenige Minuten später Polizei und Rettungswagen eintrafen, war Jérôme schon nicht mehr in seinem Körper, aber er konnte deutlich sehen, wie sich eine junge Frau über ihn beugte. Es war Chantal, seine Tochter. Wie hatte er nur eine Sekunde daran zweifeln können: Sie hatte die Augen seiner Mutter und auch deren Blick, der verträumt wirkte, dem aber nichts entging. Er fragte sich, ob sie auch ihre hellseherischen Fähigkeiten geerbt hatte. Wie gerne würde er sich noch einmal mit ihr unterhalten, von Vater zu Tochter …

Als Chantal von der Polizei gefragt wurde, ob sie den Mann kenne, zögerte sie mit der Antwort. Sie überlegte kurz, ob sie jemand gesehen haben könnte, als sie in sein Auto stieg. Schließlich antwortete sie mit belegter Stimme und gesenktem Blick: „Nein. Ich kenne diesen Mann nicht. Ich habe ihn noch nie gesehen."

Jérôme war außer sich vor Wut. Seine einzige Tochter verleugnete ihn. Wusste sie denn wirklich nicht, wer er war? Er versuchte, Blickkontakt zu ihr aufzunehmen, berührte sie an Stirn und Schulter, flüsterte ihren Namen in ihr Ohr, aber sie zeigte keine Reaktion. Aus Verzweiflung warf er sich vor ihr auf die Knie und flehte sie an, ihm zu verzeihen. Er sei ja nur ein unwissender, verblendeter junger Mann gewesen, als er ihre Mutter damals weggeschickt hatte …

Aber Chantals Blicke gingen durch ihn hindurch, als sei er Luft.

Er wollte gerade den Polizisten alles erklären, als er plötzlich höher stieg und – wie aus einem Ballon – alles von oben sah: die beiden französischen Polizisten, den marokkanischen Sanitäter, die beiden Legionäre, die den Schuss gehört hatten, seine Tochter, die italienische Bedienung aus dem „Chez Tao", die hübsche Korsin aus dem Haus mit dem Oleanderstrauch vor der Tür. Sie alle standen mit ernster Miene um ihn herum, einige hatten Tränen in den Augenwinkeln. Und dann geschah etwas Seltsames: Ein unbeschreibliches Gefühl der Verbundenheit mit diesen Menschen erfüllte ihn, wie er es bis dahin noch nicht gekannt hatte. Er wollte am liebsten jeden einzelnen von ihnen umarmen und an sein Herz drücken. So musste es sich anfühlen, wenn man Menschen bedingungslos liebte.

Warum hatte er die Fremden so verachtet? Warum hatte er sich selbst so verachtet? Wovor hatte er sich so gefürchtet? Warum hatte er sich so isoliert und bedroht gefühlt, als sei er kein Mensch, sondern eine schutzlose Insel? Er wusste es nicht mehr.

Als Jérôme zwei Wochen später aus dem Koma aufwachte, war er ein anderer Mensch.

Ein Wort zum Schluss

In den siebziger und achtziger Jahren des letzten Jahrhunderts machte die Insel vor allem mit negativen Schlagzeilen von sich reden. Sprengstoffanschläge auf Ferienhäuser, verheerende Waldbrände und Amok laufende Legionäre schafften es, Korsika für Touristen unsicher und für Investoren unberechenbar zu machen. Es herrschte eine eigenartige Atmosphäre auf der Insel, wie man sie vielleicht am Rande von Kriegsgebieten oder vor der malerischen Kulisse eines aktiven Vulkans spüren kann: das Gefühl einer latenten Gefahr, die von der Presse oft aufgeputscht, von den Korsen gerne heruntergespielt wurde, eine Art Nervenkitzel, der im damaligen Korsika ebenso zum Lebensgefühl gehörte wie die miserablen Straßen, die Autowracks am Straßenrand, die wilden Müllkippen und die zerschossenen Straßenschilder. Als Frau konnte man noch ein mulmiges Gefühl haben, wenn man in der Nachsaison eines der vielen Cafés betrat, die noch fest in Männerhand waren. Die Beziehungen zwischen Korsen und Nichtkorsen gestalteten sich leider oft schwieriger als erwartet …

Wer heute nach Korsika fährt, wird von all dem kaum noch etwas spüren. Die meisten Straßen wurden saniert, Autowracks wurden und werden weiterhin entfernt, wilde Müllkippen sieht man nicht öfter als bei uns. Ein neues (Umwelt-)Bewusstsein ist herangereift, sichtbar und allgegenwärtig. Es ist relativ friedlich und still geworden auf der Insel, auch wenn es hie und da noch ein wenig zündelt. Der Tourismus floriert, wurde jedoch bislang im Zaum gehalten.

Ich wünsche mir, dass es so bleibt. Dass „meine“ Insel den Spagat zwischen Urlaubsinsel und Naturparadies schafft. Dass die Korsen sich noch mehr ihres Juwels bewusst werden, das sie hüten dürfen. Für ihre Nachfahren und für alle, die als friedliche Gäste nach Korsika reisen, um teilzuhaben an einer Natur und Kultur, die einzigartig sind.

Linz am Rhein
17. Oktober 2013

Glossar

Brocciu (kors.): Molkekäse aus Schafs- oder Ziegenmilch.

Calanches de Piana (franz.): bizarre Felsenlandschaft aus rötlichem Granit, südlich von Porto.

Cap Corse: Aperitifwein, der den Namen der Halbinsel im Norden Korsikas trägt.

C'est super (franz.): super! Klasse! Toll! Cool! Voll krass! – je nachdem, welcher Generation man angehört.

„Culombu": Wein vom gleichnamigen Weingut in Calvi.

Darbuka (arab.): einfellige Bechertrommel aus Nordafrika und dem Nahen Osten.

École primaire (franz.): Grundschule und Sekundarstufe bis zur 10. Klasse.

Église (franz.): Kirche.

Fiadone (kors.): korsische Spezialität aus Brocciu, Zucker, Eiern, abgeriebener Orangen- oder Zitronenschale.

Flic (franz./fam.): Polizist, Bulle.

FLNC (kors.): Frontu di Liberazione Naziunale Corsu; gegründet 1975, eine sich im Untergrund befindende korsische Befreiungsbewegung, auf deren Konto zahlreiche Sprengstoffanschläge auf Ferienwohnanlagen gehen.

Flûtes rouges (franz.): fiktive Ortsbezeichnung; „rote Pfeifen".

Lycée technique (franz.): Fachoberschule. In Frankreich entscheidet der „Proviseur" (Gymnasialdirektor) auf der Grundlage der Zeugnisse und ggf. nach einer Probezeit, ob ein Schüler akzeptiert wird oder nicht. Dies gilt und galt auch für Ausländer in den siebziger Jahren.

Macchia (kors.): niedriger Buschwald mit spezifischer Pflanzen- und Tierwelt.

Mairie (franz.): Bürgermeisteramt, Rathaus.

Marina di Santa Lucia (kors.): fiktive Ortsbezeichnung; „Marina" bedeutet auf Korsisch sowohl „Marine" als auch, wie hier, „Strand".

Maryse Nicolaï: korsische Sängerin.

Micheline: einspurige Schmalspurbahn, die im Volksmund „La Micheline“ genannt wird.

Monte-Cinto-Massiv: Der Monte Cinto ist mit 2.706 Metern der höchste Berg Korsikas.

Paghjella: polyphoner Gesang traditioneller korsischer Lieder.

Patron (franz.): Chef, Boss, Vorgesetzter.

Petit noir (franz.): kleiner Schwarzer, Espresso.

Pieds-noirs – *Plur.* (franz.): nach der Unabhängigkeit Algeriens repatriierte Algerienfranzosen.

Plage d'Aregno: Strand in Algajola.

Plastiquage (franz.): Attentat mit Plastiksprengstoff.

Rouille (franz.): scharfe Knoblauchmayonnaise, die u. a. zur korsischen Fischsuppe gereicht wird.

Route Nationale (franz.): Nationalstraße, entspricht Bundesstraße.

Sampiero Corso: korsischer Nationalheld, der im 16. Jh. den Aufstand gegen Genua anführte, seine Frau ermordete, die er für eine Verräterin hielt, und schließlich selbst der Vendetta zum Opfer fiel. Vorbild für Shakespeares Othello.

SNCM (franz.): Société Nationale Maritime Corse Méditerranée; französische Schifffahrtsgesellschaft mit Sitz in Marseille.

Stufatu (kors.): Schmortopf mit verschiedenen Fleischsorten.

Tafoni (kors.): Verwitterungsformen an verschiedenen Gesteinsarten; eines der Wahrzeichen Korsikas.

Tiercé (franz.): Pferdetoto.

Tino Rossi: Sänger korsischer Herkunft.

Voyous – *Plur.* (franz.): Taugenichtse, Gauner.

Alle **Gregorovius-Zitate** sind dem Buch „Korsika – historische Skizzen und Wanderungen im Jahre 1852“ entnommen, erschienen im Societäts-Verlag, Frankfurt am Main 1988.

Danksagung

Zunächst möchte ich Oton Seyfarth danken, Fachmann in Sachen Printmedien, dem ich vor Jahren die erste Rohfassung meiner Geschichten in die Hände drückte. Er sagte: „Mach ein Buch draus."

Auch Reinhard Göbel, der Mann meiner Freundin Renate und Studiendirektor a. D., nahm sich die Geschichten zur Brust. Seine kritischen Anmerkungen veranlassten mich dazu, Wichtiges von Unwichtigem zu befreien – wofür ich ihm heute dankbar bin. Renate meinte nur: „Lass das Ding drucken!"

Ein besonderer Dank gilt dem **Institut Français Bonn** für seine unkomplizierte und hilfreiche Auskunft bezüglich des Französischen Schulsystems. Merci à vous, Mme. Favre!

Ein großes „Dankeschön" geht an Sarah und Thomas Görden, die sich die Zeit genommen haben, die überarbeitete Version nochmals kritisch zu lesen. Da Thomas Übersetzer und Schriftsteller ist, war mir seine Meinung besonders wichtig. Gefreut hat es mich vor allem, dass auch Sarah Gefallen an den Geschichten gefunden hat. Sie ist eine Generation jünger als ich …

Danken möchte ich auch meinem Bruder Elmar, Mediengestalter und Viel-Leser, der schon lange auf das Erscheinen meiner Geschichten wartet und sich offenbar darauf freut. Das spornt an!

Auch die Geduld meiner Ansprechpartnerin bei der text + taler GmbH soll erwähnt werden. (Es gab gefühlte 99 Endfassungen.) Ihr Name ist Andrea Naumann.

Nicht zuletzt möchte ich meinem lieben Mann danken, nicht nur für seine unendliche Geduld und liebevolle Betreuung in Zeiten dichterischer Blockaden, sondern auch für seine sachdienlichen Hinweise.

Linz am Rhein
28. Dezember 2013

CPSIA information can be obtained
at www.ICGtesting.com
Printed in the USA
BVHW040848041119
562844BV00017B/1981/P

9 783732 283651